ज्ञान गरिमा के
72 वर्ष

भारतीय
ज्ञानपीठ

णाणं
पयासयं

वीर नि.सं.
2470

ई.सन्
1944

भारतीय ज्ञानपीठ

जैन सम्राट्
चन्द्रगुप्त मौर्य
(उपन्यास)

जैन सम्राट् चन्द्रगुप्त मौर्य

मुनि प्रणम्यसागर

भारतीय ज्ञानपीठ

मूर्तिदेवी ग्रन्थमाला : हिन्दी ग्रन्थांक 52

जैन सम्राट् चन्द्रगुप्त मौर्य

(उपन्यास)

मुनि प्रणम्यसागर

ISBN 978-93-263-5125-6

प्रकाशक : **भारतीय ज्ञानपीठ**

18, इन्स्टीट्यूशनल एरिया, लोदी रोड, नयी दिल्ली–110 003

मुद्रक : आर.के. ऑफसेट, दिल्ली

आवरण–सज्जा : ज्ञानपीठ कला प्रभाग

JAIN SAMRAT CHANDRAGUPTA MAURYA
(Historical Novel)
by Muni Pranamyasagar

Published by
Bharatiya Jnanpith
18, Institutional Area, Lodi Road, New Delhi-110 003
Ph. : 011 24698417, 24626467; 23241619 (Daryaganj)
Mob. : 9350536020; e-mail : bjnanpith@gmail.com
sales@jnanpith.net, website : www.jnanpith.net

Fifth Edition : 2018
Price : Rs. 180

प्रस्तुति

वर्तमान में आचार्यों में जैनाचार्य श्री विद्यासागर जी महाराज का चिन्तन जैनत्व से भरा हुआ है। आचार्यश्री के मन में यह भाव उदित हुआ था कि एक कृति चन्द्रगुप्त के जीवन से सम्बन्धित जैन इतिहास की दृष्टि से लिखी जानी चाहिए। परिणामस्वरूप मुनिराज प्रणम्यसागर जी ने पूज्य गुरुवर की भावनानुसार साहित्य जगत् में ऐसी कृति उपस्थित की है जिसमें चन्द्रगुप्त की आद्योपान्त प्रामाणिक जीवनी प्रस्तुत है।

सम्राट् चन्द्रगुप्त का जैन इतिहास में आदरणीय स्थान है। श्रवणबेलगोल के चन्द्रगिरि से प्राप्त अभिलेख इस कृति के सन्दर्भ में उल्लेखनीय हैं। इनमें पार्श्वनाथ वसदि की दायीं ओर शिला पर उत्कीर्ण शिलालेख अनेक दृष्टि से बहुत महत्त्वपूर्ण है। इसमें प्रथम दो पंक्तियों में वर्द्धमान-महावीर के शासन की चर्चा है।

इसके पश्चात् उक्त अभिलेख की तीसरी और चतुर्थ पंक्ति में गौतम गणधर के परवर्ती आचार्यों का नामाल्लेख है। पाँचवीं पंक्ति में भद्रबाहु स्वामी के बारह वर्षीय विषमकाल ज्ञात किये जाने पर उत्तर-पथ से दक्षिण-पथ की ओर प्रस्थान करने का उल्लेख है। छठी पंक्ति में आचार्य प्रभाचन्द्र का कटवप्र आगमन, सातवीं पंक्ति में तत्कालीन कटवप्र पर्वत की स्थिति, आठवीं पंक्ति में समाधि चर्चा, संघ परित्याग कर मात्र एक शिष्य के साथ आना और नौवीं पंक्ति में सात सौ मुनियों के साथ समाधि।

प्रस्तुत लेख का समय छठी-सातवीं शताब्दी बताया गया है। सम्पूर्ण शिलालेख इस प्रकार है —

पंक्ति 1— **जितम्-भगवता श्रीमद्-धर्म्म-तीर्थ [विधा] यिना वर्द्धमानेन संप्राप्त-सिद्धि-सौख्यमृतात्मना लोकालोक-द्वयाधारम् वस्तु स्थास्नु चरिस्ण्णु वा-संविद्- आलोक शक्तिःस्वाव्यस्नुते यस्य केवला**

पंक्ति 2— **जगत्यचिन्त्य-माहात्म्य-पूजाति सं [यम् ईयुशः] तीर्थ्थकृन्-नाम-पुण्यौघ-महार्हन्त्यम् उपेयुषः तद् अनुश्री विशाल (ला) याम् जयत्य-द्यजगद्धितम्-तस्य शासनम् अव्याजम् प्रवादि-मत-शासनम्**

पंक्ति 3— **अथ खलु सकल-जगद्-उदय-करणोदित-निरतिशय-गुणास्पदीभूत-परम-जिन-शासन-सरस-समवर्द्धित-भव्य-जन-कमल-विकसन-वितिमिर-गुण-किरण-सहस्र-महोतिमहावीर-सवितरि परिनिर्वृत्ते**

पंक्ति 4—**भगवत् परमर्षि- गौतम-गणधर-साक्षाच्-छिष्य लोहार्य्य-जम्बु-विष्णुदेवपराजित-गोवर्द्धन-भद्रबाहु-विशाख-प्रोष्ठिल-कृत्तिकार्य्य-जयनाम-सिद्धार्थ्थ-धृतिषेण-बुद्धिलादि-गुरु-परम्परीण-क्क्रमाभ्यागत**

पंक्ति 5—**महापुरुष-सन्तति-समवद्योतितान्वय-भद्रबाहु-स्वामिना उज्जयन्याम् अष्टाङ्ग-महा-निमित्त-तत्त्वज्ञेन-त्रैकाल्य-दर्शिना निमित्तेन द्वादश-संवत्सर काल-वैषम्यम्-उपलभ्य कथिते सर्व्वस् सङ्घ उत्तरा-पथाद् दक्षिण**

पंक्ति 6—**पथम् प्रस्थितः क्रमेणैव जनपदम्-अनेक-ग्राम-शत-संख्य मुदित जन-धन-कनक-सस्य-गो-महिषा-जावि-कुल-सनाकीर्णर्णम्-प्राप्तवानतः आचार्य प्रभाचन्द्रो-नामावनितल-ललाम भूतेथस्मिन् कटवप्र-नाम**

पंक्ति 7—**कोपलक्षिते विविध-तरु-दर-कुसुम-दला [व] लि-विरचना-शवल-विपुल-सजल-जलद-निवह-नीलोपल-तले-वराह-द्वीपि-व्याघ्रर्क्ष-तरक्षु-व्याल-मृग-कुलोपचितोपत्यक-कन्दर-दरी-महागुहा**

पंक्ति 8—**गहनाभोगवति समतुङ्ग-शृङ्ग-शिख (रि) णि-जीवित-शेषम्-अल्पतर-कालम्-अवबुध्यात्मनः सुचरित-तपस्-समाधिम् आराधयितुम् आपृच्छ्य निरवशेषेण सङ्घं विसृज्य शिष्येणैकेन पृथुलतरास्तीर्ण्ण**

पंक्ति 9—**तलासु शिलासु स्व-देहं संन्यस्याराधितवान् क्रमेण सप्त-शतम्-ऋषीणाम् आराधितम् इति जयतु जिन शासनम् इति (।)**

नोट- सिद्धं शब्द छठी पंक्ति की विपरीत दिशा में उत्कीर्ण है। दो वर्ण पंक्ति तीसरी के निकट और दो वर्ण पंक्ति नौ के निकट भी उत्कीर्ण हैं।

प्रस्तुत शिलालेख की चतुर्थ पंक्ति में तीर्थंकर महावीर के निर्वाणोपरान्त हुए आचार्यों के निम्न क्रम में कुछ नाम आये हैं। वे हैं—परमर्षि गौतम गणधर, उनके शिष्य लोहार्य-जम्बू स्वामी-विष्णुदेव-अपराजित-गोवर्द्धन-भद्रबाहु-विशाखाचार्य-प्रोष्ठिल-कृत्तिकार्य्य-जयनाम-सिद्धार्थ-धृतिषेण-बुद्धिलादि गुरुपारम्परीणक्क्रामाभ्यागत।[2]

इन आचार्यों में गोवर्द्धन, भद्रबाहु और विशाखाचार्य के नाम ध्यातव्य हैं।

आचार्य जिनसेन ने उक्त आचार्यों के नाम अपनी कृति 'महापुराण' में भी दिये हैं[3]—

ततो यथाक्रमं विष्णुर्नन्दिमित्रोऽपराजितः।
गोवर्द्धनो भद्रबाहुरित्याचार्या महाधियः॥
चतुर्दशमहाविद्यास्थानानां पारगा इमे।
पुराणं द्योतयिष्यन्ति कार्त्स्न्येन शरदः शतम्॥
विशाख प्रोष्ठिलाचार्यो क्षत्रियो जयसाह्वयः।
नागसेनश्च सिद्धार्थो धृतिषेणस्तथैव च॥

आचार्य गोवर्द्धन चतुर्दश पूर्वधर और अष्टांग महानिमित्त के वेत्ता भी थे। वे चतुर्थ श्रुतकेवली थे। आचार्य अपराजित के शिष्य थे। 'हरिषेण कथा' पृष्ठ 317 के अनुसार—
एक बार इन्होंने पौड्रवर्द्धन देश के देवकोट्ट नगर की ओर विहार किया था। यहाँ आकर इन्होंने एक के ऊपर एक इस प्रकार चौदह गोलियाँ रखनेवाले बालक को देखा। पूछने पर बालक ने अपना नाम भद्रबाहु और पिता का नाम सोमशर्मा और माता का नाम सोमश्री बताया था। परिचय के पश्चात् इन्होंने भद्रबाहु को चतुर्दश पूर्वधर अन्तिम केवली होना कहा। भद्रबाहु ने आपके पास रहकर शिक्षा ही नहीं ली अपितु मुनिदीक्षा भी ग्रहण की। अन्त में भद्रबाहु को ही संघ का भार सौंप कर आत्म-साधना करते हुए समाधिपूर्वक देवलोक को प्राप्त हुए। 'हरिषेण कथा' पृष्ठ 17 में कहा भी है[4]—

भद्रबाहुकुमारं च स दष्ट्वा नगरे पुनः।
उपर्युपरि कुर्वाणं तांश्चर्तुदश वट्टकान्॥1॥
पूर्वोक्त पूर्विणां मध्ये पञ्चमः श्रुतकेवली।
समस्तपूर्वधारी च नानर्द्धिगणभाजनः॥12॥
नाना विधं तपः कृत्वा गोवर्द्धन गुरुस्तदा।
सुरलोकं जगामाशु देवोगीत मनोहरम्॥22॥

आचार्य भद्रबाहु

श्रवणबेलगोल-विन्ध्यगिरि पर सिद्धरवस्ती में दक्षिण की ओर एक स्तम्भ पर शक संवत् 1355 का शिलालेख है। इसमें भद्रबाहु और उनके शिष्य चन्द्रगुप्त का नामोल्लेख हुआ है[5]—

तदन्वये शुद्धिमति प्रतीते समग्रशीलामलरत्नजाले।
अभूद्यतीन्द्रो भुवि भद्रबाहुः पयःपयोधाविव पूर्ण्णचन्द्रः ॥ 16 ॥

भद्रबाहुरग्रिमः, समग्रबुद्धिसम्पदा;
शुद्धसिद्धशासनं सुशब्द-बन्ध-सुन्दरम्।
इद्धवृत्तसिद्धिरत्र बद्धकर्म्मभित्तपो-
वृद्धि वर्द्धितप्रकीर्तिरुद्दधे महर्द्धिकः ॥ 7 ॥

यो भद्रबाहुः श्रुतकेवलीनां मुनीश्वराणामिह पश्चिमोह्यपि।
अपश्चिमोऽभूद्विदुषां विनेता सर्व्वश्रुतार्थप्रतिपादनेन ॥ 8 ॥

भद्रबाहु के शिष्य का नाम चन्द्रगुप्त बताया गया है। कहा भी है[6]—

तदीय शिष्योऽजनि चन्द्रगुप्तः समग्रशीलानतदेववृद्धः।
विवेश यत्तीव्रतपःप्रभाव-प्रभूत कीर्त्तिर्भुवनान्तराणि ॥ 9 ॥

इन्हीं चन्द्रगुप्त के वंश में हुए मुनि कुण्डकुन्दोदित (कुन्दकुन्दाचार्य) का नामोल्लेख भी हुआ है। पद्य है[7]—

तदीयवंशाकरतः प्रसिद्धादभूददोषा यतिरत्नमाला।
बभौ यदन्तर्म्मणिवन्मुनीन्द्रस्स कुण्डकुन्दोदितचण्डदण्डः ॥ 10 ॥

भद्रबाहु श्रुतकेवली विशाल संघ सहित विहार करते हुए उज्जैन पधारे थे। चन्द्रगुप्त मौर्य उस समय प्रान्तीय उपराजधानी में ठहरे थे। भद्रबाहु आहार के लिए नगर में आये। पालना में झूलते हुए बालक ने कहा, 'मुनिराज! यहाँ से शीघ्र चले जाओ।' इस घटना से भद्रबाहु ने निमित्तज्ञान से जाना था कि बारह वर्ष का दुर्भिक्ष पड़नेवाला है। भद्रबाहु आहार लिये बिना लौट गये। संघ में उन्होंने कहा, 'अब संघ को समुद्र के समीप दक्षिण देश में जाना होगा।'

चन्द्रगुप्त ने रात्रि में सोते हुए सोलह स्वप्न देखे। स्वप्नों का फल भी भद्रबाहु ने दुखद बताया। फलस्वरूप पुत्र को राज्य देकर भद्रबाहु से उन्होंने

जिनदीक्षा ले ली। कहा भी है—

भद्रबाहु वचःश्रुत्वा चन्द्रगुप्तो नरेश्वरः।
अस्यैव योगिनः पार्श्वे दधौ जैनेश्वरं तपः।
चन्द्रगुप्त मुनिः शीघ्रं प्रथमो दशपूर्विणाम्
सर्वसंघाधिपो जातो विसाषाचार्य संज्ञकः।।

—हरिषेण कथाकोश, पृष्ठ 131

भद्रबाहु ससंघ श्रवणबेलगोल आये। यहाँ उन्होंने कहा कि मेरा आयुष्य अल्प है, मैं यहीं रहूँगा। संघ विशाखाचार्य के नेतृत्व में आगे चला जाय। उन्होंने बारह हजार मुनियों को दक्षिण की ओर जाने की अनुमति भी दे दी थी।[8]

चन्द्रगिरि पार्श्वनाथ अभिलेख की पाँचवीं पंक्ति के आलोक में उत्तर से दक्षिण की ओर विहार करने की बात भी प्रामाणिक प्रतीत होती है।

विशाखाचार्य आचार आदि ग्यारह अंग और दशपूर्वधारी थे। इन्हीं की अध्यक्षता में बारह हजार मुनियों का संघ आचार्य भद्रबाहु के निर्देश से दक्षिण में पाण्ड्यादि देश की ओर चला गया था।[9] आचार्य भद्रबाहु अपना जीवनकाल अल्प जानकर तपश्चरणपूर्वक समाधि की आराधना करने को एक शिष्य के साथ संघ से पूछकर और उसे छोड़कर श्रवणबेलगोल-चन्द्रगिरि चले आये थे जहाँ उन्होंने संन्यास की आराधना की थी। चन्द्रगिरि पार्श्वनाथ अभिलेख में उल्लिखित आठवीं पंक्ति से इस कथन की प्रामाणिकता प्रतीत होती है।

छठी पंक्ति में कटवप्र नाम आया है। यह चन्द्रगिरि का प्राचीन नाम प्रमाणित होता है। यहाँ की इसी महान गुफा में आचार्य भद्रबाहु ने समाधिपूर्वक देह का त्याग किया था तथा यहीं पर उन्होंने एक मात्र अपने शिष्य चन्द्रगुप्त को प्रभाचन्द्र नाम से विभूषित किया था।

इन्होंने भी समाधिपूर्वक देह त्यागने में अपने गुरु का सुचारु रूप से अनुसरण किया था। साथ में आये सात सौ ऋषियों ने भी समाधिपूर्वक देह का परित्याग किया था। आठवीं-नौवीं पंक्ति में ये तथ्य उत्कीर्ण हैं।

चन्द्रगुप्त की समाधि से ज्ञात होता है कि कटवप्र पर्वत चन्द्रगिरि के नाम से प्रसिद्ध हुआ। सातवीं पंक्ति में इस पर्वत की शिलाएँ सजल मेघसमूह के समान श्यामवर्ण की कही गयी हैं। सम्भवतः पर्वत इतना सघन रहा है कि सुअर, हाथी, शेर, रीछ, लकड़वग्घा, सर्प और मृगकुल यहाँ सुखपूर्वक रहते

रहे हैं।

उपन्यास की भाषा शैली में संजीदगी है। वह सरल और प्रभावशाली है।

यथानाम तथागुण वाले मुनिश्री प्रणम्यसागर जी को उनके चरण-कमलों में मनसा-वाचा-कर्मणा सविनय नमोऽस्तु।

जिन्होंने अवमौदर्य-वेदना को सहर्ष सहते हुए उत्तमार्थ की प्राप्ति की ऐसे आचार्य भद्रबाहु को भी मेरा नमोऽस्तु।

आमोदरिये घोराये भद्दबाहु स संकिलिट्ठमदी।
घोराय तिगिंच्छिए पडिवण्णो उत्तमं ठाणं॥

(डॉ.) कस्तूरचन्द्र 'सुमन'
उप निदेशक
जैन विद्या संस्थान, श्री महावीर जी

सन्दर्भ-सूची

1. Epigraphia Carnatica Vol. 2, शिलालेख, प्रथम पृष्ठ (3-4)
2. वही, पंक्ति 4
3. महापुराण, भाग प्रथम-2.141-143
4. पं परमानन्द शास्त्री, जैनधर्म का प्राचीन इतिहास; भाग द्वितीय
5. जैन शिलालेख संग्रह: भाग प्रथम, प्रकाशक श्री माणिकचन्द्र दि.जैन ग्रन्थमाला समिति, पृष्ठ 210, लेख क्रमांक-108, पृष्ठ 210
6. वही, पद्य 9, पृष्ठ 210
7. वही, पद्य 10, पृष्ठ 210
8. पं. परमानन्द शास्त्री, जैनधर्म का प्राचीन इतिहास, भाग द्वितीय, पृष्ठ 49
9. वही, पृष्ठ 47

अन्तर्भाव

इतिहास संस्कृति की अमूल्य धरोहर है। इतिहास हमें प्राचीन सभ्यता से परिचय कराता है। इतिहास की सुरक्षा ही संस्कृति की सुरक्षा है। यह बात भी सच है कि समय-समय पर जो परिवर्तन हुए हैं, वे बहुत बड़े काल-खण्ड की वैचारिक क्रान्ति की देन रहे हैं।

जैनधर्म के सिद्धान्तों को बताने वाले प्रथम तीर्थंकर ऋषभदेव का नाम ऋग्वेद आदि में भी उल्लिखित है। ऋषभदेव की ऐतिहासिकता से ही जैनधर्म की प्राचीनता स्वत:सिद्ध हो जाती है। उनके बाद तेईस तीर्थंकर और हुए जो एक कोड़ाकोड़ी सागर के एक विशाल काल-खण्ड के मील के पत्थर साबित हुए। अन्तिम तीर्थंकर महावीर और उनसे कुछ पहले का जो इतिहास उपलब्ध होता है वह भी पूरा-का-पूरा विद्यार्थियों के सामने इतिहास की किताबों के माध्यम से नहीं परोसा गया है, शायद परोसा भी नहीं जाएगा। यदि कोई तथ्य हमारी समझ से परे हो, किन्तु किसी भी धर्मग्रन्थ में वह प्रामाणिक रूप से मान्य है तो कम-से-कम सम्भावना के रूप में तो उसका सन्दर्भ देकर उल्लेख किया जा सकता है। एक सच्चे इतिहासज्ञ को धर्म के व्यामोह और जातिगत पक्षपात से बहुत दूर रहकर सोचना होता है।

मेरा ऐसा मानना है कि श्रमण संस्कृति और वैदिक संस्कृति में जितना जातिगत अन्तर आज देखने में आ रहा है, उतना महावीर से पहले के युग में नहीं था। लोग भोगवाद से ऊबकर आत्मिक शान्ति की खोज जीवन के अन्तिम पायदान में अवश्य करते थे। वैदिक परम्परा में और जैन परम्परा में चार आश्रमों की व्यवस्था प्राय: सर्वमान्य है। जीवन का वर्गीकरण जीने का ढंग सिखाता है। अन्त में संन्यास आश्रम को स्वीकारना जनमानस में सहज रूप से स्वीकार्य था ।

जैन शास्त्रों में जो पौराणिक पुरुषों के आख्यान और चरित्र प्रस्तुत किये

गये हैं उनमें ब्राह्मण जाति के बहुत से पुरुष हैं। भगवान महावीर के बाद भी बहुत से महान जैनाचार्य जाति से ब्राह्मण थे। आचार्य समन्तभद्र, पूज्यपाद, विद्यानन्द आदि आचार्यों के नाम इस सन्दर्भ में ज्ञातव्य हैं। 'संस्कृति के चार अध्याय' नाम की पुस्तक में रामधारी सिंह दिनकर ने जिस उदारता से और निष्पक्षता से सभ्यता और संस्कृति का आलोड़न करके साक्ष्य प्रस्तुत किये हैं, वे पठनीय हैं।

कैसे श्रमण संस्कृति को अपनाकर ब्राह्मण लोग आत्म-कल्याण करते थे, इस तथ्य का ज्ञान इस कथानक को पढ़कर पाठकों को होगा। श्रमण संस्कृति आर्यों के आगमन से पूर्व इस देश में थी। संस्कृति सार्वकालिक और सार्वभौमिक होती है। किसी एक के बने विचार बहुत समय तक की संस्कृति नहीं बन पाते हैं। महावीर के निर्वाण के बाद जब सिकन्दर भारत आया था तब भी उसने जैन साधुओं को सिन्ध तट पर देखा था। मौर्य काल में चन्द्रगुप्त मौर्य ने भद्रबाहु के नेतृत्व में अपने आपको दीक्षित किया था। इतिहास की दृष्टि में यह सुप्रसिद्ध है और जैन धर्म ग्रन्थ में भी इस बात का उल्लेख मिलता है कि 'मुकुटबद्ध राजाओं में अन्तिम सम्राट् चन्द्रगुप्त हुआ जो अन्त समय में दीक्षा लेकर संन्यास धारण कर मरण को प्राप्त हुआ।'

यह उल्लेख ईसा की चतुर्थ शती के एक महान आचार्य यतिवृषभ का है। इस कथानक में चन्द्रगुप्त के साथ-साथ चाणक्य का जीवन दर्शन भी समाहित है। चाणक्य भी ब्राह्मण थे और अन्त समय में श्रमण बनकर उन्होंने उपसर्ग सहन कर, समाधिमरण अंगीकार किया था। कुछ इन्हीं तथ्यों को ध्यान में रखते हुए इस कथानक को एक प्रामाणिक उपन्यास शैली में प्रस्तुत करने का प्रयास किया है, जो पाठकों के समक्ष है। ग्रन्थ के अन्त में परिशिष्ट में चार अलग-अलग दृष्टियों से चन्द्रगुप्त की प्रामाणिकता को प्रस्तुत किया है। वे चार बिन्दु हैं—

- शिलालेखों में चन्द्रगुप्त।
- श्रवणबेलगोल के पाषाण फलकों में उत्कीर्ण सम्राट् चन्द्रगुप्त का इतिहास
- इतिहासज्ञों की दृष्टि में चन्द्रगुप्त।
- जैन शास्त्रों में चन्द्रगुप्त।

चन्द्रगुप्त के इस कथानक को निबद्ध करने में अनेक प्रचलित इतिहास

की पुस्तकों का सहारा भी लिया गया है। इतिहास में जो जानकारी उनके राजकीय जीवन की उपलब्ध हुई, वह और जैन शास्त्रों में जो तथ्य उपलब्ध हैं वह, उन सभी को मिलाकर यह रचना पूर्ण हुई है।

चन्द्रगुप्त मौर्य के सम्बन्ध में जैन ग्रन्थों में जो वर्णन मिलता है, वह उसकी राज्यावस्था से ही मिलता है। भद्रबाहु के साथ चन्द्रगुप्त मुनि बनकर चले गये, यह जैन ग्रन्थों में वर्णित है। चन्द्रगुप्त के बचपन के विषय में कथानक प्राय: नहीं के बराबर है। इस उपन्यास में चन्द्रगुप्त मौर्य का जो प्रारम्भिक जीवन थोड़ा-सा दिखाया है वह राधाकुमुद मुखर्जी द्वारा लिखित पुस्तक 'चन्द्रगुप्त मौर्य और उसका काल' से अवगत हुआ है। चन्द्रगुप्त के वैवाहिक जीवन से सम्बन्धित भिन्न-भिन्न अवधारणाएँ प्रचलित हैं। जैन शास्त्रों में रानी सुप्रभा का नाम आता है। इतिहास की पुस्तकों में सैल्यूकस की पुत्री कार्नेलिया का नाम आता है। इन्हीं दोनों रानियों को इस कथानक में लिया है। एक और रानी हेलेन का नाम मिलता है परन्तु इसके सम्बन्ध में इतिहासकार एक मत नहीं हैं। हेलेन का सम्बन्ध सिकन्दर से भी जोड़ा जाता है।

इस दीर्घ कालान्तर में चन्द्रगुप्त के विषय में अनेक अभिप्राय प्रचलन में आये हैं। स्वयं जैन ग्रन्थों में भी अन्तर दिखता है। एक ग्रन्थ में तो नाम में भी अन्तर है। चन्द्रगुप्त की जगह 'सम्प्रति चन्द्रगुप्त' नाम लिखा है। इस विषय में विशेष परिशिष्ट में 'जैन शास्त्र में चन्द्रगुप्त' शीर्षक अवलोकनीय है। चन्द्रगुप्त ने जो सोलह स्वप्न देखे उनमें भी अन्तर है। जैन ग्रन्थ 'पुण्यास्रव कथाकोश' में जिन सोलह स्वप्नों का उल्लेख है, वे यहाँ परिशिष्ट में दिये गये हैं। मूल कथानक में जो सोलह स्वप्न वर्णित हैं, वे पाषाणफलक पर उत्कीर्ण स्वप्नों के अनुसार हैं। दोनों प्रकार के स्वप्नों के क्रम और वर्णन में जो अन्तर है, उसे पाठकगण स्वयं अध्ययन करके समझें।

भारत सरकार ने इस महान शासक पर एक डाक-टिकट जारी करके गौरव का अनुभव किया है। उस डाक-टिकट के ब्यौरे में लिखा है कि— 'चन्द्रगुप्त ने लगभग 25 वर्ष तक शासन किया था। जैन मान्यता के अनुसार, मुनि भद्रबाहु से प्रभावित होकर उन्होंने जैनधर्म अपना लिया था। ऐसा माना जाता है कि अपने पुत्र बिन्दुसार को राजपाट सौंपने के बाद उन्होंने आध्यात्मिक

जीवन व्यतीत किया था।'

प्रस्तुत पुस्तक के परिशिष्ट में एक शब्दकोश भी दिया है, ताकि क्लिष्ट सैद्धान्तिक शब्दों का अर्थ पाठक गण आसानी से समझ सकें। अन्त में परिशिष्ट में सन्दर्भ ग्रन्थ सूची दी है जो 'भद्रबाहु चरित्र' से उद्धृत है। शोधकर्ता को चन्द्रगुप्त सम्बन्धी सामग्री एक साथ उपलब्ध हो जाय इसलिए सन्दर्भ सूची को इसमें निबद्ध किया है।

डॉ. कस्तूरचन्द्र 'सुमन' ने ऐतिहासिक साक्ष्यों के साथ इस पुस्तक की प्रस्तुति दी है। अभिनन्दन कुमार सांधेलीय ने ग्रन्थ-प्रकाशन में विशेष रुचि ली। इन दोनों के लिए साधुवाद।

भारतीय ज्ञानपीठ के मैनेजिंग ट्रस्टी साहू अखिलेश जैन को साधुवाद कि उन्होंने इसके प्रकाशन में अपनी सहर्ष स्वीकृति प्रदान की। ज्ञानपीठ के ही डॉ. गुलाबचन्द्र जैन और श्री राकेश शास्त्री का शुभेच्छु कि उन्होंने इस कृति का बड़े ध्यान से संशोधन किया और नया रूपाकार दिया।

मुनि श्री अभयसागर जी ने इस ग्रन्थ का सूक्ष्मरूप से अवलोकन कर उचित सुझाव दिये, उनके प्रति कृतज्ञता व्यक्त करते हुए उन्हें नमोस्तु निवेदित करता हूँ। मुनि श्री चन्द्रसागर जी का सहयोग भी स्मरणीय है।

जिस समय हम अपनी अन्त:प्रेरणा से यह कथानक लिख रहे थे उसी समय पूज्य गुरुदेव आचार्य श्री विद्यासागर जी के मन में यह भाव आया था कि एक कृति चन्द्रगुप्त के जीवन सम्बन्धी जैन इतिहास की दृष्टि में बननी चाहिए। गुरुदेव के यह भाव जब हम तक प्रेषित हुए तो हमें हर्ष हुआ कि गुरुदेव की भावना के अनुरूप यह कार्य मुझसे सम्पन्न हुआ। गुरुकृपा से और उनके आशीष से ही इस लेखनी में कुछ सामर्थ्य आ सका है। परम उपकारी गुरुदेव के कर-कमलों में समर्पित यह कृति......

मुनि प्रणम्य सागर

कार्तिक कृष्णा अष्टमी
वर्षायोग ई. 2011
घंसौर (सिवनी) (म.प्र.)

जैन सम्राट् चन्द्रगुप्त मौर्य

अनुक्रम

परिशिष्ट

1

एक संगठित साम्राज्य का सूत्रपात

"महाराज महापद्मनन्द के शासन में अराजकता नाम की कोई बात नहीं है। सभी लोग निश्चिन्तता से अपने कार्यों में लगे हैं। आपका शासन आपके नाम के अनुरूप हमेशा वृद्धिंगत रहे, बढ़ता रहे। नन्दशासन नन्द नन्द।"

"मन्त्रिन्! मैं मानता हूँ कि आप बहुत बुद्धिमान् हैं और आपके रहते ही इस राज्य के संकट समय-समय पर दूर होते रहे हैं। एक राजा को आप जैसे चतुर और विश्वस्त मन्त्री की हमेशा जरूरत रहती है।"

"हमारे भाग्य हैं राजन्, जो हम लोग आपके कृपापात्र हैं। आपके चारों मन्त्री आपकी चार महान् शक्तियाँ हैं। हम लोगों की सफलता का एक मात्र रहस्य है जो आपने सिखाया है कि 'अपने-अपने काम में सावधानी से लगे रहो और समय आने पर एक होकर निर्णय लो।' बस यही मन्त्र हम लोगों को आगे बढ़ाता है।"

"ठीक है मन्त्रिवर, मैं मानता हूँ कि मगध राज्य में लोग खुश हैं। लेकिन मेरी इच्छा है कि यह साम्राज्य और बढ़ना चाहिए। दक्षिण दिशा में इसका विस्तार अभी अपेक्षित है। यदि हम कलिंग राज्य तक अपनी विजय पताका फहरा दें तो बीच के छोटे-मोटे राज्य अपने आप हमारे अधिकार में आ जाएँगे। और ये लोग कभी अकेले, कभी मिलकर अपना सिर उठाते रहते हैं, उनका यह सर्प की तरह फण उठाना और फुंकारना बन्द हो जाएगा।"

"परन्तु राजन्! बिना वजह किसी पर आक्रमण करना धर्मविरुद्ध नहीं होगा?"

"मन्त्रिन्! वजह बनाई जाती है।"

"राजन्! ऐसा क्या है जिसके कारण हम युद्ध का आह्वान करें या

कलिंगराज को आपके चरणों में नम्रीभूत होने के लिए विवश करें। आप हमें थोड़ा समय दें। हम विचार करके आपके समक्ष बहुत शीघ्र उपस्थित होते हैं।"

"हमें आप सभी का विचार बहुत शीघ्र सुनना है।"

अगले ही दिन —

"महाराज नन्द का शासन जयवन्त हो ! हम लोग कुछ निवेदन करना चाहते हैं स्वामिन् !"

"स्वागत है।"

"अपने मगध राज्य में लोग बाहर के देशों से भी आते हैं। यहाँ महावीर और बुद्ध का प्रभाव सबसे ज्यादा जनमानस पर देखा जा रहा है। कुछ लोग अपने राज्य से भी कलिंग देश की यात्रा पर जाते हैं, और वहाँ 'कलिंग जिन' की सर्वप्रसिद्ध मूर्ति के दर्शन कर अपने को धन्य मानते हैं।"

"मन्त्रिन्! कलिंग और जिन यह नाम कुछ समझ में नहीं आया।"

"राजन्! जैनों के प्रथम तीर्थंकर भगवान् ऋषभनाथ की एक विशाल उत्तुंग मूर्ति कलिंग के आकर्षण और समृद्धि का मुख्य कारण है। ऋषभदेव की वह मूर्ति कलिंग में रहने के कारण 'कलिंग जिन' के नाम से विख्यात है। यदि वह मूर्ति लेने के लिए हम अपना प्रस्ताव भेजें तो हमारा कलिंग पर चढ़ाई करने का अभिप्राय धर्मविरुद्ध नहीं होगा।"

"बहुत सुन्दर मन्त्रियो! यह कार्य हमें बहुत शीघ्र करना है। और इस कार्य में हमारी विजय निश्चित है।"

"ऐसा क्यों राजन्?"

"क्योंकि, हम भगवान् जिनेन्द्र की मूर्ति अपने राज्य में लाएँगे इस कारण से राज्य के नागरिकों में दुगुना उत्साह और विजय की लालसा उत्पन्न होगी। वैसे तो मगध की प्रजा पर महावीर की अहिंसा का बहुत प्रभाव है।"

"प्रजा पर ही नहीं, राजा पर भी प्रभाव देखने में आ रहा है स्वामिन्!"

"क्यों नहीं? मन्त्रिन्! हमारा वंश महावीर से साक्षात् सम्बन्ध जो रखता है। हमारी रगों में भी उसी राजा श्रेणिक का खून है जो मगधाधिपति राजा बिम्बसार के नाम से विख्यात थे। वह भगवान् महावीर के समवसरण (सभा)

के अग्रणी श्रोता थे। यह दुःखद बात है कि अजातशत्रु ने अपने पिता को मार डाला या मरवा दिया। भगवान् महावीर की माँ राजा चेटक की पुत्री थी। चेटक वैशाली गणतन्त्र के राजा थे। उन्होंने अपनी पुत्रियों का विवाह उन्हीं राजाओं से किया था जो जैनधर्म को मानते थे। राजा चेटक की यह प्रतिज्ञा थी कि 'वे जैन के सिवाय किसी दूसरे से अपनी कन्याओं का विवाह नहीं करेंगे।' सिन्धु सौवीर देश के राजा उदयन, अवन्तीनरेश प्रद्योत, कौशाम्बी के राजा शतानीक, चम्पा के राजा बिम्बसार ये सब राजा चेटक के जमाई थे। ये सभी राजघराने जैनधर्म को पालते थे। राजा उदयन की रानी ने तो अपने महल में एक चैत्यालय बनवाया था और उसमें वह प्रतिदिन जिन भगवान् की पूजा किया करती थी। राजा उदयन तापसों की भक्ति छोड़कर श्रमणों की भक्ति करने लगे थे।

"भगवान् महावीर ने जहाँ जन्म लिया, जिस भूमि पर यौवन की सुरभि को फैलाया, वैराग्य के बीज जिस क्षेत्र में पल्लवित हुए और तप की निर्ग्रन्थ आधारशिला पर श्रामण्य धर्म को अंगीकार करके विश्व की विष-पीड़ा को पीकर, जिस भूमि पर विहार करके अहिंसा पीयूष को कण-कण में बिखेर कर पशुओं-पक्षियों की धर्म के नाम पर दी जाने वाली बलि की बलात् चीखों को इस धरा से हमेशा के लिए विराम दिया। ऐसे महामानव, इस युग के अन्तिम धर्मतीर्थप्रणेता, अहिंसा के माध्यम से विश्व की आत्माओं में प्रेम का संचार करने वाले, राजगृही की पहाड़ी पर धर्मोपदेश की सभा में अनेक तारागण के मध्य सुशोभित चन्द्र की भाँति, दिव्य शरीर की कान्ति से सभी दिशाओं को प्रकाशित करने वाले, वैशाली के कुण्डग्राम में जन्म लेकर अन्ततः पावापुरी के पद्म-सरोवर से मोक्ष प्राप्त किया है। उनके निर्वाण को हुए अभी लगभग सौ वर्ष ही बीते हैं। इस मगध की धरा का कण-कण उनके उपकारों की सुगन्धि से भरा है।"

"महाराज! आप तो इतिहास के पन्नों में खो गये!"

"नहीं मन्त्रिन्! मैं खोया नहीं, सोच रहा था। महावीर के निर्वाण के बाद गौतम स्वामी ने इस जगत् को अपने कैवल्य के अन्तहीन प्रकाश से प्रकाशित किया। इसके बाद सुधर्मा स्वामी ने भी कैवल्य आलोक में अपने दिव्य उपदेशों से निर्वाण मार्ग का उपदेश देकर सिद्धत्व प्राप्त किया। उन्हीं की परम्परा के अनुगामी आज भी एक केवली भगवान् सर्वज्ञता से सुशोभित होकर अपने

राज्य में भ्रमण कर रहे हैं। सुनते हैं कि इनके बाद यह परम्परा विच्छिन्न हो जाएगी। हमारे राज्य का यह महाभाग्य है कि इन जम्बूस्वामी ने बंगाल के 'कोटिकपुर' नामक स्थान से सर्वज्ञता प्राप्त की। उनके पावन विहार से सारा देश खुशहाल है। जब तक ऐसे महाभाग, पुण्यशाली, दिव्यशरीरी पुरुष अपने मध्य आकर इस साम्राज्य की भूमि पर विचरण कर रहे हैं, तब तक दुर्भिक्ष, अकाल, दुःख, आतंक, अराजकता और व्याधियाँ इस क्षेत्र में प्रवेश नहीं कर सकतीं। और मन्त्रिन्! तुम भूल गये कि यह आत्मा अद्भुत आत्मज्ञानी है। विवाह के बाद भी एक से एक रूपसी बधुओं की भाव भंगिमाएँ इस आत्मा को उसके राजमहल में भी विचलित नहीं कर पायीं। माँ मनाती रही —बेटा! इस धन-सम्पदा का मालिक एक तू ही तो है। इन राजकन्याओं का क्या होगा? इस वंश की परम्परा चलाने के लिए ही सही, मेरे पुत्र, इन रूपसियों के रूपकुंड में एक बार तो डुबकी लगा कर देख। परन्तु वह वैरागी सब कुछ लहरों की तरह देखता रहा, सब कुछ... तटस्थ भाव से...।

"मन्त्रिन्! तुमने भी सुना होगा कि उसी विवाह की पहली रात में एक चोर उनके महल में घुस गया। जब उसने सबसे ऊपर की मंजिल पर यह दृश्य देखा तो वह विस्मित हो गया कि यहाँ कोई अन्य ही क्रीड़ा चल रही है। थोड़ी देर बाद जब उसे राजमाता से अपने बेटे के वैराग्य की बात का पता चला तो उसे अपनी करनी पर घृणा हुई। अपने इस घृणित उद्देश्य की निन्दा करते हुए उसे अपने क्षत्रियत्व का बोध हो आया और उसी समय वन की ओर प्रस्थान कर गया। मन्त्रिन्! आप भी तो राजवंश की तरह इस जैनत्व की परम्परा में मन्त्रित्व के विश्वस्तपद को वहन कर रहे हो।"

"राजन्! इस चोर की बात पर से एक बहुत रोचक, अभी हाल में घटित प्रसंग याद आ गया। सुनना चाहेंगे?"

"अवश्य।"

"मिथिला नगरी में राजा वामरथ के राज्य में एक विद्युच्चर चोर ने ऐसी ही क्षत्रियता का परिचय दिया है। वह चोर चौर्यकला में अति निपुण था। वह दिन में तो मन्दिर के बाहर गरीब बन कर बैठा रहता और कोढ़ी का भेष बनाये रहता और रात में ऐसे ऐश करता है कि स्वर्ग के देवता क्या करेंगे! एक दिन उस चोर ने राजा का हार चुरा लिया। राजा ने यमदण्ड कोतवाल को बुलाया और कहा — एक व्यक्ति रात्रि में अपना दिव्य रूप बनाकर, मुझे

मोहित कर मेरे गले का हार ले गया है। सात दिन के अन्दर वह हार हमें मिल जाना चाहिए। सातवें दिन कोतवाल अनाथशाला से उस कोढ़ी को पकड़ने में सफल हो गया। उसने राजा से कहा—राजन् ! चोर यही है। परन्तु चोर कहता, मैं चोर नहीं हूँ। राज्य के अन्य लोग भी उसे चोर मानने को तैयार नहीं। उस कोतवाल ने एक गुप्त स्थान पर उस चोर को ले जाकर ठंड के दिनों में ठंडे पानी को डालना आदि अनेक प्रकार से प्रताड़ना दी, फिर भी वह एक ही बात कहता रहा—मैं चोर नहीं हूँ। अन्त में राजा ने परेशान होकर उससे कहा—चलो मैं तुम्हें अभयदान देता हूँ। अब बताओ कि चोर कौन है? तब वह कोढ़ी बोला—राजन्! क्षमा करें। चोर मैं ही हूँ । राजा ने आश्चर्य से पूछा कि तुमने बत्तीसों प्रकार के ऐसे कष्ट सह लिये और मुँह से नहीं निकला कि तुम चोर हो, ऐसी सहनशक्ति तुझमें कैसे आ गयी? चोर ने कहा— राजन्! मैंने बचपन में एक जैन साधु के उपदेश में नरक के भयंकर दुःखों का वर्णन सुना था। मैं इस दुःख में यही सोच रहा था कि नरक के उन दुःखों के सामने तो यह दुःख उसका करोड़वाँ भाग भी नहीं है। राजा चोर की बात सुनकर बड़ा प्रसन्न हुआ और कहा—अब बताओ तुम क्या चाहोगे? चोर ने कहा—इस मेरे मित्र कोतवाल को अभयदान दीजिए। राजा ने विस्मय से पूछा—यह तेरा मित्र कैसे हुआ?

तब चोर ने कहा—सुनिए राजन्! दक्षिण दिशा में अभीर देश की बेणा नदी के तट पर एक बेना नगर है। वहाँ के राजा जितशत्रु और रानी जयावती का मैं पुत्र हूँ। वहाँ के कोतवाल का पुत्र यह यमदण्ड है। हम दोनों ने एक उपाध्याय के पास विद्यार्जन किया। मैंने अन्य अनेक विद्याओं के साथ-साथ चौरविद्या भी सीखी और इसने कोतवाल की शिक्षा। दोनों ने प्रतिज्ञा की। मैने प्रतिज्ञा की कि जहाँ तुम कोतवाली करोगे, वहीं आकर मैं चोरी करूँगा और इस मित्र ने भी प्रतिज्ञा की कि जहाँ तुम चोरी करोगे वहीं मैं कोतवाली करूँगा। हम दोनों के पिता अन्त समय में संन्यास धारण कर वन को प्रस्थान कर गये। उसके बाद मेरे भय से यह आपके यहाँ आकर कोतवाली करने लगा। मैं चूँकि राजा था, फिर भी प्रतिज्ञा के कारण यहाँ आकर चोर बनकर रहने लगा। अब मैं इस राजभवन से सीधा वन की ओर जाऊँगा और व्रत धारण कर बाईस परीषहों को सहूँगा। इतना कहते ही मैं सीधा वन की ओर चला गया। वहाँ जाकर दीक्षा ले ली।''

"सुना है राजन्! उन विद्युच्चर मुनि के साथ पाँच सौ मुनि विहार कर रहे हैं। वे निष्परिग्रह और अकिंचन बनने का उपदेश दे रहे हैं।"

"ठीक है मन्त्रिन्! आपने बहुत रोचक बात सुनायी। मुझे लगता है कि इस नन्दवंश की रक्षा और समृद्धि जैनधर्म के प्रभाव से होती आयी है। इसलिए 'कलिंग जिन' की मूर्ति को लाने का अब मैं संकल्प कर चुका हूँ, चाहे इसके लिए कितना ही बड़ा महासमर का बिगुल क्यों न बजाना पड़े। मन्त्रिवर! शीघ्र तैयारियाँ की जाएँ।

तैयारियाँ हुईं। कलिंग पर चढ़ाई हुई और 'कलिंग जिन' की मूर्ति को लाकर मगध साम्राज्य के केन्द्र पाटलिपुत्र में ससम्मान मन्त्र-विधि से प्रतिष्ठापित किया गया।

नन्दवंश की प्रतिष्ठा मूर्ति की प्रतिष्ठा के साथ बढ़ गयी। समूचे देश में मगध साम्राज्य एक बलशाली, किन्तु धार्मिक साम्राज्य के रूप में छा गया। बलवत्ता के कारण यदि स्वार्थ बदल जाता है तो सुशासन दुश्शासन बन जाता है। दुश्शासन की छाया में प्रजा राहत की साँस नहीं ले पाती है। नन्दवंश के इस प्रतापी राजा ने प्रजा का दिल जीत लिया। साम्राज्य विस्तार की ओट में कलिंग जिन को अपने साम्राज्य में स्थापित करने के दोहरे उद्देश्य की राजनीति सबकी समझ में नहीं आयी। राजा की धार्मिक भावनाओं का बल जैनधर्म का अनुपालन करने वाली प्रजा ने खूब सराहा। इस युद्ध का उद्देश्य सुनिश्चित था—कलिंग जिन की मूर्ति को अपने साम्राज्य में लाना। इसी उद्देश्य के तहत ज्यादा घमासान नहीं हो पाया और कूटनीति के राजयुद्ध ने धर्मयुद्ध का बाना ओढ़ लिया। मगध राज्य हो या कलिंग राज्य दोनों का उद्देश्य था मूर्ति की प्रतिष्ठा को निष्कलंक बनाए रखना। कलिंग नरेश ने नन्द राजा की शक्तिशाली सेना को देखकर थोड़े ही समय में धर्म की आड़ में आत्म-समर्पण कर दिया।

वैसे धर्म की ओट में क्या-क्या नहीं होता! धर्म की ओट में अहंकार की पूर्ति सदियों से होती आयी है। धर्म की चादर ओढ़कर कभी कोई अपनी इच्छाओं की पूर्ति करता है, कभी कोई राजनीति को सबक देता है। कभी कोई परोपकारी भगवान् जैसा बन जाता है तो कभी कोई अपने भीतर की दुश्मनी का बदला ले लेता है। कोई राजा में किसी समुदाय विशेष के लिए घृणा उत्पन्न करा देता है, तो कभी को अपनी छद्म वासनाओं की आग

बुझा लेता है। आज तक इस चादर पर न जाने कितने कलंक लगे, कितने लोगों ने इससे अपने को राजनेता, धर्मनेता, विधिनेता के सिंहासन पर बैठाकर अपने अहंकार को प्रतिष्ठित किया है। इतना सब कुछ होने के बाद भी इस चादर से लोगों का विश्वास नहीं उठता है, उठ भी नहीं सकता; शीतलता तो चाँद से ही मिलती है, भले ही उसमें लगा दाग कितना ही बड़ा क्यों न हो।

धर्म की यह चादर कभी मैली हो जाती है, कभी उजली दिखती है। इसके दोनों रूप समय-समय पर ठीक वैसे ही दीखते हैं जैसे चाँद कभी पूर्णिमा में और कभी अमावस में दिखता है। हर पूर्णिमा के बाद अमावस की यात्रा और हर अमावस के बाद पूर्णिमा की सम्भावना चाँद की चाहत और बढ़ा देता है। फिर यह धर्म की चादर भी चाँद की तरह किसी की हुई नहीं । लोगों ने इसे अपना माना, इसके उपकार से कृतज्ञ होकर इसे पूजा, अपनाया। आकाश में अविरल गतिमान चाँद किसी की अपेक्षा से कब-कहाँ रुका, कब-कहाँ थका ? उसी चाँद की चाँदनी में भोगी के तन पर रति श्रम की स्वेद बिन्दुएँ जब सूखती हैं तो सुखद अनुभूति होती है, उसी चाँद की चाँदनी जब चोर के तन पर पड़ती है तो उसे चाँद पर गुस्सा आता है कि यह प्रकाश कहीं उसकी सही पहिचान दिन के उजालों में न करा दे । उसी चाँद की चाँदनी जब औषधि के मिश्रण को सतत अमृत बिन्दुओं से सिंचित करती है तो न जाने कितने प्राणों को जीवन्त कर देती है। उसी चाँद की चाँदनी की एक झलक चकवा को चकवी से बिछोह की वेदना देती है तो कहीं किसी प्रिया का प्रिय से मिलन भी करा देती है। संसार के इन समस्त क्रिया-कलापों को एक योगी निःस्पृह होकर उसी चाँद की चाँदनी में देखता रहता है। वह चाँदनी में रहकर भी उससे अलिप्त होता है, धरती पर रहकर भी रति से रहित होता है। उसकी ज्ञानदृष्टि में अनन्त आकाश-सी अथाह, मौन भंगिमा छाई रहती है। सब कुछ जानकर भी निरा अनजान! निरा तटस्थ!

जिन्होंने इस युद्ध में कुछ समझा वे भी मौन रहे, जिन्होंने कुछ नहीं समझा वे भी मौन रहे। जिन्होंने अपने मन में यह समझा कि एक मूर्ति के लिए युद्ध की ललकार क्यों की गयी, वे भी मौन रहे। मानो चाँद की चाँदनी में सब तरफ निशा की तरह मौन ही मौन बिखरा पड़ा था। उधर कलिंग राज्य में भी पराजय का शोकाकुल मौन छाया था। कहीं कुछ समझ में नहीं आ रहा था कि

यह मौन पराजय का है, या यह मौन आत्म-समर्पण का है, या यह मौन जिन प्रतिमा की रक्षा का है। यह मौन प्रतिमा की तरह सब कुछ कह कर भी निःशब्द था, शान्त था। यह मौन प्रतिमा की तरह मन्द हास्य लिये था। यह मौन अपने मुख-मण्डल पर भविष्य की अनन्त सम्भावनाओं को समेटे हुए था।

परन्तु रात कितनी देर रहती है और बात कितनी देर ठहरती है। रात की तरह यह बात धीरे-धीरे सब भूल गये। एक तरफ कुछ अनमोल पाने की खुशी, तो दूसरी तरफ कुछ अपने ही हाथ से चले जाने की आकुलता।

राजा महापद्मनन्द राजसिंहासन पर बैठे मन्त्रियों से विचार-विमर्श में संलग्न हैं कि तभी एक दूत शुभ समाचार लेकर आता है। "राजन्! नभोंगण में देवों की टुकड़ियाँ बादल की तरह छायी हैं। दूर-दूर तक सुर-अप्सराओं और विद्याधरों का आना-जाना दिखाई दे रहा है। विमानों की ध्वजाओं में अनेक प्रकार के चिह्न,अनेक देवों की विभूतियों के साथ-साथ उनके पुण्य फल की विभिन्नता को सूचित कर रहे हैं। अन्तिम अनुबद्ध केवली जम्बूस्वामी की जय-जयकारों का निनाद चारों ओर गूँज रहा है। ज्ञात हुआ है कि वह बंगदेश से विहार करते हुए कैवल्य प्रकाश के साथ बंग के ही प्रसिद्ध पुंड्रवर्धन, ताम्रलिप्ति आदि नगरों से होकर मथुरा पहुँचे थे। वहाँ से विहार कर वे बहुत समय बाद राजगृही के विपुलाचल पर आकर ठहरे। आयु के अन्तिम क्षण में भगवान् महावीर की चरणरज से पवित्र उसी विपुलाचल पर उन्होंने सदा के लिए देह त्याग कर दिया है। अब वह हमेशा के लिए अजर-अमर-अविनाशी पद के स्वामी हो गये हैं। उनके निर्वाण का महामहोत्सव मनाने के लिए ये देवता गण आये हैं।"

"जम्बूस्वामी के निर्वाण का समाचार मेरे चित्त को अति प्रसन्न करने वाला है। प्रणिधि! आओ, यह अमूल्य हार स्वीकार करो। जिस तरह अब इस धरा पर कैवल्य प्राप्ति की अनुबद्धता का क्रम अन्तिम है, उसी तरह इस रत्नजटित बहुमूल्य हार को प्राप्त करना तुम्हारे जैसे दूत के लिए अन्तिम बार है। आत्मा की शाश्वत अनर्घ्य गुणवत्ता के समक्ष यह रत्नाहार अब मुझे भी

निस्सार प्रतीत हो रहा है।

"मन्त्रिन्! यह समाचार, यह समय, यह क्षण, यह पुण्य, यह देवों का आगमन, यह निर्वाण के क्षणों का उत्सव, चारों ओर अपार खुशहाली का यह माहौल, जैनत्व की तपस्या का यह अन्तिम फल, देह परित्याग का उत्कर्ष, आत्मा का शाश्वत सुख—सब कुछ ऐसा लग रहा है मानो महावीर की तपस्या के ही मधुर-फलों को हम देख रहे हों, उनका आस्वादन कर रहे हों। ऐसी आत्माएँ इस धरा पर कई जन्मों के संचित पुण्य के बाद जन्म लेती हैं। इन आत्म-विजेताओं की साधना-पद्धति हृदय को झकझोर रही है, आह्लादित कर रही है। अपार साम्राज्य का स्वामी होने के बाद भी इन पवित्र आत्माओं को देखने को मन लालायित हो रहा है। उन जिनवर के चरणों की वन्दना करना ही जीवन की सफलता लगता है। ...आखिर, हम उन जैसे निस्पृही-अनाकांक्ष आत्माओं के लिए क्या कर सकते हैं?"

"वही राजन्! जो हमारे पूर्वज करते आये हैं।"

"वह क्या, मन्त्रिन्?"

"कम से कम उनकी स्मृतियों को तो जीवित बनाए रखा जा सकता है। मथुरा नगरी का सांस्कृतिक इतिहास तो आपको ज्ञात ही है। भगवान् पार्श्वनाथ के समय के राजाओं की निर्मित आकृतियाँ आज भी उस समय के स्वर्णमय स्तूपों पर मुक्त आत्माओं की याद दिलाती हैं। उस मथुरा के ऐतिहासिक धर्मप्राण सांस्कृतिक कार्य जैसा ही कुछ आपके द्वारा हो तो लोग सदियों तक आपके नाम को भी याद करेंगे।"

कुछ ही देर के बाद, दूत ने आकर फिर एक समाचार राजा को सुनाया, "राजन् ! विद्युच्चर को भी परिनिर्वाण की प्राप्ति हुई है। वह भी जम्बूस्वामी के शिष्य थे। उन्होंने उन्हीं से दीक्षा लेकर श्रमण पथ को अपनाया था। उनके साथ पाँच सौ साधु विचरण करते थे। उन पर घोर उपसर्ग हुआ है।"

"क्या! क्यों!"

"राजन्! मथुरा नगर में जब वह प्रवेश कर रहे थे तो नगरदेवी चामुण्डा ने उन्हें थोड़ी देर के लिए नगर में प्रवेश करने से रोका। उस समय देवी का पूजन नगर में चल रहा था। इतने विशाल मुनिसंघ के आगमन के समाचार से उसकी पूजा रुक जाएगी, इसलिए उस देवी ने कहा कि, आप पूजन समाप्त होने के बाद ही इस नगर सीमा में प्रवेश करें। वह विद्युच्चर मुनि अपने

शिष्यों के आग्रह से उस नगर में देवी की परवाह किए बिना प्रवेश कर गये। रात्रि में परकोटे के समीप पश्चिम दिशा में सभी ने प्रतिमायोग धारण कर लिया। चामुण्डा ने अपनी अवज्ञा का बदला लेने के लिए कौए के बराबर मच्छर, डाँस आदि बनाकर उन सभी पर उपसर्ग किया। सभी ने धीरता से उस अत्यन्त रौद्र परीषह को सहन कर लिया। सभी मुनिराजों का समाधि-मरण हो गया है।''

''मन्त्रिन्! इस मथुरा नगरी में पाँच सौ मुनिराजों का समाधिमरण हृदय को दहलाने वाला है। आत्मा की सत्ता पाने का यह अदम्य साहस रणांगण में मरने वाले वीरों से कई गुना ज्यादा है। क्षमा, सहिष्णुता का यह पाठ आनेवाली सदियों तक जीवन्त रहना चाहिए। इन महान् आत्म-विजेताओं की स्मृति में पहले मथुरा में शीघ्र ही पाँच सौ एक स्तूपों का निर्माण कराएँ और विपुलाचल पर एक महास्तूप बनवाएँ। उसके बाद उस स्थान पर दर्शन-पूजन करके उन आत्माओं को विनयांजलि देने का एक विशाल महोत्सव सम्पन्न कराया जाए।''

स्तूपों का निर्माण हुआ, महोत्सव हुआ। राजा नन्द के कई परिजनों ने श्रमण पथ पर आरूढ़ होकर आत्म-कल्याण का मार्ग प्रशस्त किया ।

राजा महापद्म नन्द के वंश में एक से बढ़कर एक राजा होते रहे। वंश की प्रतिष्ठा निष्ठा के साथ बढ़ती रही। साम्राज्य की सत्ता का विस्तार होता रहा। राजकोष समृद्ध होता रहा। एक के बाद एक राजा इस राज्य के सिंहासन पर ताजपोशी करते रहे। समय के साथ-साथ उसी धरा में धराशायी भी होते रहे और काल का विकराल मुख सबको निगलता रहा। राज प्रतिष्ठा की तरह मन्त्रियों की वंश-प्रतिष्ठा भी चलती रही। अब 'कलिंग-जिन' के आने के बाद कई पीढ़ियों तक यहाँ जिनधर्म की प्रतिष्ठा बढ़ती रही । ऋषभदेव की प्रतिमा 'कलिंग-जिन ' मगध साम्राज्य पर नन्दवंश की समृद्धि और निष्कंटक राज्य का एक अकाट्य कारण बन गयी।

धन की अपार लालसा में धर्म पीछे छूट जाता है। सत्ता के विस्तार में आत्मसत्ता तिरोहित हो जाती है। कुल-वंश का अभिमान दूसरों के स्वाभिमान पर चोट करने लगता है। सन्तुलन जब तक बना रहता है गाड़ी वेग के साथ

बढ़ती रहती है पर असन्तुलन के साथ एक कदम भी चलना कठिन हो जाता है। धन बढ़ता गया, वैभव फैलता गया, साम्राज्य शत्रुरहित होता गया और यही आत्मा पर अहंकार के मुलम्मे को बढ़ाता गया। धन की अतीव लालसा में 'कलिंग-जिन' यानी 'मगध जिन' को नन्द वंश के वंशजों ने धीरे-धीरे विस्मृत कर दिया। भावी पीढ़ी पर धन हावी हो गया, धर्म भाव का अभाव हो गया। पता नहीं क्यों एक म्यान में दो तलवारों की तरह धन लिप्सा और धर्म पिपासा एक हृदय में रह नहीं पातीं?

मगध पर साम्राज्य करने वाला नन्दों का वंशज अब धनराज था। अपने वंश की पहिचान के लिए धननन्द था और धन में ही आनन्द मानने वाला था। इस राजा ने 80 करोड़ की सम्पदा गंगा नदी के एक गड्ढे में सुरक्षित करके रखी थी। 990 करोड़ स्वर्णमुद्राओं को अपने राजकोष में अक्षुण्ण भण्डार के रूप में गुप्त रखा था।

नन्दवंश के राजाओं की इस परम्परा ने राजकोष में अपार धन तो इकट्ठा किया ही, धन की वृद्धि के साथ मगध साम्राज्य की वृद्धि भी सभी दिशाओं में होती गयी। नन्दों ने अपने अदम्य पुरुषार्थ से पराक्रम की सभी सीमाओं को लाँघ लिया। नन्दों ने एक सुसंगठित साम्राज्य की स्थापना की थी।

2
आत्म-विजेताओं की स्मृतियाँ

धननन्द का आनन्द इसी में था कि उसने मगध साम्राज्य को पश्चिम में गंगा तक पहुँचा दिया। उत्तर में उसने अपना सिर हिमालय तक उठाया था और दक्षिण दिशा में उसने अपने पैर विन्ध्याचल तक फैला लिये थे। संगठित शक्ति के इस अनोखे मापदंड की कीर्ति विश्वव्यापी हो रही थी। समीपवर्ती राजाओं को यह सहन नहीं होते हुए भी सहन करना पड़ता था। इतना सुदृढ़ साम्राज्य होने पर भी नन्द राजाओं को निश्चिन्तता नहीं थी। कोई-न-कोई पड़ोसी राजा नन्द को पराजित करने का साहस कर लेता था, किन्तु वह स्वयं पराजित होकर खिसयानी बिल्ली की तरह मन ही मन बौखलाता रहता था।

इन वंशजों ने अपनी राज्य-व्यवस्था में जो व्यापारिक व्यवस्था लागू की थी वह निर्बाध चली आ रही थी। गोंद, पत्थर, सोना, गेहूँ, धान्य आदि सभी व्यापारिक वस्तुओं पर चुंगी लगाकर धन एकत्रित किया जाता था। उससे प्राप्त होने वाली आय का ब्यौरा अलग-अलग दिखाया जाता था। व्यापार का जो भाव यहाँ लागू किया जाता था, वही राज्य के सीमान्त तक चलता था। अपराध होने से पहले ही अपराधियों की धर-पकड़ जासूस और विशिष्ट सैन्य अधिकारियों द्वारा कर ली जाती थी। राजा तक न्याय की माँग किसी विशिष्ट अपराध में ही होती थी। विधिपालिका, न्यायपालिका और प्रान्तीय न्यायिक संगठनों से होकर ही कोई मामला राजा तक पहुँचता था। विश्वसनीयता के ये सूत्र इतने जुड़े थे कि निम्नस्तरीय जाँच का भी उतना ही महत्त्व था जितना ऊँचे तबके के अधिकारी के द्वारा की जाने वाली जाँच का। देश के प्रति समर्पण, राज्य के लिए काम करनेवालों और खुफिया जासूसों की विश्वसनीयता जहाँ होती है, वहाँ राजा बड़े-बड़े अनसुलझे अपराधों को सहज सुलझाने में समर्थ होता है। उसके निर्णय अचूक होते हैं । निर्णयों की

अचूकता से राजा की मान्यता बढ़ती है। प्रजा के अन्दर विद्रोह की लहर उठे, उससे पहले ही उसकी पूर्ति कर देना एक कुशल शासक का बहुत बड़ा गुण है। यह सब उन राजाओं में चला आ रहा था।

राजा धननन्द ने अपनी कुशल राजनीति के बल पर अपने समकालीन इक्ष्वाकु, पांचाल, काशी, कलिंग, कुरु, मैथिल, शूरसेन आदि राजाओं को अपने वश में कर लिया था।

इस राजा ने उत्तर-पूर्वी सीमा के असंगठित राज्यों को एक सूत्र में बाँध दिया था। अपनी ऐसी ही असाधारण कार्य कुशलता से नन्द वंश की कीर्ति दिग्-दिगन्त में व्याप्त हो रही थी। एकच्छत्र, एकराट्, अतिबल जैसी उपाधियों से सुशोभित नन्दनरेश धर्मनिरपेक्षता की विद्रोही बलि से नहीं बच पाये। वंशानुगत जैनधर्म का अतिपोषण भीतर ही भीतर कहीं न कहीं कई हृदयों में खल रहा था। कूटनीतिज्ञ सीमान्त राजाओं ने इसी धर्मविद्रोही शस्त्र को अपनाया और मगध साम्राज्य को खंडित करने का शताधिक बार प्रयास किया।

विदेशी आक्रमणकारी भी मगध की अखंडित सम्पन्नता से अपरिचित नहीं थे; फिर भी वे आक्रमण करने को उतावले थे। मगंध की समृद्धि पर उनकी दृष्टि मांसलोलुपी चील की तरह लगी थी। अखंडता केन्द्र में थी, किन्तु छल्ले के एक भी बिन्दु पर कमजोरी पूरे छल्ले को चटका देती है। इसी तरह कुछ सीमान्त राज्य आपसी विद्वेष में इस अखंड साम्राज्य की सत्ता से दूर थे। उन्हीं राज्यों के नरेशों का सहारा लेकर सर्वप्रथम फारस के अखामनी राजाओं ने भारतीय सीमान्त राज्य को अपने हाथ में ले लिया। परस्पर में फूट का लाभ उठाने वाले विदेशी अपने उद्देश्य में धीरे-धीरे सफल होने लगे। जिस समय यह सीमान्त प्रदेश अनेक राजतन्त्रात्मक अथवा गणतन्त्रात्मक राज्यों में विभाजित था, उसी समय विश्व-विजय का दृढ़ संकल्प लिये यूनानी आततायी सिकन्दर अपनी विशाल फौज के साथ भारत की ओर बढ़ रहा था।

छोटे-छोटे राजतन्त्रों में बँटा भारत का उत्तर-पश्चिमी हिस्सा सिकन्दर के भारत में प्रवेश करने के लिए मार्ग बन गया, क्योंकि ये राजा लोग आपसी शत्रुता में देशहित की अनदेखी कर रहे थे। सिकन्दर बेक्ट्रिया में था। तभी तक्षशिला के शासक आम्भी ने अपने निकट के शत्रु राजा पोरस के विरुद्ध

लड़ने की योजना बनायी और इसके लिए उसने सिकन्दर का स्वागत किया। शशिगुप्त नाम का पहाड़ी सरदार सिकन्दर के अधीन रहकर सिकन्दर की सहायता करने लगा। पोरस और अभिसारों की क्षुद्रक और मालव राज्यों से शत्रुता तथा बड़े पोरस की छोटे पोरस से शत्रुता, शम्भु और मौसिकेनस जातियों की शत्रुता का लाभ सिकन्दर ने अपने कूटनीतिक व्यवहार से खूब उठाया, फिर भी मगध साम्राज्य तक आने और नन्द राजा से साक्षात् लड़ने के लिए समर्थ नहीं हो पाया। भारत के सीमान्तक छोटे-छोटे राजाओं से लड़ने में भी सिकन्दर की सेना को पसीना आ गया था। यूनानी सैनिकों का मनोबल टूटने लगा था और वे युद्ध करते-करते थक गये थे। फिर भी सिकन्दर आगे बढ़ रहा था। बड़े पोरस से उसका मुकाबला बड़ा भारी रहा। पोरस ने झेलम नदी के तट पर अपनी सेनाएँ पहुँचा दीं और सिकन्दर भी चुपके से झेलम नदी को रात में पार कर गया। युद्ध में पोरस की पराजय हुई। पोरस राज्य छोड़ कर भाग गया। व्यास नदी पर सिकन्दर की सेना ने आगे बढ़ने से मना कर दिया। सेना अब वापस लौटना चाहती थी। मगध के शक्तिशाली राज्य से युद्ध करने की उसके अन्दर हिम्मत नहीं रह गयी थी।

अहंकार शत्रुता के बीज बो देता है। राजा धननन्द को सिकन्दर की कोई चिन्ता नहीं थी। वह अपने राज्य की विशाल सीमाओं को फैला रहा था। वहीं पर उसके निकटवर्ती राजा धननन्द की सत्ता का नाश करना चाहते थे। धननन्द को अपने शौर्य से ज्यादा अहंकार अपने धन पर था। निकटवर्ती शत्रु राजा धननन्द पर आए दिन मिलकर आक्रमण की योजना बना लेते थे और धननन्द उसे तुच्छ आक्रमण समझ-कर भूल जाता था। मन्त्रियों से कहने पर ही, मन्त्रियों के बुद्धिचातुर्य से वह युद्ध टल जाते थे। राजगृही की पंच पहाड़ियों पर भगवान् महावीर की स्मृतियाँ धननन्द को भी आनन्दित करती थीं। राजा ने उन पहाड़ियों पर पाँच स्तूप बनवाये और श्रमणों के लिए स्वैर विहार करने हेतु गुफाएँ और विश्राम स्थल बनवाये।

धननन्द के मन्त्री एक से बढ़कर एक थे और राजनीति और कूटनीति से धननन्द के साम्राज्य-विस्तार में हाथ बटा रहे थे। तभी एक क्षुद्र राजा पर्वत फि र से शक्ति बटोरकर धननन्द से युद्ध करने तैयार हो गया। उसने धननन्द को ललकारा। पाटलिपुत्र को चारों ओर से घेरकर धननन्द को युद्ध करने के लिए बाध्य किया। धननन्द युद्ध नहीं करना चाहता था। उसने मन्त्रियों को

बुलाकर कहा, "मन्त्रिगण! यह लोग आए दिन विषैले सर्प की तरह क्यों फुँफकारते रहते हैं?"

"सर्पों का विष जब बढ़ जाता है तो वे फुँफकार मारते ही हैं राजन्!"

"इनका विष क्यों बढ़ रहा है?"

"उनका यह स्वभाव ही होता है।"

"क्या इस विष को हमेशा के लिए दफन नहीं किया जा सकता?"

"मुश्किल है स्वामिन्, लेकिन असाध्य नहीं।"

"जब यह पर्वत विदेशी सम्राट सिकन्दर से हार चुका है तो क्या यह मगध से मुकाबला कर सकता है?"

"शत्रु को कभी भी छोटा नहीं समझना चाहिए; राजन्!"

"मैं मानता हूँ, लेकिन क्या बिना युद्ध किये, इस व्यर्थ के खून-खराबे को नहीं रोका जा सकता है?"

"आप जैसा चाहें वैसा हो सकता है, स्वामिन्!"

"तो फिर ऐसा ही किया जाए।"

"लेकिन, वैसा करने में...."

"क्या करना होगा? मन्त्रिन्!"

"पर्वत अभी बहुत शक्तिशाली नहीं है। उसका सैन्य संचालन सिकन्दर से युद्ध करने के बाद तितर-बितर हो गया है। वह सेना एकत्रित कर रहा है। हो सकता है वह कुछ धन लोभ में आकर इस युद्ध से पीछे हट जाय।"

"ऐसा ही होना चाहिए। जिस किसी भी तरह की नीति अपनाना पड़े, उस शत्रु को वश में करो। इसके लिए राजकोष खुला है, उसका उपयोग करो, कावि मन्त्रिन्!"

"राजाज्ञा का अक्षरशः पालन होगा, राजन्!"

कावि ने शत्रु राजा से सलाह करके उस युद्ध को शान्त करने के लिए प्रयास किये। रजामन्दी धन की अटूट माँग पर हुई। कावि अपने राजा से विश्वस्त था कि धन के लिए उसने राजकोष का उपयोग करने को कहा है। सो कावि ने राजकोष से पर्याप्त धन देकर राजा पर्वत को प्रसन्न करके उसे लौटा दिया।

इधर कावि ने धन को राजकोष में भरने के लिए फिर से नये-नये कर प्रजा पर लगा दिये। आए दिन बढ़ते करों से प्रजा राजा से नाराज रहने लगी। राजा के अन्दर प्रजा के प्रति सौहार्द का भाव था, लेकिन प्रजा के अन्दर विद्वेष के बीज वपित होने लगे।

सुबन्धु और शकटाल मन्त्रियों ने एक दिन राजा से निवेदन किया, "राजन्! आप तो प्रजा का पालन पुत्रवत् करते हैं।"

"हाँ, मन्त्रिवर!"

"लेकिन, पुत्र जब पिता के प्रति घृणा करने लगे तो वह पिता के लिए दुर्भाग्य की बात होती है न!"

"इस दुर्भाग्य का कारण, मन्त्रिवर?"

"धर्म और धन।"

"मैं कुछ समझा नहीं। मैंने कभी भी इन दोनों का आग्रह प्रजा पर नहीं थोपा, फिर ये कारण कैसे हो सकते हैं?"

"यह आपकी अपनी सोच हो सकती है राजन् ! प्रजा की नहीं।"

"प्रजा क्या चाहती है?"

"प्रजा चाहती है कि धन-वसूली के कर कम हों और धर्म का पक्षपात न हो।"

"लेकिन मन्त्रिवर! धन-वसूली तो उन्हीं की रक्षा के लिए है। राज-भण्डार प्रजा के ही वैभव का सूचक है। वह तो ठीक है, परन्तु धर्म का पक्षपात क्या है?"

"श्रमणों के प्रति आपका विशेष आदर।"

"आदर तो तपस्वियों का कौन नहीं करता है?"

"राजन् ! किसी का आदर विशेष एक तरह से किसी और का अनादर ही है।"

"किसका अनादर ?"

"ब्राह्मणों का ।"

"क्या ब्राह्मण, क्षत्रिय, वैश्य सभी श्रमणों का आदर नहीं करते हैं?...क्या ये सभी लोग श्रमणों के उपदेश से जिनत्व की उपासना नहीं करते हैं ?"

"करते हैं, लेकिन अपने को जैन नहीं मानते।"

"मानना भी नहीं चाहिए। क्योंकि मानता तो आदमी अपने को वही है,

जहाँ वह जनमता है।''

''राजन् ! अब ये मान्यताएँ बदल रहीं हैं।''

''क्या मतलब!''

''लोग अपने को जाति के साथ नहीं जोड़ रहे हैं किन्तु उनके हृदय में धर्म के पक्षपातिक बीजों के अंकुर फूट रहे हैं ।''

''वह कैसे ?''

''श्रमणों से जुड़ा व्यक्ति अपने को जैन मानता है और वेदों से जुड़ा वैदिक।''

''तो क्या अब यह मान्यता धर्म का रूप ले रही है ।''

''हाँ राजन्, हाँ। लेकिन धर्म तो एक होता है— सबके हित के लिए, समान रूप से, राजन्। एक होते हुए भी वह मनसा और कर्मणा अनेक प्रकार का हो जाता है। एकता में अनेकता और अनेकता में एकता का युग अब बदल रहा है। हर कोई अपनी जाति श्रेष्ठ है, की आवाज लगा रहा है। अपने विचारों को आन्दोलन का रूप दे रहा है। हम जो कर रहे हैं, करते आये हैं वही हमारा धर्म है, इसकी पुष्टि में लगा है।''

''क्या लोगों के अपने विचारों से इतिहास बदल सकता है ? लोग कुछ भी मानें पर सत्य तो सत्य होता है। क्या आपने नहीं देखा उन महाश्रमणों को, जिन्हें एक साथ दुस्सह उपसर्ग के कारण अपने प्राणों का उत्सर्ग करना पड़ा? समता, निर्मोह की यह आत्मिक तपस्या क्या किसी धर्म से जुड़ी है? क्या निर्वाण के समय जम्बूस्वामी का महोत्सव मनाने आये देवताओं का पूजन-अर्चन इन्द्रजाल था? क्या ये घटनाएँ इतिहास के पन्नों में अंकित नहीं रहेंगी?''

''नहीं राजन्! नहीं; इतिहास एक सा न कभी रहा है और न कभी रहेगा। सच का ह्रास होकर उसका हास भी इतिहास में होता आया है। लोग जैसे विचार बनाते जाते हैं इतिहास वैसा ही बनता जाता है। अतीत की घटना इतिहास नहीं बनती है, किन्तु वर्तमान की घटना का भविष्य पर कितना गहरा प्रभाव है, वह वर्तमान ही इतिहास बनता है। इन वीतरागी श्रमणों का सत्य तो उनके साथ ही चला गया। ये उपसर्ग और देह का उत्सर्ग हम और आपके ही संज्ञान तक सीमित है। इतिहास क्रान्तियों से बनता है। इन शान्ति और सहिष्णुता की कहानियों से नहीं बनता। क्रान्तियाँ मानव के वैचारिक परिवर्तन

की देन होती हैं। क्रान्तियाँ सत्ता और शासक के परिवर्तन में समाहित होती हैं। एक ऐसा दावानल जिसने बहुसंख्यक समुदाय की जड़ों में गहरी आग लगाई हो और जिसकी लपटें, जिसकी ऊष्मा निरन्तर प्रगतिशील हो, जिसने सदियों तक एक नदी के प्रवाह को किसी गड्ढे में ढकेल कर जीने के लिए मजबूर कर दिया हो, वह क्रान्ति होती है। क्रान्ति में नैतिकता के ऊपर अनैतिकता की जीत भी होती है और कभी-कभी अनैतिकता के ऊपर नैतिकता की जीत भी, बस इतिहास में इसी को याद रखा जाता है।''

''मन्त्रिन् ! क्या तुम्हें ऐसा कोई इतिहास याद है जिसने इन क्रान्तियों से अपना नया रूप लिया हो, जिसने जनमानस पर ऐसा कोई प्रभाव डाला हो जिसे हम सच का ह्रास और हास देखते हों?''

''राजन् ! बहुत दूर की क्या बात करें! जो गौतमबुद्ध भगवान् पार्श्वनाथ की शिक्षाओं से दीक्षित हुए, नग्न रहना, पहाड़ों और गिरि-कन्दराओं में निर्मम तप तपना, एक बार भोजन करना, भूख और प्यास की असहनीय बाधाओं को सहना जिनका आभूषण था, उन्होंने भी अन्ततः महावीर के सामने ही इस सतत प्रवहमान आत्मिक मार्ग को छोड़कर मध्यम मार्ग को अपना लिया। महावीर के केवलज्ञान होने पर उन्होंने अपने को भी सर्वज्ञ घोषित कर दिया। जब उन्हीं के शिष्यों ने उनसे पूछा—भंते ! इस ब्रह्मांड का स्वरूप क्या है? कौन इसको चलाता है? कैसे यहाँ जन्म होता है? और मरण के बाद आत्मा का क्या होता है? ऐसे अनेकानेक प्रश्नों के उत्तर बुद्ध के पास नहीं थे, सो उन्होंने कह दिया कि ये प्रश्न अव्याकृत (अनुपयोगी) हैं। इनका दुःख की मुक्ति से कोई सरोकार नहीं है। यदि तुम अपने आपको दुःखों से मुक्त करना चाहते हो तो चार आर्य सत्यों को मानो, तुम्हारे लिए इतना ही पर्याप्त है। लोगों ने वैसा ही मानना प्रारम्भ कर दिया और आज हम देख रहे हैं कि बुद्ध-उपासक किस ढंग से किस हद तक वृद्धिंगत हो रहे हैं।''

''मन्त्रि-सुबन्धो ! मैं तुम्हारी नैसर्गिक प्रज्ञा से अभिभूत हूँ। इस विषय पर चिन्तन फिर कभी और करेंगे। मुझे कल राजकार्य से बाहर जाना है इसलिए विश्राम करना है। हो सकता है मुझे कुछ वर्ष तक पाटलिपुत्र से बाहर रहना पड़े।''

3
नैसर्गिक क्रान्ति

कुछ वर्ष बाद राजा धननन्द अपनी राजधानी में आये। सब कुछ ठीक चल रहा था। मन्त्रियों के निरन्तर सम्पर्क से राज्य-संचालन में कोई अव्यवस्था नहीं आयी। बहुत दिनों बाद धननन्द को इच्छा हुई कि अपने राजभंडार को देखा जाय। धन, मुद्राओं की अटूट लड़ियाँ देखकर धननन्द के हृदय में अपार सन्तोष और खुशी की लहर दौड़ती थी। जब धननन्द ने राजकोष देखा, तो वह विस्मित हो गया। धन का वह अपार भण्डार कहाँ गया? मन्त्री से पूछा तो उसने सच बता दिया कि "राजन्! समीपवर्ती शत्रु राजा से समझौता इसी आधार पर हुआ था कि उसे छह सौ करोड़ स्वर्ण मुद्राएँ चाहिए, तभी यह युद्ध थमेगा, अन्यथा नहीं। सो मैंने आपके कहे अनुसार उसे यह विपुल धन देकर युद्ध रुकवा दिया।"

"कावि! यह ठीक नहीं हुआ। क्या आपको पता नहीं कि मैंने कैसे-कैसे कर लगाकर जनता से यह प्रभूत धन इकट्ठा किया। और आप हैं कि इतने छोटे से राजा को इतना सारा धन देकर आपने मुझे कंगाल नहीं बना दिया? क्या इस राज्य का सैन्य संचालन अब सुचारु रूप से हो सकेगा? क्या यह बात सुनकर प्रजा हमारे विरुद्ध आँख नहीं उठाएगी? अरे! इससे अच्छा होता कि युद्ध ही कर लिया जाता। शत्रु को भी मुँह की खानी पड़ती और राजकोष भी सुरक्षित रहता। कावि! मुझे ऐसा विश्वास नहीं था कि आप इतना मूर्खतापूर्ण कार्य करेंगे। ऐसे मूर्ख मन्त्री को मैं अब एक पल भी बरदाश्त नहीं कर सकता। शकटाल! सुबन्धु! इस कावि को इसकी मूर्खता की सजा दी जाए। इसे परिवार सहित अन्धकूप में पहुँचा दो। अन्धकूप के बाहर एक सकोरा रख दो, वहीं एक चमड़े का थैला रख दो। सकोरे में थोड़ा-सा भोजन और थैले में पानी एक बार देना, यही इसकी सजा है।"

धननन्द के आदेश को सुनकर कावि का खून खौल गया। उसने सोच लिया इस नन्द को सत्ता से हटाकर रहूँगा, यदि मेरी जीवन सत्ता चलती रही। कावि ने अपने परिवार के लोगों से कहा, "इस भोजन को वही करे जो नन्द को मार सके।" परिवार के लोगों ने कहा, "इस कार्य में तो आप ही समर्थ हैं।" उस थोड़े से भोजन से कावि का जीवन जैसे तैसे चलता रहा और उसका परिवार भूख–प्यास से पीड़ित हो धीरे–धीरे मरने लगा। कावि का क्रोध असह्य था किन्तु वह कुछ भी तो उपाय नहीं कर पा रहा था। वह बहेलिया के हाथ लगे असहाय पंछी की तरह मरने को मजबूर था।

कावि ने हिम्मत नहीं हारी और उसे जीवन दान देने को भाग्य ने दरवाजा खटखटाया।

धननन्द के राज्य पर फिर से प्रत्यन्त शत्रु ने हमला बोल दिया। शेर को शिकार किसी स्थान पर मिल जाए तो फिर से वह वहीं पहुँचता है। साँप की दाढ़ में एक बार किसी का खून लग जाए तो वही फिर से चाहता है। शत्रु को अपार धन हाथ क्या लग गया, दुष्ट पुरुष की तरह वह फिर ललचा उठा। उसने धननन्द को ललकारा। अब? अब तो युद्ध अपरिहार्य है, चारों ओर से शत्रु–सेना ने घेराबन्दी कर ली है।

"सुबन्धो!... शकटाल! अब आपको सोचना है कि यह युद्ध कैसे टाला जाय। इस बार युद्ध नहीं करना ही अपने हित में होगा। राजकोष खाली है और प्रतिदिन के युद्ध के लिए अपार धनराशि खर्च करना नामुमकिन है। राज्य का कार्य राजकोष के धन से ही होता है लेकिन जो धन हमारे पास सुरक्षित है उसे मैं राज्यकार्य के लिए खर्च नहीं कर सकता। आप लोग शीघ्र विचार करें कि क्या उपाय किया जाय!"

मन्त्रियों ने तुरन्त विचार–विमर्श किया और कहा, "राजन्! यह वही शत्रु है जिसे कावि ने धन देकर वापिस किया था। इस शत्रु का विश्वास कावि पर है और कावि ही इसे वापस लौटा सकता है।"

"लेकिन, कावि तो अन्धकूप में है!"

"तो क्या हुआ राजन्! उसे निकालना होगा।"

"आप लोग अच्छी तरह सोच लें कि भूखे शेर को पिंजड़े से निकालना क्या खतरे से खाली होगा?"

"राजन्! हमारे पास दो ही विकल्प हैं —या तो युद्ध करें या फिर कावि

की सहायता लें। युद्ध करना इस समय पराजय को बुलावा देना है। अभी तो कावि की मदद से इस युद्ध को टालना ही बुद्धिमानी है।''

क्षण भर गहरे विचार में डूबने के बाद उन्मनस्क हो राजा को कहना पड़ा, ''दूसरा विकल्प ही अपनाया जाए। शीघ्र ही कावि को हमारे समक्ष उपस्थित किया जाए।''

कावि के समक्ष आते ही, ''कावि! तुम्हें एक बार फिर से जीवनदान दिया जाता है।''

''किस खुशी में राजन्?''

''खुशी नहीं कावि, तुम्हारी बुद्धिपटुता के कारण।''

''मुझे मर ही जाने दो, अब ये जाती हुई साँसें पुनः लौटना नहीं चाहती हैं।''

''नहीं कावि! तुम्हें जीना होगा, अपने लिए न सही तो अपने स्वामी के लिए।''

कावि की मन्द मुस्कान में छिपे रहस्यों को कोई नहीं समझ पाया। उसकी अन्तरात्मा बदले की आग में सुलग रही थी। उसे जीवन देना उसकी अन्तस् की अनल को भड़काने जैसा था। मौकापरस्त कावि फिर से अपने भाग्य को सराह रहा था, शायद किस्मत को यही मंजूर है कि तभी उसकी कराहती आवाज से निकला—

''स्वामिन्! या तो मुझे हमेशा के लिए मर जाने दो, या फिर मुझे जीवन दे दो।''

''कावि! तुम्हें जीवन दिया जाता है।''

''इस उपकार की वजह राजन्?''

''जिस शत्रु को तुमने धन देकर पहले इस आक्रमण को टाला था। वही शत्रु पुनः फण उठाए खड़ा है।''

''उसके फण को हमेशा के लिए कुचल दें महाराज!''

''ऐसा ही होगा, लेकिन यह अभी सम्भव नहीं है।''

''कारण?''

''कारण है, राजकोष का पर्याप्त न होना।''

''तो मुझे क्या करना होगा?''

''तुम उसे समझा सकते हो। उसे कुछ आश्वासन देकर विदा करना है। मेरे विश्वस्त मन्त्री के रूप में तुम उसके पास जाओ और साम नीति से उसे

विदा करो।''

कावि के अन्तस् में एक आवाज किंचित् हास्य के साथ मौन ही उठी—विश्वस्त और मन्त्री.... हा, हा.... ।

''लेकिन राजन्! उसने मेरी बात नहीं मानी तो?...''

''मुझे उस पर नहीं, तुम्हारे बुद्धि कौशल पर विश्वास है, कावि। इसलिए शीघ्रता करो।''

''आपका हुक्म सर-आँखों पे। प्रयास करता हूँ, मर्जी भगवान् की है।''

कावि सीधा जाकर अकेला निहत्था पर्वत से मिला।''पर्वत! यह बचकानी हरकत बार-बार क्यों करते हो? ''

''मुझे नन्द का राज्य चाहिए। ''

''पर्वत! तुम्हारी इच्छा पूरी होगी। ''

''क्या कह रहे हो कावि ! किस बच्चे को बहलाने आये हो! ''

''बहला नहीं रहा हूँ, तुम्हें समझा रहा हूँ। तुम्हें मगध का साम्राज्य मिलेगा, तुम पर्वत से पुरुराज बनोगे, लेकिन मेरी बात मानोगे तब।''

''कैसी बात?''

''तुम्हें अभी वापस जाना होगा।''

''शिकार मुँह तक लाकर शेर उसे कैसे साबुत छोड़ सकता है? यह कौन- सी बुद्धिमानी है?''

''यही बुद्धिमानी है। एक बार मुँह से शिकार छोड़ने पर यदि वह शिकार विश्वस्त हो जाय तो तुम्हें रोज-रोज शिकार करने का कष्ट नहीं उठाना पड़ेगा, क्योंकि वह शिकार ही तुम्हारे लिए हमेशा का इन्तजाम करता रहेगा।''

''मैं कुछ समझा नहीं।''

''क्या तुमने चालाक बगुले की कहानी नहीं सुनी ?''

''कैसी कहानी?''

''सुनो; एक जंगल में बहुत-सी मछलियों से भरा एक तालाब था। एक बगुला वहाँ रोज-रोज मछलियाँ खाने के लिए आता था। जब वह बूढ़ा हो गया तो मछलियों को पकड़ नहीं पाता था। भूख से परेशान होकर वह अपने बुढ़ापे पर रो रहा था कि तभी एक केंकड़ा आया। उसने बगुले की आँख में आँसू देखे तो बोला, 'मामा! आज क्या हो गया है? तुम क्यों रो रहे हो?'

बगुले ने कहा, 'मित्र! तुम ठीक कहते हो। मुझे मछली पकड़ने में कोई

रुचि नहीं रह गयी है। इसलिए पास में आयी मछलियों को भी नहीं पकड़ता हूँ। मुझे बेचारी मछलियों पर अब दया आती है।'

केंकड़े ने पूछा, 'इस दया का कारण क्या है?'

'मित्र! बात यह है कि मैंने इस तालाब में जन्म लिया, इस तालाब और तालाबवासियों से मेरा प्रेम है। किन्तु मैंने सुना है कि अब कुछ दिनों बाद बड़ा भारी अकाल पड़ने वाला है, बारिश नहीं होगी जिससे तालाब सूख जाएगा। मैं यही सोचकर दु:खी हो रहा था कि तालाब सूख जाने पर बेचारी इन मछलियों का क्या होगा?'

केंकड़े ने यह बात सब मछलियों को बता दी। सभी ने मिलकर पूछा, 'मामा! इस समस्या का उपाय क्या है?'

बगुले ने कहा, 'यहाँ से थोड़ी दूरी पर एक तालाब है, उसमें इतना जल भरा है कि चौबीस वर्ष के अकाल में भी यह नहीं सूखेगा।'

पहले केंकड़ा गया और दूसरा तालाब देखकर आ गया। 'चलो, तुम्हें दिखाता हूँ।' केंकड़े के कहने पर मछलियों को बगुले पर विश्वास हो गया।

अब बगुला रोज एक मछली को पीठ पर बैठा कर ले जाता और तालाब के किनारे पहुँचकर मार देता, इस तरह एक-एक मछली को रोज पकड़ कर अपना भोजन करने लगा।

इस तरह एक बार केंकड़े को विश्वास में क्या लिया, सभी मछलियों को विश्वास हो गया और बगुले का रोज-रोज शिकार करने का कष्ट दूर हो गया।

एक बार तुम वापस लौट जाओ। फिर राजा को हम पर पूरा भरोसा हो जाएगा। और फिर हम-तुम मिलकर इस नन्द का अन्त आसानी से हमेशा के लिए कर सकेंगे।''

पर्वत तैयार हो गया। कावि ने हाथ मिलाया और लौटकर राजा को खुशखबरी देकर प्रसन्न कर दिया।

कावि राजा और प्रजा का विश्वासघाती बनकर सामने नहीं आना चाहता था। अपनी वृद्धावस्था के कारण दुर्बल हो जाने से वह यह भी सोचता, कि इस नन्द का वंश अन्त करने के बाद क्यों न अपना वंशज राजगद्दी पर बैठे!

उसे किसी चतुर व्यक्ति की तलाश थी और वह भी अपने खानदान में।

कावि को एक दिन याद आया कि उसकी पत्नी के भाई का जब पुत्र हुआ था तो उसके मुख में दाँत था। वह दाँत देखकर किसी जैन मुनि ने उसका भविष्य बताया था कि आगे चलकर यह सम्राट् बनेगा। उस बालक के पिता चिन्तित हो गये, क्योंकि वह स्वयं भी संसार से विरक्त रहते थे। जाति से ब्राह्मण होते हुए भी वह जिनत्व की उपासना करते थे। वह मानते थे कि मनुष्य जीवन का अन्तिम लक्ष्य समस्त संसार के बन्धनों को तोड़कर आत्मचिन्तन करना है। इसलिए जब उन्होंने अपने पुत्र के बारे में सुना कि यह राजा होगा तो उन्होंने निश्चय किया कि वे इसे राजा नहीं होने देंगे। 'जो राजेश्वरी सो नरकेश्वरी' अर्थात् राज-ऐश्वर्य का भोग नरक का द्वार है। छल-प्रपंचों और कूटनीति से भरा यह राजा का उत्तरादायित्व आत्म-हितंकर नहीं है। राजा धननन्द का पुरोहित होने के कारण कपिल ब्राह्मण ने अपनी पत्नी देविला से कहा, "कि हम अपने पुत्र को नरक के मुख में नहीं डाल सकते। हमें तो इस पुत्र को ऐसे संस्कार देना है ताकि यह निर्ग्रन्थ बनकर आत्मज्ञानी बन सके।" परिणामस्वरूप कपिल ने उसके दाँत को तुड़वा दिया। बाद में साधु ने कहा कि—अब यह सम्राट् नहीं बनेगा, लेकिन किसी को सम्राट् बनाएगा और उसके माध्यम से वह शासन करेगा।

वह बेटा बचपन से ही तीक्ष्णबुद्धि है। उसके बौद्धिक चातुर्य को सभी लोग मानते हैं। अब तो यह बहुत बड़ा विद्वान् बन गया है। उसका विवाह एक ब्राह्मणी कन्या यशोमती से हुआ है। वेद-वेदांग में पारंगत उस व्यक्ति से मिलना चाहिए।

कावि ने देखा, वह एक जंगल में उच्च स्वर से सैकड़ों छात्रों को वेद की ऋचाएँ उच्चारित करा रहा है। सभी छात्र उसी की तरह सिर घुटाए हुए और एक चोटी की बुद्धि-ध्वजा धारण किये हैं। बिना कुछ अनुष्ठान किये ही यज्ञ का अनोखा वातावरण पशु-पक्षियों के चित्त को भी शान्त और आनन्दित कर रहा है।

पाठ समाप्त हुआ। वह चल पड़ा जंगल में। चलते हुए एक काँटा उसके पैर में लगा। उस काँटे को उसने सहसा निकाल दिया और उसके बाद उसने उस घास के सहारे उग रहे सभी काँटों को उखाड़ देना चाहा। उसने घास की जड़ को खोदना प्रारम्भ कर दिया। उसी रास्ते से उस दिन कावि जा रहा था।

यह सब देखते हुए उसने उस ब्राह्मणपुत्र से पूछा, "यह क्या कर रहे हो?"

"देखते नहीं, इसे खोद रहा हूँ।"

"खोद रहे हो? किसलिए?"

"तुम्हें मालूम नहीं, मेरे पैर में यह काँटा छिद गया, खून निकल आया। देखो! अभी तक बह रहा है।"

"श्रीमन्! पहले अपने पैर का खून पोंछ लो, इसे बाद में खोद लेना।"

"नहीं, मैं उस बाधा को समूल मिटा कर रहूँगा जिसने मुझे कष्ट दिया है।"

"बातों से तो आप कोई क्षत्रिय पुरुष मालूम पड़ते हो!"

"नहीं, मैं पुरोहित-पुत्र हूँ, जन्म से ब्राह्मण।"

"एक ब्राह्मण क्या अपना इतना खून बहते देख सकता है?"

"हाँ, देख सकता है, जैसे मैं देख रहा हूँ और तुम भी देख रहे हो।"

"तो मैं यह मानूँ कि तुम्हें खून-खराबा पसन्द है।"

"नहीं है, लेकिन खराब खून निकालना पसन्द है।"

"मैं समझा नहीं, आपका खून खराब कैसे हो गया?"

"बन्धुवर! जब इस काँटे ने मेरे पैर को छलनी किया तो आस-पास का खून भी खराब हो गया। अब तो उसे निकाल कर तथा इसकी जड़ें उखाड़कर ही मैं चैन लूँगा।"

"अरे ब्राह्मणपुत्र! तुम उस स्थान को खोदकर उसमें मिट्टी डालकर उसे पूर दो और छोड़ दो।"

"नहीं बन्धो! मैं इसे तब तक खोदूँगा जब तक इसकी जड़ें न उखड़ जाएँ।"

"कपिल और देविला के पुत्र! तुम केवल जाति से ब्राह्मण हो। तुम्हारे कृत्य और विचार क्षत्रियों जैसे हैं।"

"कौन हो तुम? तुम्हें मेरे माता-पिता का नाम मालूम है ।"

"तुम्हें याद नहीं, मैं तुम्हारा फूफा हूँ, राजा नन्द का मन्त्री कावि।"

"अहो! मुझे क्षमा करो! मैं एक अपरिचित राहगीर की तरह आपसे बात करता रहा।"

"कोई बात नहीं, तुमसे कुछ इसी तरह परिचय करना था। अस्तु। क्या मैं तुम्हारा शुभ नाम जान सकता हूँ?"

"ब्राह्मण चाणक्य।"

"अब हमारा तुम्हारा मेल-मिलाप होता रहेगा, चाणक्य।"

कावि ने मन-ही-मन में विचार किया कि नन्दवंश का अन्त करने के लिए इससे बढ़कर दृढ़प्रतिज्ञ और साहसी कोई दूसरा नहीं मिलेगा। लगता है मुझे मिल गया, नन्दवंश का अन्तक —चाणक्य।

4

चाणक्य अभ्युदय

राजा नन्द प्रजा को प्रसन्न किए रहता था लेकिन जब भाग्य भीतर से उलटा पाँसा फेंकता है तो अच्छा करने पर भी परिणाम बुरा होता है। अच्छा-बुरा बाहर ही होता है, भीतर तो सिर्फ होना होता है। जो पहले हो चुका है उसे ही मनुष्य बाहर देखकर अच्छे-बुरे का अनुमान लगा लेता है। अच्छा किया कर्म भीतर है तो बाहर अच्छा होता है और भीतर यदि अच्छा कर्म समाप्त हो रहा है तो धीरे-धीरे बाहर से की हुई लाख अच्छाइयाँ भी कोई मतलब नहीं रखती हैं। एक तरफ आदमी इतना असहाय है कि उसके साथ अगले पल क्या होने वाला है, यह भी अन्दाज नहीं लगता और एक तरफ आदमी अपने मन का सब कुछ करने की कुलाँचें भरता रहता है।

कोई भी कितना ही बलवान् क्यों न हो, उसके कर्म का, भाग्य का बल पौरुष को भी असफल बना देता है। बाहर ही बाहर आदमी देखता रहता है। बाहर ही अच्छा करना चाहता है, बाहर से ही बुराई करने से बचता रहता है लेकिन यह एक तरफा खेल कब तक कोई खेल सकता है। आदमी भीतर देखे या न देखे, होता तो स्वयं उसके साथ भीतर की प्रेरणा से ही है। अन्त:प्रेरणा ही पूर्वकृत भाग्य है। वह अच्छा भी हो सकता है, बुरा भी। बाहर से प्राप्त असफलता और सफलता का निर्णय भीतर के पाप-पुण्य का अनुमान करा ही देता है। यह अनुमान थोथा नहीं है, वास्तविक है। अर्हन्तों ने इसे प्रमाण माना है। अनुमान प्रमाण ही परोक्ष की सत्ता को सिद्ध करता है। लेकिन आदमी लौकिक जगत् में तो अनुमान को लगा लेता है, उसी को आधार बनाकर अपना दैनिक जीवन, व्यापार, धन्धा चलाता रहता है पर आध्यात्मिक जगत् में घटित होने वाले इन कर्मों के, अपने पूर्व के कार्यों से बद्ध हुए आत्मा में एकमेक होकर रहनेवाले कर्म-परमाणुओं का अनुमान

सिद्ध होने पर भी निश्चय से स्वीकार नहीं कर पाता है। यह बड़ी विडम्बना है कि धुआँ देखकर अग्नि को अनुमानित कर लेता है, जमीन गीली देखकर हो चुकी वर्षा को अनुमानित कर लेता है, मेघ गर्जना देखकर होने वाली वर्षा का अनुमान लगा लेता है, चलती हुई धड़कनों से देह में प्राणों का अनुमान लगा लेता है, क्रोध-भरी बातों से भीतर के द्वेष का अनुमान लगा लेता है, बाल कटे देखकर नाई का अनुमान लगा लेता है, चेहरे को देखकर भरे पेट का अनुमान लगा लेता है, परन्तु क्यों यह बेचारा प्राणी बाहर घटित होने वाले घटना क्रम से अन्तरंग के कर्म अस्तित्व को अनुमानित नहीं कर पाता है, शायद मोह का यही विलास है।

पुण्य कर्म की सत्ता होने पर, तीव्र अनुभाग से जब वह आत्मा में उदित होता है तो बाहर प्रतिकूलताओं की आँधी होने पर भी आदमी को अनुकूलताएँ मिलती जाती हैं और भीतर की वह पुण्य-पवित्र विधि की सत्ता जब समाप्त होने को होती है तो पहले से ही आपो-आप ऐसा वातावरण बनने लगता है कि वही सब कुछ जो उसके लिए अनुकूल होता है, प्रतिकूल बनने लगता है। सहसा यह सब कर्म क्रीड़ा समझ में नहीं आ पाती है। किसी को नहीं आती। प्रत्यक्ष ज्ञानी आत्माओं की बात छोड़ दें तो यह बड़े-बड़े ऋषियों, महर्षियों, तपस्वियों को भी अनचाहा फल देती है। यह अदृश्य सत्ता और इसके कार्य देखकर जब आदमी को लगा कि कोई तो है जो हमारी मर्जी के प्रतिकूल सब कुछ करता है या करवाता है तो उसी को लोगों ने ईश्वर, अल्लाह, ब्रह्मा, बुद्ध, भगवान् का कार्य मान लिया। शायद किसी शक्तिमान् परमेश्वर के सहारे अपने को छोड़ देने में इस दयनीय मोह-मथित, निःशक्त प्राणी को जो राहत मिलती है वह अपने ही कृत्य का शुभाशुभ फल मानने में नहीं मिल पाती है।

किसी-न-किसी के सहारे चलने की आदत पुराना व्यसन है और इसी व्यसन के फलस्वरूप किसी-न-किसी अदृश्य सत्ता को स्वीकारने के लिए यह प्राणी मजबूर होता है। विधि, कर्म, ब्रह्म, भाग्य, ईश्वर, विधाता, प्रारब्ध ये सब उसी के पर्यायान्तर नाम हैं।

जब से इस सृष्टि का अनुमान लगाया जाए तब से ही सभी प्रकार की प्रवृत्ति के लोगों की स्वीकारता सभी पुराणों, स्मृतियों और वेदों में है। कुछ ऐसी मानसिकता के लोग रहे हैं जो अपने धन-वैभव को दूसरों के रक्षार्थ

लुटाते रहे हैं, तो कुछ ऐसे लोग भी रहे हैं जो उस प्रदत्त धन को लूटने में ही अपना धर्म समझते रहे हैं। कुछ लोग अपनी मेहनत और लगन से धरती की माटी में अपने शरीर–श्रम की स्वेद बिन्दुओं से स्वर्णधान्य फल को अर्जित किये हैं, और कुछ लोग इन लोगों की चापलूसी, सेवा और इनके चरणों के दास बने रहकर जिये हैं। अनादि से मनुष्य जाति की ये मानसिक प्रवृत्तियाँ प्रत्येक युग में बनी रही हैं, अभी भी हैं और आगे भी बनी रहेंगी।

यह भी कैसा आश्चर्यकारी कृत्य है, कि देनेवाला तो दे देकर सन्तुष्ट हो सकता है, हो जाता है लेकिन लेनेवाला कभी भी सन्तुष्ट नहीं हो पाता है। राजा की मुख्य प्रवृत्ति देने की होती है। इसी के कारण उसे क्षत्रिय, प्रजापालक, स्वामी कहा जाता है। धननन्द भी अपने धन से, धान्य से, भूमि से, गौ–बैल–पशु सम्पदा आदि के दान से प्रजा को सन्तुष्ट करता रहता था लेकिन उन्हें कौन सन्तुष्ट कर सकता है जो अनादि से असन्तुष्ट हैं?

धननन्द के राज्य में कुछ विशेष प्रकार की भूरी गायें थीं, जिन्हें कुछ लोग देवता कहते थे। कुछ लोग उसके अंग–अंग में देवताओं का वास मानते थे तो कुछ लोग मात्र उसकी पूँछ में ही करोड़ों देवताओं की परिकल्पना कर लेते थे। कुछ लोग उसे कामधेनु कहकर पुकारते थे। धननन्द वर्ष में किसी विशिष्ट पर्व, त्यौहार के दिन इन गायों का दान करता था। पहले की तरह इस वर्ष भी राज्य में घोषणा हुई कि आठ दिन तक राजा धननन्द के राजकीय प्रांगण से एक हजार भूरी गायों का वितरण किया जाएगा। सभी लोग इस लाभ से, इस पुण्य कार्य से लाभान्वित हों और सुखपूर्वक दैनन्दिन जीवन जिएँ।

कावि ऐसे ही किसी अवसर की तलाश में था। जैसे ही उसके कानों में उद्घोषणा की ध्वनि पहुँची, उसका शातिर दिमाग इस अवसर का लाभ उठाने की योजना बनाने लगा।

कावि को मालूम था कि दक्षिणा में गायें लेने के लिए सबसे अधिक मात्रा में ब्राह्मण आते हैं। चाणक्य भी आएगा। और नहीं आएगा तो उसकी पत्नी से कहकर उसे बुलवा लेंगे। यही वह समय है जब एक क्रान्ति का प्रारम्भ हो सकता है। क्रान्तियाँ जातीय आधार पर भड़कती हैं और वही क्रान्तियाँ सफल होती हैं जिनमें जन–मानस को अपनी जाति की प्रतिष्ठा नजर आती हो। जाति का अपमान उसे कतई सहन नहीं होता। कावि को

विदुर की सभी नीतियाँ याद आने लगीं। उसने चाणक्य के मस्तिष्क में विद्रोह की आग लगाने की पूरी तैयारी कर ली।

पूर्व निर्धारित दिवस पर राजा ने अपने हाथों से कुछ गायों का दान किया। उसके बाद कुछ कार्य विशेष के आ जाने से वह अपने मन्त्रियों पर कार्य-भार सौंप कर चला गया। कावि की योजनाएँ ही राजा की योजनाएँ थीं। कावि के कार्य ही राजा के कार्य थे। तीन दिन बाद चाणक्य की पत्नी ने चाणक्य से कहा, "राजा गाय का दान कर रहे हैं, तुम भी क्यों नहीं ले आते हो? एक तो राजा का दान और दूसरा वह भूरी गाय। और फिर आप तो ब्राह्मण हैं। सबसे पहला हक तो आपका ही दान ग्रहण करने का बनता है। कितना अच्छा लगेगा जब उस भूरी गाय को देखकर लोग मंगलकारी आयोजन मनाएँगे। अपने घर पर उस गाय को देखने लोग आया करेंगे। उस गाय के दूध से तुम्हारा बुद्धि-बल और बढ़ेगा। चारों ओर खुशहाली और मंगलमय वातावरण छा जाएगा। आपको संकोच किस बात का है? राजा का मन्त्री कावि तो अपना सम्बन्धी है। सच बताऊँ, मुझसे उन्होंने ही कहलवाया है कि चाणक्य से कहो इस मौके को न गवाएँ।"

कावि के बुलावे को जानकर चाणक्य दान-प्रांगण में पहुँच गया। 'ब्राह्मणों के लिए राजा ने विशेष व्यवस्था की है और सम्मान के लिए उनके आसन आगे की पंक्ति में लगे हैं। सभी ब्राह्मण बन्धु आगे आकर ससम्मान अपना आसन ग्रहण करें। गो दान का यह क्रम निरन्तर चल रहा है,' कावि की इस उद्घोषणा को सुनकर चाणक्य आगे आया। और आगे की पंक्ति में अपना आसन ग्रहण कर लिया।

थोड़ी देर बाद कावि ने फिर घोषणा की कि कुछ विशिष्ट सम्माननीय अतिथि आये हैं। उनके लिए आगे की पंक्ति के आसन रिक्त कर दिए जाएँ।

सभी लोग उठ गये। चाणक्य भी पीछे की पंक्ति में चला गया। इतने में कुछ और ब्राह्मणों की भीड़ आयी। पुनः घोषणा हुई—'ये ब्राह्मण लोग बंग देश से आये हैं, इसलिए राजा का आदेश है कि इन्हें आगे स्थान दिया जाय। स्थानीय ब्राह्मण पीछे चले जाएँ।' चाणक्य और पीछे बैठ गया।

इस तरह आती हुई ब्राह्मणों की देश-विदेश की भीड़ को कावि ने आगे-आगे बिठाने के राज-आदेश दिये। सात बार चाणक्य अपना आसन छोड़ चुका था और अब वह अन्तिम पंक्ति में अन्तिम स्थान पर था। चाणक्य का

क्रोध भीतर ही भीतर ज्वालामुखी की तरह भभकने लगा था। तभी कुछ राजकर्मियों ने आकर चाणक्य को वह आसन भी छोड़ने को कहा और चाणक्य के कुछ असहज व्यवहार को देखकर उन सिपाहियों ने चाणक्य का गला पकड़कर बाहर निकाल दिया। भाड़ में पड़े चने की तरह झुलसते हुआ चाणक्य भयंकर क्रोध के साथ बाहर निकल आया।

उसके क्रोध को मन्त्रियों ने देखा, उसकी चिंघाड़ को प्रजा ने सुना, उसके कुपित ओठों से निकले कठोर वज्रपाती शब्दों से आगन्तुक थर्रा गये। उसकी आँखों की टेढ़ी पुतलियों से और बाहर निकलते हुए काले गोलकों से आसपास खड़े लोग भयभीत हो उठे। उसकी उठती हुई अंगुली के तर्जनात्मक प्रहार से अदृश्य आकाश भी काँप गया। बार-बार मुँह उठाकर पीछे-पीछे देखकर, सिर हिलाकर जब उसकी चोटी चहुँओर घूमी तो लगा कि कोई भूचाल आ गया है।

"नन्द! तूने ब्राह्मण का अपमान किया, इसलिए तू शूद्र है। एक शूद्र के अलावा यह पाप कोई नहीं कर सकता है।"

ब्राह्मण चाणक्य का आवेश चढ़ता ही गया, "धननन्द! अब तेरा अन्त होगा। एक ब्राह्मण को तूने दुतकारा, उसका गला पकड़ने का साहस इन तुच्छ कर्मचारियों ने किया। तुझे पता नहीं नन्द! तूने ब्राह्मण का अपमान नहीं, ब्रह्मा का अपमान किया है। तूने ब्राह्मण के सौम्य रूप को वेद-उपनिषदों के पाठ करते हुए शान्त स्वरों में अब तक देखा है। तूने ब्रह्मा में छिपे महेश्वर को नहीं देखा जो प्रलयकाल के पवन की तरह प्रचण्ड और भयंकर रूप धारण कर इस सृष्टि का अन्त करता है। आज यह चाणक्य तुझे ललकार कर चुनौती देता है—तू नहीं बचेगा, तू नहीं बचेगा..."

"रुको चाणक्य! रुको, मेरी बात तो सुनो..." कावि चिल्लाता रहा और चाणक्य चला गया।

अगले दिन कावि ने चाणक्य से मुलाकात की।

"मैं आपसे बात नहीं करना चाहता कावि! आप चले जाएँ। मेरी रग-रग में नन्द और नन्द के चाहनेवाले लोगों के प्रति घृणा उत्पन्न हो गयी है। आप भी उसी नन्द के मन्त्री हो, इससे पहले कि मेरा क्रोध आपका अपमान कर दे, आप यहाँ से चले जाएँ।"

"मैं चला जाऊँगा, लेकिन मेरे चले जाने से तुम्हें कुछ हासिल नहीं होगा।

तुम यह भूल रहे हो कि मैं नन्द का मन्त्री हूँ। पर तुम एक बात याद रखो, नन्द का मन्त्री तो उसी दिन मर गया था जब उस नन्द ने मुझे और मेरे परिवार को अन्ध कूप में डाल दिया था। मेरी पत्नी, मेरे पिता, मेरी माँ सब कैसे-कैसे तड़प-तड़प कर मरे हैं, यह मेरी आँखों के सामने आज भी ज्यों का त्यों झूल रहा है, चाणक्य।''

चाणक्य ने कुछ आश्वस्त होकर चेहरा कावि की तरफ किया।

''हाँ चाणक्य, हाँ! यह सच है। इसके बाद ही मैं तुमसे उस जंगल में मिला था और पहली मुलाकात में ही मुझे पक्का विश्वास हो गया था कि मेरे दिल के गहरे छिले छालों पर मरहम लगाने वाला एक ही व्यक्ति है—और वह तुम हो, सिर्फ तुम।

''चाणक्य! मैं तुम्हें यही बताने आया हूँ। मेरा और तुम्हारा एक ही लक्ष्य है। तुम इस महासफर में अकेले नहीं हो। प्रतिशोध की आग नन्द का अन्त करके ही बुझेगी।''

''नहीं कावि! मुझे नन्द का अन्त नहीं करना, उसके साम्राज्य से उसे दलित करना है। इस मगध पर उसके एकाधिपत्य को हटाना है, जिससे इस नन्दवंश का अन्त आपो-आप हो जाएगा।''

''ऐसा ही होगा महापण्डित चाणक्य! ऐसा ही होगा।

''याद करो, जैन साधुओं ने तुम्हारे जन्म के समय एक घोषणा की थी कि तुम राजा बनोगे। पर जब तुम्हारे पिता को तुम्हारे राजा बनने की बजाय श्रमण बनना ज्यादा हितकर लगा तो उन्होंने तुम्हारा दाँत तुड़वा दिया और उसके बाद उन यतियों ने कहा कि अब यह राजा नहीं बन सकेगा, हाँ, राजा बनाकर उसका मन्त्री अवश्य बनेगा। लगता है—नन्दवंश का अन्त होने के बाद प्रथम मन्त्री का पदभार आपको ही सँभालना होगा।''

''लेकिन कावि! इस विशालतम साम्राज्य का आधिपत्य कौन होगा? मगध साम्राज्य की सत्ता का राजमुकुट कौन पहनेगा? आप तो बूढ़े हो चले हो, कावि। मुझे एक नवयुवक की तलाश रहेगी। सुयोग्य व्यक्ति की तलाश जब तक मैं करता हूँ तब तक आप आगामी योजनाओं की रूपरेखा बनाकर मुझे बताते रहें।

चाणक्य की भार्या यशोमती ने अपने स्वामी से कहा, "क्या बात है, कुछ दिनों से आप कुछ खोए-खोए से दिखते हैं। सुबह घर से चले जाते हैं और देर रात तक आते हैं। आप भोजन भी पहले की तरह ठीक से नहीं करते हैं। जब से नन्द ने आपका अपमान किया है तब से आप कुछ ज्यादा परेशान हो गये लगते हैं। कुछ दिन तक तो मैंने कुछ नहीं कहा, सोचा, थोड़े दिनों में सब ठीक हो जाएगा। लेकिन अब साल भर होने को आया, आप निरन्तर चिन्तातुर बने रहते हैं। कभी मुझे अपनी परेशानी बताने की आपने जरूरत क्यों नहीं समझी? क्या मैं आपसे इतना भी नहीं पूछ सकती?"

"नहीं यशो, नहीं, ऐसी कोई बात नहीं है। नन्द के अपमान से मैं पीड़ित नहीं हूँ। मेरी योजना कुछ और है और मैं कुछ तलाश में हूँ। जल्दी ही तुम्हें सब कुछ पता हो जाएगा, परेशान न हो।"

"आप परेशान रहो और मैं परेशान न होऊँ, क्या यह बात आपकी प्रिया के लिए सहन हो सकती है? मैं जानती हूँ, आप महाविद्वान् हैं, वेद-वेदांगों एवं नीतिशास्त्र में पारंगत हैं। बहुत से छात्रों को आपने शिक्षा दी है। पर मैं इतना जानती हूँ स्वामिन्, कि बड़ी-बड़ी समस्याओं का समाधान प्रेम में है। आपका प्रेम मुझसे भी कम हो गया और अपने शिष्य छात्रों से भी।... मैं मानती हूँ कि समस्या का समाधान मैं नहीं कर सकती परन्तु अपनी समस्या अपनों से कहने से बहुत कुछ हल्की हो जाती है।"

हा, हा, हा, हँसते हुए चाणक्य ने कहा, "यशो! तुम मेरी प्रिय पत्नी हो न! इसीलिए तुम्हें हर समस्या का समाधान प्रेम-प्यार में दिखता है। मेरी समस्या कोई घर की या बच्चों को समझाने की समस्या नहीं है जो पुचकारने और दुलारने से हल हो जाय। फिर भी आज तुम्हारी प्यार भरी बातों को सुनकर मेरी समस्या का समाधान भले न हुआ हो, कुछ मन हल्का जरूर हुआ है। बहुत दिनों बाद आज तुम्हारी बातों पर हँसने का मन कर रहा है।"

"विद्वान् महाशय! आप मानो या न मानो, आपके वेदों के क्लिष्ट वागाडम्बर से कहीं ऊँची प्यार की भाषा है, ऐसा मैं मानती हूँ। यदि आपका मन थोड़ा भी हलका हुआ है तो आप समझ लो कि आपकी समस्या भी थोड़ी हल हो गयी है। किसी समस्या का समाधान हलका मन ही कर सकता है, बोझिल मन नहीं।"

"यशो! शादी के बाद आज पहली बार तुम इतनी समझदारी की बातें

कर रही हो। कौन-सा पुराण पढ़ने लगी हो तुम?''

''जी नहीं, ये पुराण वगैरह सब आप ही पढ़ो, मैं तो जो पढ़े-लिखे हैं, उनके चेहरे पढ़ती हूँ।''

''क्या मतलब?''

''जी हाँ। यदि इतने बड़े-बड़े वेद-उपनिषद् और ढेर सारे मोटे-मोटे पुराण, भागवत पढ़ने के बाद भी जीवन की छोटी-सी समस्या आपकी हल न हो सकी तो मैं क्या करूँगी इन्हें पढ़-पढ़ के? मैं तो आपको ही देख रही हूँ कि आपका मन इतने अध्ययन-अध्यापन के बाद भी जाने कहाँ उलझा है? ऐसी क्या बात है, जो आप अपनी अर्धांगिनी से छिपा रहे हैं?''

''अच्छा ठीक है, मैं तुम्हें अपनी दूरवर्तिनी योजना तो नहीं बताऊँगा, लेकिन एक बात बताता हूँ—मुझे किसी योग्य कृतज्ञ युवा वीर की जरूरत है, जिसमें एक सम्राट्तुल्य क्षमताएँ हों और जो महायोद्धा हो, जिसके अन्दर स्वाभिमान हो, अहंकार नहीं; जिसमें मेरे जैसा पाण्डित्य हो और तुम्हारे जैसा प्रेम, जिसकी बुद्धि में चाणक्य हो और हृदय में यशो-सी पारदर्शिता।''

''मतलब, तुम्हें एक ऐसा व्यक्ति चाहिए जो पुरुष भी हो और स्त्री भी,'' यशोमती ने ठहाका लगाया '',....'' फिर तो आप छक्कों के मोहल्ले में जाएँ।''

''देखो यशो, मेरी बात का मजाक मत उड़ाओ। इसीलिए तो मैं तुम्हें कुछ बता नहीं रहा था, और जब कुछ बताया तो तुम इतना हँस रही हो?''

''हँसूँ नहीं तो क्या रोऊँ? ये भी कोई समस्या है भला, जिसके लिए आप इतने परेशान हैं।''

''सच ही कहा जाता है, स्त्री के अन्दर कभी गम्भीरता आ ही नहीं सकती।''

''अरे! अरे! जी, कहाँ चल दिये? रुकिए तो!'' यशोमती ने मुस्कुराते हुए कहा, ''देखो, आपके कितने सारे युवा छात्र हैं, क्या आप उनमें से किसी योग्य का चयन नहीं कर सकते?''

आश्वस्त होकर जब चाणक्य ने यशोमती को देखा तो उसने पुनः कहा, ''हाँ, हाँ ! मैं गलत नहीं कह रही हूँ।''

''क्या तुम किसी एक का नाम बता सकती हो?''

''हाँ...हाँ, वह जब कभी जो शाम को आपकी सेवा में आता है, ललितदेव

नाम है जिसका।''

''वह क्या वीर है? वह तो, बनिया का बेटा है। उसमें ऐसी योग्यता नहीं है। और सुनो, मैं ऐसा मानता हूँ कि दुर्बल व्यक्ति भी यदि उच्च वर्ण का हो तो वह निम्न कुलोत्पन्न बलवान् व्यक्ति की अपेक्षा राजा होने के योग्य होता है। ऐसे व्यक्ति का वर्ण, कुल की श्रेष्ठता के कारण प्रजा स्वतः सम्मान करती है। उसकी आज्ञाओं का पालन करती है। अन्य वर्ण का भी राजा तो बन सकता है, पर वह सम्राट् नहीं बन पाता। खास तौर से शूद्र वर्ण का राजा तो घृणा का पात्र होता है। मुझे एक क्षत्रिय वंशोत्पन्न वीर की जरूरत है।''

थोड़ी देर सोचने के बाद यशोमती ने फिर याद दिलाया,

''तो फिर वह क्षत्रिय पुत्र, जो कभी-कभी ही आपके पास आता है, लेकिन है वह बहुत स्वाभिमानी और वीर भी है।''

''हाँ,... शायद उसका नाम चन्द्रगुप्त है। वह मयूरपोषकों के ग्राम के मुखिया की पुत्री का बेटा है। मयूर इन मौर्य वंशीय क्षत्रियों का वंशानुगत चिह्न है।''

''हाँ, हाँ वही, आपकी राशि से मिलता भी है। आपके प्रति बहुत श्रद्धा रखता है। आपका शिष्य भी है और हमदर्द भी है।''

''हाँ,... देखता हूँ कितना हमदर्द है।''

5
एक सम्राट् की खोज

एक दिन चाणक्य की चन्द्रगुप्त से भेंट होती है। चन्द्रगुप्त ने चाणक्य को प्रणाम किया। चाणक्य ने हाथ में चन्द्रगुप्त का हाथ पकड़ लिया। एकान्त में ले जाकर गुप्त वार्ता की। चन्द्रगुप्त ने चाणक्य की बातों पर सहमति जतायी। बहुत दिनों तक एक-दूसरे का ऐसे ही एकान्त में मिलाप और दीर्घकालीन चर्चाओं ने दोनों की मनोदशा को खूब समझने का मौका दिया।

चाणक्य को याद आता है, वह चन्द्रगुप्त जो उसने नौ वर्ष की उम्र से उसे देखा। वह होनहार बालक, जो राजा के गुणों से अलंकृत था। राजा बनने की उत्कण्ठा उसके मस्तिष्क में बचपन से ही जन्मजात थी। गाय, भैंस चराने वाले इस साधारण से ग्रामीण बालक ने अपनी प्रतिभा से 'राजकीलम' नामक एक खेल का आविष्कार किया। इस खेल में वह राजा बनता था। स्वयं उच्च सिंहासन पर बैठता था। राजसभा लगाता था। मन्त्री, अध्यक्ष, कार्यवाहकों की नियुक्ति स्वयं करता था। पहली बार इन आँखों ने उसे ऐसी राजसभा का संचालन करते हुए ही तो देखा था। गाँव के बच्चों के बीच बैठा वह अत्यन्त साहसी, राजपुत्र-सा शोभित होता था। उसके चेहरे के अलौकिक तेज को देखकर मुझे उसकी उच्च कुलीनता का पता लग गया था। बाद में पता लगाने पर ज्ञात हुआ कि इस बालक चन्द्रगुप्त का जन्म मोरिय नामक क्षत्रिय जाति में हुआ था। चन्द्रगुप्त का पिता इस मोरिय जाति का मुखिया था। यह जाति धीरे-धीरे अपनी जन्मभूमि छोड़कर अन्यत्र बस गयी। चन्द्रगुप्त का पिता सीमान्त प्रदेश पर एक झगड़े में मारा गया। पिता की मृत्यु उपरान्त परिवार अनाथ हो गया। अबला विधवा माँ अपने भाई के घर पाटलिपुत्र

चली आयी। यहीं पर चन्द्रगुप्त का जन्म हुआ। कुछ दिन उपरान्त माँ की मृत्यु भी हो गयी तो उसके मामाओं ने इसे एक गो-शाला में छोड़ दिया। एक गड़रिये को वह बालक मिल गया। उसने पुत्र की तरह उसका लालन-पालन किया। जब वह बड़ा हो गया तो एक शिकारी को उसने बेच दिया। उस शिकारी ने उस पुत्र को गाय-भैंस चराने के काम पर लगा दिया। उन्हीं दिनों वह गाँव के लड़कों के साथ राजसत्ता का खेल खेला करता था। एक हजार कार्षापण देकर मैंने चन्द्रगुप्त को खरीदा था। उसे तक्षशिला विद्यापीठ में पढ़ाया। उसे आज मैंने सभी विद्याओं और कलाओं में पारंगत कर दिया है। इसे राजकुमारों के साथ ही रखकर संस्कारित किया है। आठ वर्ष तक सैनिक पाठशाला में शिक्षा प्राप्त कर समस्त सैन्य विद्या में बहुत निपुण हो गया है। इसकी निपुणता और कला- कौशल के चर्चे अक्सर मैं अन्य शिक्षकों से सुनता रहता हूँ।

एक दिन चाणक्य चन्द्रगुप्त को लेकर घोड़े पर सवार होकर नगर से बाहर चला गया। वनों, नगरों, जंगलों, दीर्घिकाओं को पार करते हुए वे दोनों एक दुर्गम-अलक्ष्य स्थान पर जाकर एकान्तवास करने लगे। एक छोटा-सा स्थान जहाँ पर सीमित साधनों से कष्टसाध्य जीवन जीते रहे। साधारण भेष में घूमते हुए उन्होंने विपक्षी राजाओं तक पहुँचने का एक दूरगामी कार्यक्रम बनाया। उन्होंने एक नया जीवन, नये सिरे से धन, शक्ति और सत्ता की ऐसी शुरूआत करने का निश्चय किया है, जिसमें लोग चाणक्य और चन्द्रगुप्त को राजद्रोही न समझ पाएँ। दूर देश में एक जलदुर्ग में छिपकर लोगों की नजरों से बचकर, एक साधारण-सा आदमी बनकर असाधारण तैयारियों में लगे रहना दोनों की आवश्यकता बन गयी।

इधर पाटलिपुत्र में खबर फैल गयी कि चाणक्य पलायन कर गया है। वह अब राजधानी में नहीं है।

चाणक्य अपने कार्य की गुप्त योजना में इतना सावधान था कि उसने कावि को भी अपनी योजनाओं की खबर नहीं दी। वह कावि पर भी विश्वास नहीं करता था, उसने कावि से सहायता लेने की कोई जरूरत भी नहीं समझी।

अन्ततः चाणक्य को अपने कार्यों की छोटी-सी शुरूआत के लिए एक सीमान्तवर्ती छोटे राजा की तलाश थी, सो उसने पूरी कर ली। वह राजा उन

दोनों की चतुरता और वीरता से प्रसन्न हुआ। शत्रु का शत्रु अपना मित्र होता है, सो उसने दोनों को आश्रय दिया और राज्य में रख लिया।

चाणक्य ने अपना मन्तव्य स्पष्ट कर दिया था कि "आप हमें असहाय न समझना और अपने आश्रय में रखकर अपना दास बनाने की भूल नहीं करना। हमारी योजनाओं में यदि आप सहायक बनेंगे तो आपके राज्य विस्तार की योजनाओं में आपकी सफलता आपके चरण चूमेगी। हमें अपनी शक्ति स्वयं अर्जित करना है। आपकी इच्छा है कि नन्द राजा का पतन हो, तो वह मैं करके रहूँगा। इन सीमान्त प्रदेशों पर जो राजा नन्द के शत्रु हैं, हम उनसे मिलेंगे और सैन्य शक्ति को संगठित करेंगे।"

छह सात वर्ष तक यह योजना धैर्य के साथ चलती रही। चाणक्य को मालूम था हर बड़ा कार्य समय साध्य होता है। एक मजबूत राजतान्त्रिक ढाँचे को गिराना उतना ही दुःसाध्य है, जितना कि एक पहाड़ को छैनी-हथौड़े से तोड़ना। चाणक्य ने चन्द्रगुप्त को प्रशिक्षण दिया। चन्द्रगुप्त ने सैन्य-संचालन, राज-सन्धि, गुप्तचर संस्थाएँ और युद्ध-कौशल के प्रत्येक पहलू को मन लगाकर सीखा। बहुत जल्द ही वह इनमें निपुण हो गया।

अब चाणक्य के साथ कुछ शत्रु राजा और उनकी सेना थी। राजा अपने प्रतिशत्रु राजा को हटा दे, मार दे, यही उसकी सफलता का सोपान है। नन्द के राज्यभ्रष्ट होने के बाद सम्पत्ति का विभाजन यथायोग्य करके सभी राजाओं में कर दिया जाएगा, इस लालच में सभी ने चाणक्य का सहयोग किया।

चन्द्रगुप्त में सैन्य संगठन की एक अद्भुत क्षमता थी। सम्राट् सिकन्दर ने पंजाब के स्थानों पर आक्रमण किया। देशभक्ति की भावना से उस समय के छोटे-छोटे गणतान्त्रिक राजाओं ने उससे खूब संघर्ष किया, लेकिन सफल नहीं हुए। उसी समय चन्द्रगुप्त ने चाणक्य की रणनीति से शिक्षा लेकर इन राज्यों की अपनी एक सेना बनायी। चन्द्रगुप्त के नेतृत्व में सेनानी जवान सिकन्दर के आक्रमण से प्रतिरोध की शक्ति बढ़ाने लगे। सिकन्दर ने चन्द्रगुप्त का नाम सुना तो उसे मरवा डालने का प्रयास किया। सिकन्दर को चन्द्रगुप्त की धृष्टता पर उस समय क्रोध आया, जब चन्द्रगुप्त अपनी सेना लेकर सिकन्दर से युद्ध करने की योजना बना रहा था। सिकन्दर ने चन्द्रगुप्त को मारने की आज्ञा दे दी। चन्द्रगुप्त अपनी जान बचाकर वहाँ से भाग निकला। जंगल में तब अपने कुछ सैनिकों के साथ चन्द्रगुप्त अकेला था उस समय

उसे अपनी किसी गुप्त सुरक्षा की बहुत आवश्यकता महसूस हुई। चन्द्रगुप्त ने निर्णय लिया कि अब कुछेक गुप्त स्थानों का निर्माण करना होगा, जहाँ पर आकस्मिक सुरक्षा के लिए जाया जा सके। अत्याचारी सिकन्दर से निपटने के लिए दल-बल के साथ छल सहित रणनीति की आवश्यकता है। जंगल में जैसे-तैसे अपनी सुरक्षा का स्थान पाकर उसके सैनिकों ने भोजन-पान व्यवस्था की सोची। चन्द्रगुप्त एक वृक्ष के नीचे थककर लेट गया। उसी समय एक शेर उसके पास आया। शेर ने चन्द्रगुप्त के शरीर से बहते हुए पसीने को चाटा और उसे जगाकर चला गया। चन्द्रगुप्त ने जैसे ही आँख खोली, शेर को सामने जाते देखा। चन्द्रगुप्त को लगा कि यह समय सोने का नहीं है। वह उठा, उसके अन्दर एक अदम्य उत्साह जाग्रत हो गया। चन्द्रगुप्त के मन में राजत्व का सम्मान प्राप्त करने की आशा बलवती हो गयी। उसी दिन चन्द्रगुप्त ने संकल्प लिया कि यूनानियों को देश से खदेड़ने और उनका सफाया कर देना उसका पहला लक्ष्य है।

चाणक्य ब्राह्मण और क्षत्रिय राजपुत्र चन्द्रगुप्त के बीच कभी मतभेद नहीं आया। ऐसा लगता था मानो कि दोनों का जन्म एक ही उद्देश्य के लिए हुआ है। दोनों के बीच के रिश्ते गुरु-शिष्य के हैं, कि भाई-भाई के हैं, कि राजा-मन्त्री के हैं, कुछ भी समझ नहीं पड़ता था। सभी राजा आश्चर्यान्वित थे कि अपने लक्ष्य के प्रति निरन्तर उत्साह और प्रयत्नशील रहने वाले क्या ये दोनों नन्द के पूर्वभव के शत्रु के रूप में ही जनमे हैं, या फिर इसी जन्म में इनके अन्दर इतना प्रतिशोध उत्पन्न हुआ है। कभी किसी राजा या राजबन्धु ने इतनी हिम्मत नहीं जुटा पायी कि चाणक्य या चन्द्रगुप्त से पूछ सके कि आप लोग कैसे मिले और आपका आपस में रिश्ता क्या है।

सच भी है, लक्ष्य एक हो तो सबका एक ही रिश्ता होता है—सहयोग। यह सहयोग ही सफलता का योग है। चाणक्य ने अपनी कुशलता से अपने से मिलने वाले सभी राजाओं में यह भावना भर दी कि आपके सहयोग से हमें एक चढ़ाई करनी है, जिसमें सभी के अन्दर बराबर जीत की भावना और उत्साह हो।

सिकन्दर भारत के प्रान्तीय क्षेत्र पर आक्रमण करके आगे जरूर बढ़ रहा था, लेकिन वह बहुत जल्द विश्व सम्राट् बनने का खिताब जीतने का दुस्साहस कर रहा था। सिकन्दर अपनी विजय-पताका लहराता जा रहा था।

जिन राज्यों पर वह विजय प्राप्त कर लेता था, उनकी रक्षा करने के लिए यूनानी सैनिकों की वहाँ बस्तियाँ स्थापित कर देता था। सिकन्दर ने ये बस्तियाँ बसा तो दीं पर वे सेनानी लोग अपने घर-परिवार के साथ रहना चाहते थे। जिन भारतवासियों को सिकन्दर ने अपने अधीन कर लिया था, उनके अन्दर विद्रोह की भावना भरी हुई थी।

सिकन्दर ने अपने विजय-स्थानों को सुरक्षित करने के लिए उन्हें यूनानी क्षत्रपों में विभाजित कर दिया था। सिन्धु नदी के पूर्वी और पश्चिमी क्षेत्रों में यूनानी भारत की नींव डाली। पश्चिमी क्षेत्र की प्रशासन व्यवस्था तीन यूनानी क्षत्रपों को सौंप दी और पूर्वी क्षेत्र की प्रशासन व्यवस्था भारतीय क्षत्रपों को सौंप दी।

सिन्धु नदी के पश्चिम का भाग 'निकानोर' यूनानी क्षत्रप के हाथों में था। सिकन्दर से बदला लेने के लिए चन्द्रगुप्त उत्तेजित था। उसे मरवा डालने के लिए सिकन्दर ने जो प्रयास किया उसके प्रतिशोध की ज्वाला चन्द्रगुप्त के हृदय में जल रही थी। आखिरकर चन्द्रगुप्त ने 'निकानोर' को मारने की योजना बनायी। चन्द्रगुप्त ने भारतीय शासकों को भड़काया और देशद्रोहियों से निपटने की आग उनके अन्दर सुलगा दी। नतीजा यह हुआ कि 'निकानोर' मारा गया।

कुछ समय बाद चन्द्रगुप्त ने एक और यूनानी प्रशासक 'फिलिप' की हत्या करवा दी। फिलिप बहुत प्रभावशाली और अनुभवी यूनानी शासक था। फिलिप की मौत के बाद यूनानी सेना घबराने लगी। इधर सिकन्दर था कि आगे-आगे बढ़ता ही जा रहा था।

एक बार चन्द्रगुप्त सिकन्दर के एक और क्षत्रप सेनापति से लड़ने जा रहा था। रास्ते में एक विशालकाय हाथी सामने आकर खड़ा हो गया। उस हाथी ने विनम्रता से चन्द्रगुप्त को प्रणाम किया। एक पालतू हाथी की तरह थोड़ी देर चन्द्रगुप्त से व्यवहार किया और चन्द्रगुप्त को अपनी पीठ पर बैठा लिया। युद्धक्षेत्र में वह हाथी स्वयं चला। चन्द्रगुप्त को ऐसा पथप्रदर्शक कभी नहीं मिला। रणक्षेत्र में चन्द्रगुप्त की विजय हुई और चन्द्रगुप्त एक विजेता के रूप में विख्यात हो गया।

यूनानी अब 'सैंड्रोकोट्टस' अर्थात् चन्द्रगुप्त के नाम से भयभीत होने लगे।

सिकन्दर भारत के मध्यवर्ती क्षेत्र की ओर आगे बढ़ रहा था। पीछे वह

जहाँ-जहाँ पर यूनानी क्षत्रपों को नियुक्त करके गया था, उनमें से मुख्य क्षत्रपों की मृत्यु हो चुकी थी। बचे हुए यूनानी सैनिक अपने देश को लौटने के लिए तैयार होने लगे। सिकन्दर के साथ रहने वाली सेना युद्ध करते-करते थक चुकी थी। जब उन्हें 'निकानोर' और 'फिलिप' जैसे मुख्य क्षत्रपों की मृत्यु का समाचार ज्ञात हुआ तो उनका मनोबल और टूट गया। अन्ततः सिकन्दर को वापस लौटना पड़ा । वापस लौटते ही रास्ते में उसकी मृत्यु हो गयी। उसके विश्व-विजय का सपना अधूरा ही रह गया।

सिकन्दर की सहसा मृत्यु के बाद चन्द्रगुप्त को राहत मिली। अब उसने अपना लक्ष्य बदल लिया। जिस नन्द राजा का अन्त करने का संकल्प लेकर चला था, अब उसके सामने पुनः वही लक्ष्य था जो चाणक्य को साथ लेकर पूरा करना था।

आखिरकार छह-सात साल के प्रयासों के बाद, चाणक्य ने अपने कुछ मित्र राजाओं के सैन्य प्रयास से पाटलिपुत्र पर हमला बोल दिया। युद्ध हुआ। सैन्य शक्ति और रण-कौशल के सफलतम प्रयासों के बाद भी चाणक्य को मुँह की खानी पड़ी। एक अखण्ड सियासती वंशानुगत राजसत्ता को उखाड़ना कितना कठिन होता है, चाणवय को यह अन्दाजा इस असफलता से लग गया। फिर भी चाणक्य ने हिम्मत नहीं हारी। उसने अपने राजमित्रों से कहा कि इस युद्ध से हमने जान लिया है कि सफलता के लिए और क्या करना है, जीत के लिए और कितना सैन्य बल जुटाना है। पहाड़ से टकराकर हमारे सिर में चोट जरूर लगी है, लेकिन उसकी आवाज से और चोट से यह पता चल गया है कि पहाड़ के हाड़ किस धातु के बने हैं।

चाणक्य और चन्द्रगुप्त ने पुनः उसी लगन से सैन्य बल और राजशक्ति को बटोरने का अधिकाधिक प्रयत्न जारी रखा। घूमते-घूमते वे एक गाँव में पहुँचे और थककर एक झोंपड़ी के पास बैठ गये। उस झोंपड़ी में एक बुढ़िया अपने बच्चों को खिचड़ी और रोटी खिला रही थी। एक लड़के ने खिचड़ी खाना प्रारम्भ किया तो थाली में बीच में अँगुली डालकर खिचड़ी खाने लगा और अँगुली जल गयी तो रोने लगा। तभी बुढ़िया ने देखा कि दूसरा लड़का रोटी खा रहा है और किनारे की रोटी फेंककर बीच का हिस्सा निकालकर खा रहा है। तभी बुढ़िया ने कहा, "तुम लोग भी वैसी ही मूर्खता कर रहे हो जैसी चाणक्य और चन्द्रगुप्त ने की है। अरे पुत्र! तू किनारे की ठंडी खिचड़ी को

छोड़कर बीच की गर्म खिचड़ी को खाने लगा, इसलिए जल गया और एक तू है जो किनारे की रोटी छोड़कर बीच की रोटी खाने का प्रयास कर रहा है। चन्द्रगुप्त भी राजा बनने का स्वप्न देखता है और चाणक्य नन्दवंश को मिटाने का, लेकिन उन्हें यह पता नहीं कि राजा को जीतने के लिए पहले सीमान्त प्रदेशों को जीतना होता है। उन्हें अपने अधिकार में लिये बिना सीधा ही मगध साम्राज्य पर अधिकार करने गये और जल गये, ऐसे ही तुम लोग हो।''

चाणक्य और चन्द्रगुप्त ने जब यह बात सुनी तो उन्हें महसूस हुआ कि हम लोग वास्तव में गलती पर हैं। इन राजाओं से मित्रता मात्र करके ही हम कभी राजसत्ता का तख्ता पलट नहीं कर सकते हैं। हमें छोटे-छोटे राजाओं को जीतना होगा। उन राज्यों पर अपना अधिकार करना होगा। इस तरह जब हम धीरे-धीरे पाटलिपुत्र की ओर बढ़ेंगे, तभी हम उस साम्राज्य को जीत पाएँगे। एक महायुद्ध से पहले कई लघुयुद्ध जीतने होंगे। एक महासत्ता को हासिल करने से पहले कई अवान्तर सत्ताओं को अधिकृत करना होगा। एक महादुर्ग को जीतने से पहले चहुँमुखी गोपुरों को अपने स्वामित्व में लेना होगा। जीत का यही एक मात्र अनन्य रास्ता है।

पहले जिन राजाओं से चाणक्य ने मित्रता की, उन्हीं की सहायता से अब चाणक्य ने कुछ राजाओं को जीतना प्रारम्भ किया। धीरे-धीरे चाणक्य सम्राट् के रूप में उभरने लगा। चाणक्य ने उस राजा पर्वत को भी युद्ध में जीता जो पहले से ही नन्द का विरोधी था। पर्वत को जीतने के बाद वह पर्वत की सहायता से आगे बढ़ा। चाणक्य की कूटनीतिपूर्ण राजनीति से राजाओं में घबराहट होने लगी।

चाणक्य ने मगध के चप्पे-चप्पे में और राजभवन में होने वाली घटनाओं को जानने के लिए अपने गुप्तचर लगा रखे थे। राजा धननन्द की भावी योजनाओं की जानकारी भी गुप्तचर लाकर देते थे। गुप्तचर विभाग की सफलता से चाणक्य ने अपने कार्य को बहुत आसान बना लिया। दिनों-दिन बढ़ती सैन्य शक्ति और विपक्ष की कमजोरियों का लाभ उठाकर एक दिन चाणक्य ने फिर से सफल आक्रमण करने की ठान ली। चाणक्य ने चन्द्रगुप्त के सैन्याधिकार और कुशल योद्धा के समक्ष धननन्द को हराने के वैसे ही प्रयास किये, जैसे श्रीकृष्ण ने अर्जुन की सहायता करके दुर्योधन को हराया। चन्द्रगुप्त के युद्ध दाक्षिण्य और शस्त्रविद्या की प्रवीणता से धननन्द की सेना

घबराने लगी। पहली बार धननन्द की सेना को किसी साहसी विपक्षी से टकराने का ऐसा मौका मिला था। सिन्कदर भी जिस मगध पर आक्रमण करने के लिए नहीं सोच सका और अपनी सैन्य शक्ति के हौसले को इस लायक नहीं बना पाया, उसी मगध पर आक्रमण करने वाला चन्द्रगुप्त निरन्तर अचूक बाण-वर्षा से सेना को तितर-बितर करने का अद्‌भुत साहस दिखाते हुए, अर्जुन की ऊर्जा को ही अपने में प्रस्फुटित कर रहा हो, ऐसा प्रतीत होता था। चाणक्य के संकेत किसी गुरु के सफल संकेतों की तरह चन्द्रगुप्त को विजय-पथ पर बढ़ा रहे थे। चाणक्य का शंखनाद थकी हुई सेना में प्राण फूँकने वाला था। चाणक्य की भृकुटियों और नेत्रों के वक्र परावर्तों को देख चन्द्रगुप्त के वीर सैनिक शत्रु-सेना पर खूँख्वार सिंह की तरह मदमस्त वन-हस्तियों के कपोल स्थल पर टूट पड़ रहे थे। हस्ति-सेना हो, वाजि-सेना हो या पदाति-सेना, सब के सब घमासान युद्ध में शहीद होने को लालायित हो रहे थे। आगे बढ़ो, चीर डालो, काट डालो, मार डालो, सिर फोड़ डालो, पेट में बाण मारो, आँखें फोड़ दो, डरो नहीं, आगे बढ़ो, फिर आगे बढ़ो की आवाजें और प्रेरित करने वाले कुछ सेनानी इसी तरह सेना को मजबूत और अदम्य साहसी बनाते जा रहे थे। चाणक्य ने इन सेनानियों को सिर्फ इसी कार्य के लिए प्रत्येक दल में नियुक्त किया था। जबकि धननन्द की सेना में इस तरह के सेनानी और साहस भर देने की कमी के कारण सैनिकों के हौसले पस्त होने लगे। अन्ततः धननन्द ने स्वयं आकर युद्ध-स्थल में चन्द्रगुप्त से शस्त्राघात करके टक्कर ली। चन्द्रगुप्त के नवीन अभ्यस्त, सोद्‌देशिक रण-कौशल से धननन्द घबराने लगा। अचानक चन्द्रगुप्त ने धननन्द के सिर को बेध दिया। इससे पहले कि धननन्द कुछ समझ पाता, उसकी जीवनलीला समाप्त हो गयी। सेना में चाणक्य ने जीत का बिगुल बजा दिया। धननन्द की सेना यथावत् खड़ी रह गयी। धननन्द की मृत्यु ने चाणक्य के वर्षों से सँजोए सपनों को साकार कर दिया। राजपरिवार, सैन्यबल, अमात्य, पुरोहितों और मन्त्रियों को चाणक्य ने आश्वासन दिया कि उनका और मगध की प्रजा का पालन चन्द्रगुप्त एक पिता की तरह करेगा।

'पाटलिपुत्र का सम्राट् चन्द्रगुप्त बनेगा' यह उद्‌घोषणा हुई और राजसिंहासन पर राज्याभिषेक कराने के बाद चाणक्य के जीवन में एक अपूर्व शान्ति और आँखों में अतीव उल्लास दिखाई दे रहा था। एक कुशल शासक के गुणों में

चन्द्रगुप्त को पारंगत करके चाणक्य स्वयं एक प्रवीण पाण्डित्य को धारण करने वाले पाटलिपुत्र के राजमन्त्री के रूप में प्रतिष्ठित हो गये।

जब कावि ने चाणक्य को बधाई दी और अपने लक्ष्य की पूर्ति का यशोगान किया तो राजा नन्द के अन्य मन्त्री सुबन्धु को यह राजद्रोह अच्छा नहीं लगा। इन सभी स्वामिशत्रुओं के बीच मैं कैसे रह सकता हूँ? यह सोचकर सुबन्धु मन्त्री पाटलिपुत्र छोड़कर महाक्रौञ्चपुर चला गया। वहाँ के नरेश राजा सुमित्र के यहाँ सुबन्धु मन्त्री पद पर प्रतिष्ठित हुआ और अपने परिवार के साथ सुख से रहने लगा।

6
यौवन की माँग

चाणक्य के पिता कपिल ब्राह्मण के शिर:केश कपिल वर्ण के हो चले हैं। निर्ग्रन्थ श्रमणों से जो कपिल ने चाणक्य के बारे में सुना था, वह सब अपनी आँखों के सामने सच होते देख लिया है। इन आँखों में अब जीवन का सच स्पष्ट दिखाई दे रहा है। राजा का पुरोहित होने के नाते मेरे खून में उस राजा धननन्द के लिए कभी भी छल, धोखा देने के भाव नहीं आये। पर मेरे इस पुत्र में वह सब कहाँ से आ गया?

समय के फेर कितने अनजाने हैं? एक समय था जब धननन्द अपने मन्त्रियों, पुरोहितों और सेनापतियों के साथ बैठकर आनन्दित होता था। आज उसी राजा के मन्त्री कावि ने विद्रोह की आग में उसे जला डाला। उसी के पुरोहित-पुत्र ने राजसिंहासन से उसे हटाकर पुत्रवत् प्रजा में संरक्षित एक युवा के हाथों मरवा डाला। मैं सब कुछ संसृति के इस रक्तरंजित खेल को मौन होकर देखता रहा। इस दुनिया में कौन किसका सगा है, अपना है? जो जितना ही बड़ा सिंहासन लेता है, उसका मरण उसी के चरणों में बैठे सिंह से हो जाता है। अपनापन, परायापन सब मन के खेल हैं। किसका मन कब बिगड़ जाय, कब असन्तुष्ट हो जाय, कब रुष्ट हो जाय, क्या कह सकते हैं? क्या कर सकते हैं? जब तक किसी को अपने से सन्तुष्टि है वह अपना है, जब वही असन्तुष्ट हो गया, अपना बैरी हो जाता है। क्या किसी का मन हमेशा के लिए सन्तुष्ट रह सकता है? मित्र, पुत्र ही यदि शत्रु बन जाय तो ऐसे संसार में किसी को अपना कहना या मानना एक भ्रम ही है, बहुत बड़ा भ्रम।

शायद इसीलिए श्रमण महात्मा अपने लिए जीते हैं। जब दुनिया में उन्हें सबके अन्दर स्वार्थ नजर आता है, तो वे अपना सम्यक् स्वार्थ देखने लगते हैं और संस्कृति के इन क्षणिक नाटकीय व्यवहारों से अपने को मुक्त करके

आत्म-मुक्ति के लिए उत्कण्ठित होने लगते हैं। कितना अच्छा लगता है उनका एकान्त कानन में निर्द्वन्द्व विचरण! कितना अच्छा लगता है उनका निरीह मनोवृत्ति से सर्वत्र विहार करना! कितना मनभाता है उनका सहज यथाजात दिगम्बर रूप! कितना उल्लसित होता है उनका जड़ सत्ता से दूर, मात्र एक चैतन्य चिदानन्द रूप में विलीन मन! कितना अद्‌भुत है इस संसृति चक्र से मुक्त होने के लिए प्राणीमात्र के साथ सम-भाव में रहना! कितना पराक्रम है मन में, जो सहन कर लेता है तपन, शीत और वर्षा के कष्टों को, देह को जड़-अचेतन समझकर! कितना निर्विकार है वह चेता जो सब कुछ देखकर भी निर्लिप्त है! कितना विशुद्ध रहता है वह हृदय जिसमें किसी के प्रति भी शत्रु-मित्र की किंचित् कल्पना नहीं उठती! कितना अलौकिक है अपनी मर्जी से सर्वत्र सहज पवन की तरह निर्विकल्प प्रवाहित होते रहना! जीवन की यही सार्थकता है कि परमार्थ-पथ पर चला जावे।

कपिल अपने मनोभावों को रोक न सका। अपनी प्राणप्यारी देविला को सब कुछ कहकर वह वन की ओर चल दिया। कपिल ने कह दिया कि मुझे अब अपने पुत्र का भी व्यामोह नहीं रहा। वह अब राजभवन में रहता है और राजतन्त्र के कार्य में ही व्यस्त रहता है। मेरे जाने के बाद तुम उसे बता देना । तुम अगर पुत्र-ममत्व को छोड़ सको तो इस संसृति के जाल को तोड़ने के लिए किसी साध्वी के साथ रहकर आत्म-कल्याण कर लेना। मैं जा रहा हूँ.... अनजाने - अनचाहे- अपने—स्वीय—आत्मपथ पर।

सब कुछ तजकर मात्र अकिंचन होना चाहता हूँ। सब कुछ लखकर आत्मसत्ता को लखना चाहता हूँ।

चाणक्य को पिता का संन्यास-धारण और वन-गमन का समाचार मिला। उदासीन होकर वह आज पहली बार इतना शान्त बैठा, सुदूर-अगम्य-दुर्लक्ष्य को देखता रहा मानो कोई प्रचण्ड तूफान सब कुछ तहस-नहस करके चला गया हो, जैसे कि उसने आज अपना सब कुछ खो दिया हो।

चन्द्रगुप्त ने चाणक्य की उदासी देखकर पूछा, "क्या हुआ जो आज आप इतने उद्विग्न हैं?"

"चन्द्रगुप्त ! मेरे पिता मुझे छोड़कर वन को चले गये, उन्होंने श्रमण-पथ को अपना लिया है।"

"तो इसमें बुरा क्या है राजमन्त्रिन्?"

"बुरा कुछ नहीं हुआ, पर मन को आज बुरा लगा।"

"कारण?"

"लगता है, उन्हें मेरा यह कृत्य अच्छा नहीं लगा।"

"लेकिन, यह सब कुछ तो आपने सोच-समझ कर ही किया था ना!"

"हाँ, हाँ...."

"तो सब अच्छा ही हुआ समझो! आप तो वेद-पारायण पण्डित हैं। जब वेदों से आत्मज्ञान नहीं मिलता है तो उपनिषदों की शरण में जाना होता है। परम ब्रह्म की उपासना और साधना तो ऐसे ही होती है। आपके पिता ने वही सब तो किया है जो ब्रह्म मार्ग के लिए आवश्यक है। इसलिए उन्हें आपका कृत्य अच्छा लगा हो या न लगा हो लेकिन उनका मार्ग अच्छा है, आपको उदासीन या खिन्न नहीं होना चाहिए।"

"चन्द्रगुप्त! क्या तुम वेद-उपनिषदों की इन सच्चाइयों को वास्तव में इतनी गहराई से समझते हो?"

"हाँ महोदय, हाँ। तभी तो इस संन्यास-पथ की मैं प्रशंसा कर रहा हूँ।"

"लेकिन, चन्द्रगुप्त! क्या एक ब्राह्मण को श्रमण बनना उचित है? ये दोनों अलग-अलग बातें नहीं हैं?"

"ब्रह्म उपासक ब्राह्मण होता है और उस ब्रह्म तक पहुँचने का पथ श्रमण से होकर ही जाता है। इसलिए ब्राह्मण श्रमण नहीं बनेगा तो और कौन बनेगा?"

"पर वेदों में तो मन्त्र-साधना, यज्ञ, होम, सोम, चन्द्र, अदिति आदि देवताओं की उपासना है, लेकिन श्रमण तो यह सब नहीं करता है?"

"कोई बात नहीं, बाह्य जगत् में अनेक उपकारी वस्तुओं का उपकार हम उन्हें पूज्य मानकर स्वीकार कर लेते हैं। परन्तु यह सम्बन्ध उन्हीं के लिए है जो बाह्य जगत् से उपकृत होना चाहते हैं और बाह्य जगत् को स्वीकार करते हैं। इस समष्टि से हटकर मात्र अपने अन्तर्जगत् के लिए श्रम करना ही श्रमण तपस्या है। और अपनी परम शाश्वत चैतन्यस्वरूप ब्रह्मसत्ता की उपासना में सभी देवताओं की उपासना समाहित है। एक में ही अनेकता-अनेकधर्मिता है। उस एक के ज्ञान में ही समष्टि का ज्ञान है। उस एक की उपासना में ही जगत् के समस्त तत्त्वों की उपासना है। एक में रहना अध्यात्म है और अनेक में रहना बहिरात्म है। उपनिषद् यानी उप-निकट, अपनी आत्मा के निकट

बैठना है और अध्यात्म यानी अधि-निकट आत्मा के होना है। सब कुछ एक ही लक्ष्य को इंगित कर रहा है और वह है — आत्मतत्त्व। इसीलिए इस श्रमण-पथ के अनुयायी सभी वर्ण के लोग रहे हैं, क्योंकि आत्मा इन दैहिक सम्बन्धों, जातियों, मान्यताओं से सर्वथा भिन्न है और इसीलिए यह पथ भी संसार से भिन्न, पृथक् है।''

''चन्द्रगुप्त! आज तुमने मुझे प्रसन्न कर दिया। राजा के अन्दर यदि तत्त्वज्ञान हो तो प्रजा कभी भी आतंकित नहीं हो सकती है। एक श्रेष्ठ राजा के रूप में तुम्हें अपनी प्रतिष्ठा को और बढ़ाना होगा।...

''अतीत में सिकन्दर ने जो इस भारत में आकर यूनानी सभ्यता के बीज बोये हैं, उन्हें मिटाना है। अखण्ड भारतीय सत्ता पर विदेशी सभ्यता एक पराजय है और इस पराजय को तुम्हें जय में बदलते हुए सुदूर फैले मगध साम्राज्य की अखण्ड अस्मिता को मजबूत बनाना है।''

''आप तो एक दम बदल गये और आत्म-सत्ता को छोड़कर राजकीय सत्ता पर विमर्श करने लगे!''

''चन्द्रगुप्त! मत भूलो कि मैं चाणक्य हूँ, एक मन्त्री। और एक सफल राजा को कभी भी किसी विचार से आहत नहीं होना चाहिए। हमें वही अधिक सोचना चाहिए जो इस पद के लिए आवश्यक है।

''चन्द्रगुप्त! मात्र धननन्द पर विजय प्राप्त करके निश्चिन्त मत हो जाना। अभी तुम्हें बहुत कार्य करना है। अपनी शक्ति को निरन्तर बढ़ाते रहना है। पड़ोसी राजा को हमेशा शत्रु समझना। जो राजा धननन्द की तरह निश्चिन्त होकर बैठ जाते हैं, उनका ऐसा ही पतन होता है। राजसिंहासन किसी मीनार की वह ऊँचाई है जहाँ पहुँचने के बाद नीचे उतरने की सोचना अपना पतन करना है, वहीं खड़े रहना गिरने का कारण है और आगे बढ़ते रहना ही जीत है। जो पड़ोसी राजा अभी शान्त हैं, वे भी अपनी शान्ति-सन्धि को तोड़ने के लिए तैयार हो जाते हैं, जब उनका बल बढ़ जाता है। यदि पड़ोसी राजा बल में अधिक हुआ तो वह युद्ध ही चाहेगा, शान्ति नहीं। यदि पड़ोसी आपके साथ शान्ति सन्धि स्थापित करता है तो इसका मतलब यह नहीं समझना कि वह कमजोर है। जैसे दो लोहे के गोले आपस में तभी मिल सकते हैं जब दोनों बराबर के गर्म हों, उसी तरह निकटवर्ती राजा भी तुम्हारी तरह बलवान होकर तुमसे सन्धि किये हैं।

''निकटवर्ती राजा पर कभी विश्वास नहीं करना। हमारे पास गुप्तचरों की संख्या जितनी अधिक होगी, और भी विश्वस्तता से काम करने को प्रशिक्षित होगी, उतना ही हम अपने को सुरक्षित रख पाएँगे। गुप्तचरों के दल सभी राज्यों में पहुँचा दो। खासतौर से तीर्थ-स्थलों और सामूहिक स्थानों, चौराहों पर इन्हें घूमते-फिरते बने रहना चाहिए। राजा के दोष-गुणों को लेकर आपस में विवाद, बातचीत करते रहना चाहिए, जिससे कि प्रजा के विचार राजा के प्रति क्या हैं— यह ज्ञात होता रहे।

''एक राजा प्रजा को यह बात समझाता रहे कि वह प्रजा से कर इसलिए लेता है ताकि वह धन प्रजा के पालन में काम आता रहे। राजा का यह धर्म है और ईश्वर का दिया उत्तरदायित्व है कि वह आकस्मिक आयी विपत्ति से प्रजा को बचाने के लिए और उसकी रक्षा के लिए यह धन ग्रहण करता रहे।

''एक सफल राजा का चरित्र उज्ज्वल होना चाहिए। राजा होकर भी बलात् दूसरे की बहू-बेटियों को न सताये, न उनका हरण करे, और न किसी छल-बल से उनके साथ दुर्व्यवहार करे। प्रजा की दृष्टि में राजा जितना सज्जन, निरहंकारी, न्यायप्रिय और सत्यवादी होगा, वह राजा हमेशा उतना ही उन्नत होगा। किसी भी जाति, किसी भी धर्म का अपमान करके किसी भी समूह को विद्वेष की आग में भड़कने का मौका न दे। अपमान की छोटी-सी चिंगारी धीरे-धीरे ज्वालामुखी बन जाती है।

''एक कुशल शासक का कर्तव्य है कि वह सदैव अपने मन्त्रियों के साथ विचार-विमर्श करता रहे। मन्त्रियों से विचार करने के बाद ही वह शासकीय निर्णय की घोषणा करे। राजा का राज्यशासन राजा नहीं चलाता, अपितु सही मायने में योग्य मन्त्री ही चलाते हैं।

''राजा आगामी काल में आने वाले प्राकृतिक संकटों से उबरने के लिए कोई-न-कोई प्रजा-हित में योजना को क्रियान्वित करता रहे, जिससे कि प्रजा अपने आपको सुरक्षित समझे और प्रजा सोचती रहे कि राजा प्रजा का ध्यान रखता है और उसका हितचिन्तक है।

''एक महान् राजा प्रजा को अपराध का उचित दण्ड देनेवाला होता है। अत्यधिक दण्ड और सजा देने से राजा अत्याचारी समझा जाने लगता है और बिलकुल भी दण्ड न देने से प्रजा उद्दण्ड हो जाती है। इसलिए दण्ड का भय प्रजा में संचरित होता रहे ताकि अपराध कम हों और राजभय बना रहे। 'भीति

बिना प्रीति नहीं' यह बात राजा और प्रजा के सम्बन्धों में पूर्णतः उचित है। जिनका अपराध प्रमाणित हो चुका हो और प्रजा जिसे अपराधी स्वीकारती हो, उसे समय पर दण्ड देकर प्रजा को सन्तुष्ट करना चाहिए। इस कार्य में विलम्ब बहुत अहितकर हो सकता है।

"शान्तिप्रिय धार्मिक लोगों की शान्ति निरन्तर बनी रहे, ऐसा प्रयास राजा को निरन्तर करते रहना चाहिए। राजा अपने व्यक्तिगत, पारिवारिक स्वार्थों से ऊपर उठकर प्रजा के बारे में सोचता रहे। एक सुखी राजा प्रजा के सुख में ही अपने को सुखी समझे।"

सम्राट् चन्द्रगुप्त ने अपने कर्तव्यों का बखूबी लगन से पालन करना प्रारम्भ कर दिया। सिंहासन पर बैठते ही उसकी स्वेच्छाचारी प्रवृत्ति लुप्त हो गयी। उसके सामने बहुत से कार्य एक साथ दिखने लगे। पड़ोसी राजा से सन्धि बनी रहना, यूनानियों के आक्रमण से राज्य की रक्षा करना, राज्य में परिवार, नागरिकों के व्यक्तिगत और सामूहिक हितों के बारे में सोचना, धर्म, सेना, राज्यादेश, मन्त्री चयन, न्याय व्यवस्था आदि सभी की प्रक्रिया का ज्ञान और उसमें मजबूती के उपाय करने आदि जिम्मेदारी के कारण चन्द्रगुप्त बड़ी मुश्किल से रात्रि में विश्राम का समय निकाल पाता। वह छह घंटे से अधिक रात्रि में बिस्तर पर नहीं रह पाता। अपने शरीर की मालिश करते हुए, व्यायाम करते हुए, बालों को सँवारते हुए भी वह अपने गुप्तचरों की बातें सुनता और निरन्तर आगामी योजनाओं की तैयारी में उत्साहित रहता। राज्य के नागरिकों में ही अच्छे सेनापति, मन्त्री, सेनानी और राजा बनने की योग्यता आए, इसलिए उचित शिक्षा का प्रबन्ध चन्द्रगुप्त ने कराया।

सम्राट् ने एक बड़े मन्त्री-परिषद् का गठन किया, जिसमें मन्त्रियों की संख्या राजा अपनी सुविधा के अनुसार घटा-बढ़ा देता था। प्रत्येक प्रशासकीय विभाग का प्रधान एक मन्त्री नियुक्त किया गया। राजा के साथ विचार-विमर्श और सलाह देने का कार्य एक से अधिक मन्त्री संयुक्त रूप से करते। 'मन्त्री सभा' एक छोटी संस्था बनायी और 'मन्त्री परिषद्' को बड़ी संस्था। राजा को शासन में सलाह देने के लिए और उचित शासन-व्यवस्था को बनाए रखने के लिए इन सभाओं को गठित किया गया।

सम्राट् ने 'अर्थशास्त्र' में जो श्रेष्ठ स्तर के पदाधिकारी थे, उन्हें 'तीर्थ' कहकर पुकारा। ऐसे दस तीर्थ राजा ने बनाये। इनमें प्रधानमन्त्री, पुरोहित, सेनापति, मुख्य न्यायाधीश, द्वार-रक्षक, प्रमुख अधिकारी नियुक्त किये। इसके अतिरिक्त अन्त:पुर के रक्षक, पुलिस विभाग का अध्यक्ष, कोषाध्यक्ष (सन्निधाती), राज्यों से कर को एकत्रित करने वाला (समाहर्ता), नगर का प्रमुख (नायक), राजधानी का प्रमुख नागरिक (पौर), दंडपाल, दुर्गपाल, सीमा-रक्षक आदि भी अधिकारी बनाये गये।

मौर्य सम्राट् ने नौकरशाही को बड़ी विशाल संख्या में एकत्रित किया। यह नौकरशाही बहुत योग्य और वफादार थी। कृषि, व्यापार, फसलें, बीज रक्षा, गौ, भैंस आदि पशु-सम्पदा की सुरक्षा के लिए व्रजों का निर्माण बहुतायत में था। प्रत्येक किसान के पास इतना धन-धान्य होता था कि वह कई गरीब घरों का पालन कर सकता था। ग्राम और नगर प्रशासन बड़ा ही सुव्यवस्थित और सुदृढ़ होकर सुचारु रूप से चला करता था।

इस तरह चन्द्रगुप्त के अन्दर कर्मठता, कुशल सेनापतित्व, राजनयिक उच्च आदर्शों का पालन, चरित्र परायणता, न्यायप्रियता, साहस, कृतज्ञता, गुण-पूज्यता, उन्नत-मानसिकता, सजगता, कठोरता, सहजता का एकाभास और योग्य प्रबन्धक के समस्त गुणों का भंडार प्रकट होने लगा।

सम्राट् ने एक ओर तो दीर्घसूत्री एक विशाल साम्राज्य को एक सूत्र में बाँधकर भारत को अखंड बना दिया और दूसरी ओर विदेशी ग्रीकों से युद्ध करके उन्हें परास्त किया। जिन यूनानी राजाओं ने पंजाब, सिन्ध और भारत के उत्तर पश्चिम के सम्पूर्ण भाग पर अपना अधिकार कर लिया था, उन्हें भी चन्द्रगुप्त ने खदेड़कर भगा दिया। सिकन्दर के आक्रमण ने भारत के जिन प्रान्तों पर अपना अधिकार स्थापित कर लिया, उनमें सैल्यूकस के अधिकार में बहुत से प्रान्त आ गये थे। चन्द्रगुप्त ने अपने साथ छह लाख सैनानियों को लेकर यूनानियों को भारत से खदेड़ डाला और उन सभी राज्यों पर अपना एकाधिपत्य स्थापित किया। सिकन्दर तो भारत पहले ही छोड़ गया था, परन्तु सैल्यूकस जैसे कई शासकों को भारत पर अधिकार सौंप गया था। इन यूनानियों में सैल्यूकस एन्टीओकस का पुत्र था, जो सबसे अधिक महत्त्वाकांक्षी और महान् विजेता था। एक बार चन्द्रगुप्त ने इसे परास्त कर दिया। बाद में सैल्यूकस ने बेबीलोन और बैक्ट्रीया जीतकर फिर से शक्ति अर्जित करके

सिकन्दर के सपने को पूर्ण करने का दुस्साहस किया। चन्द्रगुप्त की सैन्य सत्ता की संगठना को देखकर अन्ततः उसने चन्द्रगुप्त से सन्धि कर ली। चन्द्रगुप्त और सैल्यूकस का मैत्री सम्बन्ध स्थापित हुआ। चन्द्रगुप्त के राजदरबार में मैगस्थनीज को अपना राजदूत बनाकर नियुक्त किया गया। चन्द्रगुप्त ने इस शान्ति सन्धि में सैल्यूकस को पाँच सौ हाथी भेंट किये और सैल्यूकस ने भारत के उत्तर-पश्चिम के वे सभी क्षेत्र चन्द्रगुप्त को अधिकार में दे दिये जिनकी राजधानियाँ हिरात, कन्धार, काबुल थीं। चन्द्रगुप्त ने इस तरह अफगानिस्तान और बलूचिस्तान तक इस भारत की सीमा विस्तृत करके एकाधिपत्य स्थापित किया। अपने समय के इस कुशल शासक को राजाधिकारियों ने राजा से बड़ी उपाधि 'सम्राट्' से अलंकृत किया।

इसके अलावा चन्द्रगुप्त ने मालवा और अवन्ती राज्यों को भी अपने राज्यों में शामिल किया। सौराष्ट्र (गुजरात) प्रान्त का शासन चन्द्रगुप्त ने पुरूगुप्त को सौंप दिया।

चन्द्रगुप्त ने यौवन की दहलीज़ पर पहुँचकर अब तक राज्य शासन में अपने को व्यस्त रखा। इतनी कम उम्र में अखण्ड सत्ता का स्वामित्व हासिल करके भी चन्द्रगुप्त अपने आपको आज पूर्ण महसूस नहीं कर पा रहा है। कहीं कुछ खोया हुआ सा लगता है। उसे कुछ और चाहिए जो दिल के अँधेरों को अहंकार के बोझ से नहीं, प्रेम की रोशनी से भर दे। अचानक मुख पर चिन्ता और राजकाज से कुछ खिन्नता-सी दिखाई दे रही है—इस अलक्ष्य मानस को किसके सामने प्रकट करे? इस व्यवस्था को या अनसुलझे मनोव्यवहार को कौन सुलझाये? इसी दुविधा में चन्द्रगुप्त शाम के समय महल की सबसे ऊँची मंजिल पर खड़े अकेले ही बादलों की टुकड़ियों से बात कर रहा था, कि तभी—

"यूनानी राजनयिक सैल्यूकस निकेटर आपसे मिलना चाहते हैं सम्राट्!" एक दरबारी ने आकर निवेदन किया।

"ओह ! सैल्यूकस! भेज दो।"

सैल्यूकस ने अपने हाथ में लिये स्वर्णथाल को भेंट करते हुए सम्राट् का सम्मान किया और कहा—

“आज मैं अपने परिवार के साथ आपको आमन्त्रित करने आया हूँ। मेरे पुत्र का विवाह एक यूनानी युवती से तय हुआ है। आप इस शुभ समारोह में उपस्थित होकर अपने मित्र को अनुगृहीत करें।”

“इस राजसत्ता की छीना-झपटी में अपने परिवार के साथ भी रह लेते हो!”

“हाँ, सैंड्रोकोट्टस एम्परर! परिवार क्या है, एक यह मेरी सिम्पल सी बेगम अपामा और यह मेरी एक मात्र लाड़ली कार्नेलिया और यह होनहार राजकुमार।”

सम्राट् की निगाह लाड़ली पर जैसे ही पड़ी, उस लाड़ली ने निगाहें नीची कर लीं। एक मन्द मुस्कान में ही सम्राट् का दिल हिल गया। चन्द्रगुप्त ने अपने हृदय में दूर तक उस चन्द्रमुखी को अपनी आँखों के कैमरे से भीतर तक कैद कर लिया। चन्द्रगुप्त की बेचैनी और बढ़ गयी।

थोड़ी ही देर बाद सैल्यूकस बातचीत करके चला गया। इधर चन्द्रगुप्त के अन्दर अजीब-सी पीड़ा हुई। राजकुमारी कार्नेलिया से कैसे मिलें, कहाँ मिलें? अरे! अभी तो एक मौका उसके भाई के विवाह समारोह का है ही।

चार दिन बाद सम्राट् चन्द्रगुप्त सैल्यूकस के राजभवन में विवाह समारोह में सम्मिलित हुए।

बहुत भीड़ के बीच में सैल्यूकस ने अपने को गौरवान्वित महसूस किया जब सम्राट् उसके सभास्थल पर उपस्थित हुए। पर सम्राट् उस भीड़ में केवल कार्नेलिया को देखने को लालायित थे। उसको देखते ही चन्द्रगुप्त को थोड़ा चैन आया।

कार्नेलिया अपनी हम-उम्र युवतियों के साथ व्यस्त है। यह देखकर चन्द्रगुप्त से रहा नहीं गया, अपने एक मित्र को भेजकर कार्नेलिया को बुलवाया।

कार्नेलिया ने चन्द्रगुप्त के पास आकर सम्राट् का अभिवादन किया और बड़ी विनम्रता से उनको स्थान दिया।

“नहीं सुन्दरी! इस सम्मान की कोई जरूरत नहीं है।”

“क्यों? आप एक महान् सम्राट् हैं।”

“नहीं; मैं अब सम्राट् कहाँ रहा हूँ ?”

“क्या मतलब ?”

“जब तुम अपने पिता के साथ मुझसे पहली बार मिली थीं तभी से मुझे

महसूस हुआ कि मैं बहुत कंगाल हूँ।''

''लेकिन आप तो बहुत बड़ी सत्ता के स्वामी हैं!''

''हाँ, सत्ता का स्वामी तो हूँ, सौन्दर्य का नहीं।''

''क्या आपके साम्राज्य में सौन्दर्य नहीं है?''

''यदि होता तो मैं कंगाल कैसे होता?''

चन्द्रगुप्त के शब्दों से ज़्यादा कार्नेलिया को चन्द्रगुप्त की आँखों की प्यास समझ आ गयी और वह शरमाकर हँसती हुई चली गयी।

''सुनो तो, सुनो....''

चन्द्रगुप्त फिर अकेला रह गया।

''क्या हो गया चन्द्र! वह चली क्यों गयी?'' बगल में खड़े एक मित्र ने कहा।

''मैं वही तो सोच रहा हूँ, मुझसे क्या गलती हो गयी?''

''क्या कह दिया था तुमने?''

''कुछ नहीं, इतना ही कहा था तुम्हारे सौन्दर्य को जब से देखा है मैं कंगाल हो गया हूँ।''

''हूँ! पहली मुलाकात में ही इतने स्पष्ट शब्दों में बोल दिया। सम्राट्, यह कोई शत्रु का राज्य नहीं, जो सामने देखा और हमला बोल दिया। किसी के दिल को जीतना इतना आसान नहीं है। खैर, कोई बात नहीं, मैं उसे दोबारा किसी तरह बुला कर लाता हूँ। लेकिन इस बार जल्दी नहीं करना। एक बात सुनो, ऐसे में बोलने से ज्यादा मौन की भाषा काम आती है। प्यार की भाषा समझने की होती है, समझाने की नहीं।''

''मित्र! तू बता ना, कैसे उससे अपनी बात कहूँ?''

''फिर वही बात, राजन्! अभी कुछ कहना नहीं, अभी तो धीरे-धीरे उसे एहसास कराओ कि तुम उसे चाहते हो।''

''वो कैसे?''

''पहले उसके पास बैठकर धीरे से उसके हाथों को अपने हाथों में लेना।''

''फिर?''

''फिर क्या फिर, इतना तो करो फिर बाद में बताऊँगा।'' मित्र ने पुनः उस कार्नेलिया को लाकर चन्द्रगुप्त के पास बिठा दिया।

"आप उस समय चली क्यों गयी थीं?"

"मुझे कुछ काम था।"

और चन्द्रगुप्त ने धीरे से हाथ पकड़ कर कहा, "लेकिन मुझे तो आपसे काम था।"

कार्नेलिया फिर चन्द्रगुप्त का हाथ छोड़कर दौड़ गयी।

(चन्द्रगुप्त को अकेला देख)

मित्र—"क्या हुआ ?"

चन्द्रगुप्त—"वह फिर से चली गयी। वह मेरी बात सुनती क्यों नहीं है?"

मित्र—"सम्राट्! वह लड़की है, शरमाना ही उसकी सबसे बड़ी अदा है। इस अदा से ही आपकी बेचैनी बढ़ रही है। वह शरमाकर चली जाती है इसका मतलब है कि वह भी तुम्हें चाहती है।"

चन्द्रगुप्त—"तुम सच कह रहे हो?"

मित्र—"हाँ, हाँ, नहीं तो मेरे बुलाने से वह दोबारा आपके पास नहीं आती।"

चन्द्रगुप्त—"लेकिन वह पास में बैठती क्यों नहीं है?"

मित्र—"पहली बार में इतना ही होता है, मेरे सम्राट्। आप चाहते हैं, पहली मुलाकात में ही वह आकर आपकी गोद में बैठ जाय?"

क्षणिक मौन के बाद मित्र ने पुनः आश्वस्त किया, "चलो, कल एक मौका आपको और मिलेगा। और अब आप थोड़ा-सा खुलकर अपने मन की बात कह दीजिए।"

"क्या कहूँगा?"

"जो आपका मन चाहे।"

"मेरा मन तो केवल उसी को चाहता है।"

"हाँ! तो इसी आशय को प्रकट कर दीजिए।"

"पर मेरे मित्र! मैं ऐसा कह पाऊँगा? तुझे शरम नहीं आती?"

"वाह वाह! प्यार करो आप और शरम करें हम। अरे राजन्! ज्यादा शरम करेंगे तो बस बिना पानी की मछली की तरह तड़पेंगे। कल अन्तिम अवसर उससे बात करने को मिलेगा, उसके बाद हमको यहाँ से चलना भी है।"

चन्द्रगुप्त रात भर सोचता रहा, वह आएगी, उसे कहूँगा—बैठो! वह बैठ जाएगी, फिर मैं उसे देखूँगा, थोड़ा वह मुझे देखेगी। मैं भी शरम छोड़कर कल की तरह उसका हाथ धीरे से फिर से छू लूँगा... नहीं, नहीं, कहीं वह फिर शरमा कर चली गयी तो...? ऐसा नहीं करूँगा। सीधे-सीधे उससे कहूँगा, 'मैं तुम्हें प्यार करता हूँ।' इसी उधेड़बुन में चन्द्रगुप्त को नींद नहीं आयी।

अगले दिन मित्र ने चन्द्रगुप्त और कार्नेलिया की मुलाकात करवा दी। चन्द्रगुप्त ने इस बार थोड़ी देर बात कर हिम्मत करके कह ही दिया, "यूनान की सुन्दरी! मैं तुम्हारे बिना नहीं रह सकता हूँ, मैं तुम्हें बहुत चाहता हूँ।"

"मेरे पिता की इच्छा के बिना आपकी चाहत कैसे पूरी हो सकती है?" और वह फिर शरमा कर चली गयी।

(मित्र के आने पर)

चन्द्रगुप्त—"दोस्त, लगता है बात बन गयी। वह भी मुझे चाहती है। पर उसके पिता...."

मित्र—"कोई बात नहीं, आप एक सम्राट् हैं। जब वह अपने दरबार में आएगा तब आप उसके सामने अपना प्रस्ताव रखेंगे। मुझे विश्वास है, वह सहर्ष स्वीकार कर लेगा। अब हम यहाँ से प्रस्थान करें।"

चन्द्रगुप्त बहुत मुश्किल से वहाँ से पाटलिपुत्र पहुँचा। पहुँचने के कुछ दिन बाद सैल्यूकस को बुलाया गया।

चन्द्रगुप्त ने साहस करके अपनी बात कही। सैल्यूकस के लिए यह एक गौरव का विषय था, लेकिन कुछ सन्देह भी था, सो कह दिया —

"सम्राट्! आप एक क्षत्रिय पुरुष हैं और हम यूनानी। आपकी भारतीय संस्कृति में आर्यों को ही आदर की दृष्टि से देखा जाता है, विदेशियों को तो आप अनार्य समझते हैं। क्या आप मेरी बेटी को वह सम्मान दे पाएँगे जो आप अपने यहाँ की बेटियों को देते हैं?"

"नहीं सैल्यूकस! मैं प्रजा का हितचिन्तक हूँ। अपने राज्य में कभी ऐसा व्यवहार हमने होने नहीं दिया।"

"क्या आप वर्ण-व्यवस्था को महत्त्व नहीं देते?"

"नहीं?"

"क्यों?"

"क्योंकि इस वर्ण-व्यवस्था से समाज में ऊँच-नीच का भेद बहुत बढ़ता

है। ब्राह्मण, क्षत्रिय, वैश्य अपने को उच्च वर्ण का मानकर शूद्रों को तिरस्कृत करते हैं।''

''तो फिर आप क्या मानते हैं?''

''यह वर्ण व्यवस्था जाति आधार पर नहीं, व्यक्ति के व्यवसाय के आधार पर हो। भगवान् ऋषभदेव ने इसी आधार पर वर्ण-व्यवस्था को प्रतिपादित किया था। व्यक्ति जन्म से नहीं अपने कर्म के अनुसार उच्च और नीच बनता है।''

''तो क्या आपके साम्राज्य में शूद्रों का अभाव है?''

''नहीं, मैं ऐसा नहीं कह सकता कि मेरे साम्राज्य में शूद्रों का अभाव है। लेकिन इतना अवश्य कह सकता हूँ कि मेरे साम्राज्य में कोई भी जन्मना शूद्र जीवनपर्यन्त के लिए शूद्र ही बने रहने के लिए अभिशप्त नहीं है।''

''आपकी बात को मैं कैसे सच मानूँ?''

''मैंने अपनी शासन-व्यवस्था में, न्याय-व्यवस्था में उच्च पदस्थ जनों की नियुक्ति में इस प्रकार के जाति-आधार की योग्यता का कोई नियम नहीं बनाया है।''

''तो क्या आप शूद्रों को अनार्य, दास नहीं मानते?''

''नहीं, इस भारतभूमि पर हमेशा से आर्य रहते आये हैं और अनार्य भी। ऐसी स्थिति में हम कैसे मान सकते हैं कि यहाँ पहले शूद्र ही रहे हों और आर्य यहाँ बाद में आये। यदि ऐसा सोचें तो क्या यह भारतभूमि अनार्यों की धरा है, इस पर दासत्व का संस्कार ही रहा है? नहीं, इस धरती पर इक्ष्वाकुवंशी, क्षत्रिय वीर हमेशा से रहे हैं। किसी एक वर्ण, जाति ने अपने को उच्च बनाने के लिए सभी को नीच बना दिया तो क्या किसी के कहने से कोई नीच हो सकता है?''

''यदि आप इतने उदार विचारों को रखते हैं तो हमारे आपके सम्बन्ध मात्र विवाह सम्बन्ध नहीं रहेंगे, अपितु विदेशी नीति-निर्धारण में भारत और यूनान के सम्बन्धों का एक उच्च आदर्श स्थापित होगा। हम गौरव महसूस कर रहे हैं कि एक महान् सम्राट् मेरी बेटी को अपनाएगा। आपका प्रस्ताव हमें स्वीकार है।''

चन्द्रगुप्त की रानी कार्नेलिया बन गयी। प्रजा के बीच इस विवाह की चर्चा और प्रशंसा जोर-शोर से हुई। आर्य-अनार्य का भेद मिटाने वाले राजा का यह विवाह सम्बन्ध कई युगों की खाई को पाट देगा, ऐसा लोगों का विश्वास बन गया।

7
मुक्ति की राह पर

इधर चाणक्य मन्त्री होकर भी राजघराने की सुख-सुविधाओं से धीरे-धीरे बढ़ती उम्र के साथ दूर होते जा रहे हैं। नन्द वंश का अन्तिम लक्ष्य प्राप्त हो जाने के बाद और चन्द्रगुप्त का सफल सम्राट् बन जाने के बाद चाणक्य निश्चिन्त होने के साथ-साथ जगत् से उदासीन हो गये। वह राजकीय मन्त्री होकर भी सुख-सुविधाओं और विलासिताओं से परे थे। अपरिग्रहवाद उनका धर्म था। जीवन की आवश्यकताओं को कम से कम करके नैतिक मूल्यों से जीवन बिताना ही उनका आदर्श था। वह अर्थशास्त्र के प्रकाण्ड विद्वान् थे। राजनीति में उन्हें जन्म से महारथ हासिल थी। अपने मगध शासन का अतीव विस्तार होने के बाद भी उन्होंने साम्राज्य में लोकतान्त्रिक शासन पद्धति की नींव नहीं डाली। गणतन्त्रीय या राजतन्त्रीय व्यवस्था एक विशाल साम्राज्य के लिए उपयुक्त है, ऐसा चाणक्य का विचार था। इसके बावजूद जनहित का पूर्ण ध्यान रखते हुए चाणक्य ने चन्द्रगुप्त को लोकहितकारी, सर्वोदयी, सार्वजनीन, उदार और व्यापक हित की राजनीति का पाठ पढ़ाया, जो चन्द्रगुप्त के मौर्य साम्राज्य के लिए भारत के इतिहास में मील का पत्थर साबित हुआ।

एक बार चीन का राजदूत चाणक्य से मिलने आया। वह राजदूत बहुत ही शाही प्रवृत्ति का था। राजसी ठाठ-बाट में रहने वाला वह विलासी होने के साथ-साथ अहंकारी भी था। उसने चाणक्य से मिलने का समय माँगा। चाणक्य बहुत व्यस्त रहते थे, इसलिए उन्होंने रात्रि में मिलने का समय दिया।

राजदूत नियत समय पर चाणक्य के पास पहुँचा। वहाँ जाकर उसने देखा कि जिस व्यक्ति से वह मिलने आया है वह तो एक साधारण-सी कुटिया में रहता है। उसका रहन-सहन भी बड़ा साधारण-सा है। क्षण भर विचार किया कि कहीं मैं किसी गलत स्थान पर तो नहीं आ गया? सोचते हुए वह कुटिया

के अन्दर पहुँचा। वहाँ एक दीपक की लौ में चाणक्य कुछ पढ़ रहे थे। राजदूत की हैरानी और बढ़ी, वह सोचने लगा—एक राजा का महान् मन्त्री एक छोटे से दीपक के सामने अपनी आँखें फोड़ रहा है। इससे तो मैं अच्छा हूँ जो राजदूत होकर भी इससे ज्यादा सुख-सुविधा भोगता हूँ।

तभी चाणक्य ने उसके कदमों की आहट पाकर राजदूत को देखा। उसे ससम्मान आसन पर बिठाया। उसी समय चाणक्य ने एक दूसरा दीपक जलाया और पहले वाले दीपक को बुझा दिया। राजदूत की समझ में यह बात नहीं आयी फिर भी संकोचवश कुछ न कहकर दोनों देशों के आपसी सम्बन्धों की चर्चा की। जब चर्चा समाप्त हो गयी और वह राजदूत चलने लगा तो चाणक्य ने फिर वह दीया बुझाकर पहले वाला दीपक जला दिया। राजदूत इस बार फिर असमंजस में पड़ गया। आखिरकार चलते-चलते उसने पूछ ही लिया कि, "आप यह क्या करते हैं, एक दीये को बुझाते हैं, दूसरा जलाते हैं?"

चाणक्य ने सहजता से कहा, "जब आप यहाँ आये थे तो मैं अपने धर्मग्रन्थों का अध्ययन कर रहा था। उस समय जो दीया जल रहा था, वह मेरा व्यक्तिगत था, घर का था। फिर आप के साथ तो राजकीय कार्य के सम्बन्ध में विचार-विमर्श करना था। इसलिए घर का दीया बुझाकर राजकीय कार्य के लिए प्राप्त दीपक को जला लिया। जब राजकीय काम पूरा हो गया तो मैंने पुनः अपना दीया जला लिया। आपसे बात करते समय मैं एक महामात्य था और अब मैं एक साधारण आदमी हूँ। मैं महामन्त्री और आम आदमी के बीच का अन्तर अच्छी तरह समझता हूँ, और अपने उत्तरदायित्व का निर्वहन अनेकान्त विचारधारा से करता हूँ। इसी विचार से मैं अहंकार और दीनता दोनों से दूर रहकर समत्व का जीवन जी पाता हूँ।"

चीनी राजदूत चाणक्य की राजनीति से तो प्रभावित हो ही चुका था। लेकिन चलते-चलते वह चाणक्य के अध्यात्म और चिन्तन से भी बहुत प्रभावित हुआ और उसे अपनी विलासिता पर शर्म आने लगी। चीनी राजदूत को आज पहली बार महसूस हुआ कि सादगी का महत्त्व विलासिता से अधिक है। साधारणता भी अपने आप में एक असाधारण गुण है। महानता पद से नहीं, मौलिक चरित्र से होती है।

चाणक्य की यात्रा शनैः शनैः एकाकी हो चली थी। उनका बाह्य जगत् में

मिलना-जुलना और कम हो गया। वह अपनी कुटिया तक सीमित रहकर राजकाज के कार्य भी शान्तिपूर्ण ढंग से पूर्ण कर लेते थे। बढ़ती उम्र में शरीर का परिवर्तन भी साफ दिखाई देने लगा। चाणक्य को अपने पिता का गृहवास त्यागकर श्रामण्य अंगीकार करना बार-बार याद आता था। चाणक्य ने अपने अन्दर जो शान्ति और निराकुलता का अनुभव किया वह अपरिग्रह के सिद्धान्त पर चलकर ही किया।

चाणक्य को याद आता था कि राजर्षि से ब्रह्मर्षि बनना ही जीवन की सफलता है। ऋग्वेद में जिन ऋषभदेव का गुणगान बड़ा ही उत्कृष्ट और अकिंचन की मर्यादाओं से भरा हुआ है, उन्हीं ऋषभदेव के पश्चात्वर्ती अन्तिम महावीर की अहिंसा का प्रभाव दिगन्त तक आज भी है। निर्विकार विचरण करते श्रमणों की टोलियाँ आत्म-पथ पर चलने को प्रेरित करती हैं। निष्किंचन-मार्ग का आनन्द ही परम ईश्वर का आनन्द है। जो तिल-तुष मात्र भी परिग्रह का संग्रह न करके अकिंचन होता है, उसे ही त्रैलोक्य का आधिपत्य प्राप्त होता है। याद आता है भगवान् ऋषभदेव का छह महीने का वह योग जो लोगों को हठयोग दिखने लगा था। वह परमहंस बनकर, शरीर से भी निस्पृह होकर, जटाजूट के भार को धारण करते हुए मौन की अगाध गहराइयों से आत्म अर्णव की चैतन्य कल्लोलों में डूबे रहते थे। क्या ऐसा जीवन जीने का आनन्द इस आत्मा को भी प्राप्त हो सकता है? इन छल-प्रपंचों की कौटिल्य नीति से क्या आत्महित हो सकता है? क्या इन राजनीति के कार्यों, से शत्रु या मित्र के स्वनिर्मित दल-दल से आत्मा का निस्तार हो सकता है? क्या चन्द्रगुप्त को अब मेरी वास्तव में जरूरत है? क्या चाणक्य कर्मकाण्ड की परिधियों को छोड़कर ज्ञानकाण्ड पर केन्द्रित नहीं हो सकता है? जिस परमब्रह्म परमेश्वर को बाह्य जगत् में यह आत्मा अज्ञान से सोचता रहता है, क्या वह ज्ञान की निर्मल धारा से सम्पृक्त अन्तर्जगत् के बिना कहीं और मिल सकता है?

—नहीं...! नहीं...! नहीं....!

—इन अनगिनत उत्प्रेक्षा जालों का एक मात्र निदान श्रेयोमार्ग पर चलने में है। मेरे प्रश्न मुझे स्वयं उत्तर दे रहे हैं। मेरा मन मुझे स्वयं प्रेरित कर रहा है। दुनिया की बिगड़ती और बनती तस्वीर के पीछे का पर्दा परिवर्तन से अछूता है। व्यामोह का मद मूर्च्छित मन को भला कभी निर्मोह होने देगा? आज मैं

अपने परिणमन का स्वयं साक्षी हूँ। मेरे बचपन में पूर्व जन्म के पुण्य से प्राप्त सम्भावनाओं को महामनीषी दिगम्बर सन्तों ने ही मेरे पिता को बताया था, जब मेरा एक दाँत मेरे ही पिता ने सिर्फ इसलिए ही तुड़वाया था कि यह पुत्र कोई राजा बनने का पाप अपने सिर पर न चढ़ाए। फिर भी कर्म की अकाट्य सत्ता को फल देने से कौन रोक सकता था, सो चाणक्य राजा न सही मन्त्री तो बना ही। परन्तु मन्त्री तो बाहर पद से है, राजत्व की अनुमोदना और प्रतिष्ठा तो सब मेरे ही चाहने से हुई।

महान् सिकन्दर भी इन नग्न मूर्तिवत् विराजमान रहने वाले अत्यन्त शान्त और आत्मसन्तुष्ट यतियों से अप्रभावित नहीं रह सका। जहाँ से दुनिया की भोग-वैभव-विलासिता थकान महसूस करने लगती है, वहाँ से योग-वैराग्य-विशालता का पथ प्रारम्भ होता है। आत्म प्रभुत्व ने सिकन्दर के सार्वभौमिक प्रभुत्व को भी परास्त कर दिया। कुछ अद्‌भुत तो है जो विश्वविजेता को भी स्वयं में पराजय की याद दिला गया। शस्त्र-अस्त्र-सेना और सेनानियों की अपार शक्तियाँ भी जिन निःशस्त्र हस्त के आशीष-पुंज के सामने परास्त हो जाती हैं, वह आत्म सत्ता की स्व-शक्ति ही सार्वभौमिक शक्ति है। मुझे अब उसी आत्म-शक्ति का परिचय पाना है।

विचारों की इसी उथल-पुथल में चाणक्य एकान्त-कानन में निवास करने वाले ब्रह्म-ऋषियों के चरणों में पहुँच गया।

"महाश्रमण! आपके चरणों में प्रणिपात करता हुआ ब्राह्मण चाणक्य श्रामण्य की दीक्षा चाहता है।"

"चाणक्य! इस पथ पर आकर क्या करोगे?"

"वही, जो आप कर रहे हैं।"

"तुम्हें क्या दिख रहा है, जो मैं कर रहा हूँ?"

"यह तो आप ही बताएँगे, महामुनीश्वर!"

"चाणक्य! हम आपको यही बताना चाहते हैं कि इस मार्ग पर कुछ करना नहीं होता है। जो कुछ थोड़ा इस देह के निमित्त किया जाता है वह भी प्रायश्चित्त योग्य होता है। क्या इस संसार निवृत्ति के मार्ग पर आत्मज्ञान में अकेले और असहाय बनकर चलने का साहस तुम कर सकते हो? क्या तुम देह को पर द्रव्य समझकर इससे ममत्व त्याग कर सकते हो? क्या असंख्यात-प्रदेशी आत्म सत्ता पर चढ़े कर्म परमाणुओं को विलग करके तुम कैवल्य का

लक्ष्य साध लोगे? क्या संसार की आकांक्षा को तुम भीतर से निष्कांक्ष बना कर मन को निष्काम कर सकोगे? क्या शीत-आतप और मेघ की बाधाओं को निष्प्रतीकार भाव से अपने ऊपर सह सकोगे? क्या तुम किसी शत्रु के आक्रोश को सुनकर निराक्रोश रह सकते हो? क्या किसी उपसर्ग के आने पर आत्मोन्नति के लिए देह-त्याग का सहसा संकल्प ले सकोगे? क्या तुम किसी की विवाहित-अविवाहित रमणी को देखकर चित्त-जनित वासना को उसी समय निर्वासित कर सकते हो?''

''अवश्य भन्ते! अवश्य। यहाँ आने से पहले अपने मन को हमने इन अनेक प्रश्नों से उद्वेलित किया था। तन की निर्वस्त्रता के साथ-साथ आत्मा को कर्म-वस्त्र से निरावृत करने का संकल्प ही आपकी बताई प्रत्येक समस्या का स्वतः समाधान कर देता है।

''आपके आशीष और मन्त्र-संस्कारों की शक्तियों से जब यह आत्मा और तन अनुप्राणित होगा तो यह इससे भी अधिक सहन कर सकेगा, आप मुझे अनुगृहीत करने में विलम्ब न करें।''

चाणक्य की मुक्ति पिपासा को श्रमणश्रेष्ठ ने महाव्रतों के संस्कारों से शान्त किया। राज्य के अन्य अनेक भव्य-जन भी अपने श्रद्धेय अमात्य के पथ पर चलने के लिए स्वतः अग्रसर हुए। गुरु-आदेश से चाणक्य मुनिराज स्वतन्त्र विहार करते हुए दक्षिण पथ की ओर बढ़ गये। स्वाध्याय और ध्यान के साथ-साथ यदा-तदा अपने उपदेशों से जन-समूह को तृप्त करके वह आगे बढ़ते जाते। शनैः शनैः तपःप्रभाव से चाणक्य के साथ पाँच सौ मुनियों का संघ हो गया।

जब लक्ष्य एक होता है तो बड़ा समूह भी एक साथ निर्बाध रूप से रह सकता है, ठहर सकता है, चल सकता है—यह चाणक्य मुनिराज को देखकर स्वतः ग्राम-नगरवासी समझ लेते थे। इस मुक्ति-पथ के संस्कारों ने सबको एक समान बना दिया। पाँच सौ की संगति में भी विसंगति नाम की कोई लहर नहीं। एक लक्ष्य, एक रास्ता, एक विचार, एक आचार, एक आत्मा, एक शासन, एक अनुशासन सब कुछ एक गति से मौनपूर्वक चल रहा है। जो निष्किंचन है वह राग-द्वेष से परे है। जहाँ राग नहीं, द्वेष नहीं वहाँ किसी को

किसी से किसी प्रकार की बाधा नहीं। प्रवृत्तियाँ मोक्षमार्ग पर मार्ग के अनुकूल हैं तो कोई द्वन्द्व नहीं। जब वही प्रवृत्तियाँ पुरातन संस्कारों से और अपने पूर्व विभावों से प्रेरित होती हैं तो निर्द्वन्द्व मार्ग पर भी द्वन्द्व होते हैं। यदि पुरातन संस्कारों का प्रभाव अभी भी है, तो वह मिथ्या अहंकार है और ऐसा अहंकार इस विशुद्ध मार्ग को भी अपवादित कर देता है।

उत्सर्ग और अपवाद मार्ग की मैत्री बनाते हुए भी चाणक्य और विशाल मुनिसंघ सदैव कायोत्सर्ग मुद्रा में ही दिख रहा है। गमन करते हुए, अशन करते हुए, शयन करते हुए, क्वचित् सम्भाषण करते हुए, बैठते हुए, प्रतिपल आत्मकेन्द्रित प्रवृत्तियों का माहात्म्य स्वतः परिलक्षित हो रहा है। आत्म-स्वातन्त्र्य के इस मार्ग पर आचरण भी स्वतन्त्र दिखाई दे रहे हैं। देहगत प्रत्येक क्रिया इसी कर्म की स्वतन्त्रता से संचालित हो रही है और आत्मा इस संचालन को मात्र देखती-जानती रहती है।

दक्षिणा पथ पर विहार करते हुए मानो कर्मशक्ति ही चाणक्य और मुनिसंघ को 'वनवास' नगर में ले आयी। वहीं से पश्चिम दिशा में महाक्रौंचपुर है। वहाँ का नरेश है सुमित्र। इसी पुर के निकट एक गोकुल स्थान में वह विशाल मुनिसंघ ठहर गया।

जिस राजा नन्द को चाणक्य ने मरवाया उसी नन्द का मन्त्री सुबन्धु चाणक्य से रुष्ट होकर महाक्रौंचपुर के राजा सुमित्र का मन्त्री बन गया था। आज नगर में समाचार पहुँचा कि एक विशाल मुनिसंघ नगर के निकट गोकुल में उपस्थित है। राजा के साथ मन्त्रिगण और नगर नागरिक भी दर्शनार्थ पहुँचे। सभी ने दर्शन-वन्दन-पूजन करके अपने भाग्य को सराहा और मुनीश्वरों के निष्काम तप की प्रशंसा की। राजा लौट आया, सभी जन आ गये। मन्त्री सुबन्धु ने चाणक्य को पहचान लिया। कई वर्ष पूर्व का विद्वेष आज बदले की भावना में बदलने लगा : 'मेरे राजा को इसने मृत्यु की गोद में सुला दिया। मुझ मन्त्री को इसी की कूटनीति के कारण पलायन करना पड़ा। कितना कुटिल है इसका दिमाग, जो अकारण नन्द का शत्रु बनकर उन्हें राजभ्रष्ट करने का इसने संकल्प लिया! मैं असहाय सा सब कुछ देखकर भी सहसा कुछ न कर सका। आज यही तपस्वी बनकर यहाँ आया है। क्या अपने अपराध की क्षमा माँगे बिना कोई संसृति के बन्धन से मुक्त हो सकता है? इस चाणक्य की कुटिल आँखें देखकर कितना क्रोध उबलता था

मेरे हृदय में और यह...यह स्वयं भी कितना रोष की आग में भभकता हुआ चुनौती देकर राजमहल से बाहर निकला था! ऐसे कुटिल लोग ही धर्म की पोशाक पहनकर अपने पाप को छिपाये फिरते हैं और लोगों को ठगते फिरते हैं। पूज्य बन जाते हैं सबके, किन्तु क्या इनके हृदय में पूजनीय गुण आ सकते हैं? इस कुटिल बुद्धि ने अपने आसपास एक-एक करके पाँच सौ ठग और इकट्ठे कर लिये हैं। अपनी स्वामी-भक्ति से प्रेरित होकर मैं आज इससे बदला अवश्य लूँगा। जिस स्वामी का मैंने जीवनपर्यन्त नमक खाया, अन्त तक उस धननन्द के लिए मैं कुछ न कर सका। अपने शत्रु का मरण देखकर मेरे स्वामी की आत्मा को आज अवश्य सन्तोष होगा।

सुबन्धु ने रात के अँधेरे में अपने चार विश्वस्त सिपाहियों को ले जाकर गोकुल के चारों ओर घेराबन्दी करवा दी और आग लगवा दी। रात्रि में सभी ध्यानस्थ थे। चाणक्य और सभी मुनि अपनी आत्म-जागृति में देह से विलग होने की भावना को ही निरन्तर बलवती बना रहे थे। इतने में यह अकस्मात् आग की लपटें अपनी ओर बढ़ती देखकर सभी ठूँठ की तरह स्थिर हो गये। कौन किसे बचाए? अपनी आत्मा का रत्नत्रय स्वयं ही उनको बचाना है। देह भले जाए किन्तु धर्म न जल पाए, सो सभी एकाग्र हो गये। सभी अपने भाग्य को सराह रहे हैं। जिस भेदविज्ञान की भावना को हम कर रहे थे, आज उस भेद को साक्षात् देखने का अवसर मिला। ध्यान पहले से कहीं ज्यादा एकाग्र हो गया। यह देह जल रही है। यह आत्मा का परिग्रह नहीं है, आत्मा की लौ ज्ञान-दर्शनमय है। इस लौ में यह देह विलीन होगी, मुझे आत्मा का अत्यन्त भिन्न प्रतिभास प्रत्यक्ष अनुभूत हो रहा है। क्या मन? क्या वचन? क्या काया? सभी कुछ बाहर ही बाहर मोम की तरह पिघल कर नष्ट हो गया और आत्मा शाश्वत-अखण्ड पिण्ड बनकर देह से बाहर निकल गया। सभी चिरसमाधि में लीन हो गये। जैसे यहाँ कभी कोई आया ही नहीं, कभी यहाँ कोई था ही नहीं। ऐसे भस्ममय देह-अवशेषों को देखकर प्रजा स्तब्ध रह गयी। किसने किया? अपने आप हुआ या कराया गया? कुछ पता नहीं।

सच है, शत्रुता की आग में धर्म भी ढकोसला दिखता है। बैरभाव से भगवान् भी शत्रु दिखता है। यह द्वेष अनादि संसृति में ऐसी कितनी ही आग लगाकर कब शान्त हो पाया है? आग से भला आग कब बुझी है? विद्वेष के अंकुर चित्तभूमि में पड़े ही रहते हैं। कब, किस निमित्त को लेकर किस भाव

में पल्लवित हो जाएँ, क्या कहा जा सकता है?

शत्रु और मित्रता की कल्पना से परे उन मुनिराजों में से किसी ने नहीं सोचा कि यह किसी ने बदले की भावना से किया है। सभी के मन में एक विचार—कर्म की निकाचित प्रकृति के निकाचित-अनुभाग का फल स्वयं भोगना ही उस कर्म से मुक्ति पाना है। तीव्र असाता के कर्म-परमाणुओं का आत्मा में पड़ा अनन्त समूह आज बलात् बाहर निकल कर चला गया। अविपाक निर्जरा ही मुक्तिप्रदा है। मुक्तिरथ पर सवार होकर सिद्धत्व की यात्रा जितनी तीव्र गति से चलकर, जितनी जल्दी दूरी तय कर ले, उतना ही आत्मा को लाभ है। नरक की सागरों पर्यन्त तक की असह्य वेदना को इस जीव ने न जाने कितनी बार इससे भी करोड़ों गुना अधिक तीव्र अनल में गिरकर सहन किया है। परतन्त्रता से दुःखों को सहने की अपेक्षा स्वातन्त्र्य भाव से सहा गया दुःख सदा- सदा के लिए दुःखों से ही मुक्त कर देता है। समाधिस्थ मुनिगणों की याद में लोगों ने उस स्थान पर एक निषद्या बना दी। उनकी समाधि से, तपःपवित्रता से, वह स्थान अमर हो गया।

8
हृदय-परिवर्तन

चाणक्य के समाधिपूर्वक मरण के समाचार को सुनकर चन्द्रगुप्त का हृदय बहुत ही व्यथित हुआ। चन्द्रगुप्त चाणक्य को अपना गुरु भी मानता था, अनन्य सखा भी मानता था और अपना हितचिन्तक भी। इतने विशिष्ट व्यक्तित्व को खोने के बाद चन्द्रगुप्त को लगा कि जीवन की वास्तविकता कुछ और है। जिन चाणक्य के अत्यन्त निकट रह कर भी हम उनके हृदय को नहीं समझ पाये और वही अत्यन्त निस्पृह भाव से श्रामण्य को अंगीकार करके जगत् से विदा हो लिये!

मैंने इधर निकेटर पुत्री कार्नेलिया के साथ अपने को व्यस्त कर दिया और उधर चाणक्य क्या से क्या कर गये! मैं महसूस कर रहा था कि उनकी सलाह अब मेरे लिए कम हो गयी थी। वह बहुत ही समझदार व्यक्ति थे। जब उन्होंने देखा कि चन्द्रगुप्त अपने राज-काज और प्रत्यन्तवर्ती शत्रुओं को वश में करने में सफल है तो उन्होंने अपना दायित्व और कम कर लिया। इधर निकेटर पुत्री से विवाह होने के बाद तो चाणक्य ने अपनी सभी जिम्मेदारियों की मानो समाप्ति ही समझ ली। रानी सुप्रभा के साथ विवाह भी तो चाणक्य ने ही करवाया था।

चाणक्य के द्वारा श्रमण दीक्षा अंगीकार करने के बाद चन्द्रगुप्त का मन श्रमणों के दर्शन, वन्दन, भक्ति में स्वतः ही स्फूर्जित होने लगा। बड़े-बड़े सम्राट्, मन्त्री जब जीवन के अन्त में इस संन्यास से आत्मशान्ति प्राप्त किये हैं, तब इस संन्यास की महत्ता स्पष्ट हो जाती है। भोग-विलासिता इन्द्रियों और मन की अन्तहीन तृष्णा है। राजसत्ता की हुकूमत मन का अहंकार है। साधु-संगति से चन्द्रगुप्त के मन में ये विचार स्वयं आने लगे। अपनी रानियों को भी इस अध्यात्म से परिचय कराने में चन्द्रगुप्त पीछे नहीं था। जब

चन्द्रगुप्त श्रमणश्रेष्ठ के पाणिपात्र में आहार देता तो एक अपूर्व सुख की अनुभूति उसे होती थी। एक दिगम्बर तन की इतनी-सी जरूरत ही मनुष्य की आवश्यकता है। और सब तो उसके मनोगत दम्भ का साम्राज्य है। मेरा धन, मेरे हाथ, यह अन्न धन्य हो गया जो इन अकिंचन के पाणिपात्र तक पहुँच सका। एक सामान्य श्रावक की तरह आहार-दान करते हुए चन्द्रगुप्त के मन में बड़ी शान्ति महसूस होती थी। यही वह क्षण होते थे जब वह अपने को सम्राट् से रहित महसूस कर पाता था। वह सोचता रहता कि कुछ नहीं रखकर भी सब कुछ है इनके पास। कितना स्वाभिमान है कि अपना चारित्र ही अपना अभिमान बन गया है! किसी पर कोई अधिकार नहीं, फिर भी सब इनके अधिकार में रहना चाहते हैं। थोड़े से उपदेश वचनों को सुनने के लिए लोग लालायित रहते हैं। इस विरक्ति में आनन्द है। आसक्ति के आनन्द में दुःख-सुख की लहरें उत्पन्न होती रहती हैं, पर यह वैराग्य का हिमालय सदा स्थिर रहता है।

अन्तर्मन्थन से न जाने कितने ऐसे ही विचारों में डूबे चन्द्रगुप्त का मन कुछ-कुछ संसार से उद्विग्न हो चला था। निकेटर पुत्री के सौन्दर्य में भी उसे व्यामोह दिखता था। वह जब कार्नेलिया को देखता तो मोहित हो जाता और उसके अभाव में उसे उसकी याद भी नहीं आती। चन्द्रगुप्त मन ही मन समझ रहा है कि मेरा मोह एक प्रतिच्छाया है। मृग-मरीचिका की तरह यह सम्मोहन मुझे बाधित तो करता है, लेकिन इस रहस्य को समझने के बाद उस बाधा पर विजय पाई जा सकती है। साधु चरणों के ध्यान और स्मरण में मन खोया-खोया सा रहता है। अन्तर्मन में क्या घटित होता रहता है किसको कहें? किससे अपने अस्थिर विचारों की रूपरेखा स्थिर करें? किसको भक्ति और विरक्ति की प्रशंसा सुनाएँ? किससे अपने अन्तर्द्वन्द्वों की ऊहापोह करें?

सभी मुझे बस एक राजा, सम्राट् ही समझते हैं। यदि मैं कुछ सोचता भी हूँ तो लोग यही समझते हैं कि राजा आगामी युद्ध की योजना बना रहा है। रानी भी मेरी प्राणप्यारी है, सो उसके सामने मैं उदास नहीं रह पाता और वह भी किसी राजकाज के कारण मेरे बेचैन मन को अपने आलिंगन से आनन्दित करके मुझे अपने प्यार का अहसास कराती रहती है।

चन्द्रगुप्त को याद आती थी कि चाणक्य ने राजनीति के साथ-साथ कूटनीति का जो सबक सिखाया वह भी राजसत्ता चलाने के लिए कितना

जरूरी है। शत्रु राजा विषकन्याएँ बनाते हैं जिनके सम्पर्क से राजा का प्राणान्त हो जाता है। चाणक्य ने मेरा कितना खयाल रखा है। मुझे इस योग्य बना दिया है कि किसी भी विषकन्या का मुझ पर कोई असर नहीं हो सकता है। एक माँ की तरह चाणक्य ने मेरे हित के लिए भोजन में स्वल्प, सन्तुलित विष मिलाकर मुझे प्रतिदिन दिया। प्रयोग करते-करते मुझे इतना अभ्यस्त बना दिया कि विषाक्त भोजन देने की कूटनीति भी मेरा कुछ नहीं बिगाड़ सकती।

फिर भी मैं अमर तो नहीं हूँ। इस विष-प्रयोग की सबसे बड़ी हानि मेरी प्रियतमा का वियोग है। आज भी मुझे उसका तड़पना याद आता है। मुझे अपने स्नेहवश किए गये अल्प कौतुक की कितनी बड़ी कीमत चुकानी पड़ी। मुझे नहीं मालूम था कि मेरे भोजन का मात्र एक ग्रास उसके मरण का कारण बन जाएगा। वह गर्भवती थी। भोजन करने के कुछ ही क्षण बाद वह वेदना से कराह उठी। उसका शरीर धीरे-धीरे नीला पड़ने लगा। मैंने आकुल-व्याकुल हो सभी राजवैद्यों को बुलाया। कोई कुछ भी नहीं कर सका। मैं सम्राट् होकर भी उस दिन कितना असहाय-सा खड़ा था। मैंने प्रत्येक वैद्य, टोने-टोटके, झाड़ने-फूँकने वाले से कितनी प्रार्थना की, कितना उनके सामने गिड़गिड़ाया कि मेरी प्राणवल्लभा को बचा लो। सभी आश्वासन देते रहे और मैं उसकी वेदना को विवशतापूर्वक देखता रहा। वह मेरा हाथ पकड़कर बार-बार रोती थी, चिल्लाती थी, मुझे बचा लो। मुझसे यह वेदना सहन नहीं हो रही है। मैं आपके बिना नहीं रह सकती हूँ। आप मेरे प्राणनाथ हैं।

सब कुछ जानकर भी मैं उससे अपना अपराध नहीं कह पाया। मैं उसे कैसे बताता कि मेरा स्नेह ही तेरी पीड़ा का कारण बन गया। इस जहरीले सच को कहने की मेरी हिम्मत नहीं हुई। मैं खुद रो रहा था। कितनी हिम्मत से वह मुझे साहस देती रही। मेरे आँसू पोंछती रही। मैं उसके आँसू पोंछता रहा, परन्तु मैं उससे कुछ नहीं कह पाया।

जब सभी वैद्य असमर्थ नजर आने लगे, मैं चिल्लाने लगा, रोने लगा, बिलखने लगा। तभी किसी ने मेरे कान में कहा, 'राजन्! रोओ मत, हम लोग साम्राज्ञी को बचाने की पूरी कोशिश कर रहे हैं। परेशानी की बात यह है कि उसके गर्भ को भी सुरक्षित रखना है। आप घबड़ाएँ नहीं। भगवान् सबकी रक्षा करता है। धर्म पर विश्वास रखें। धर्म की याद आते ही मैंने णमोकार मन्त्र का स्मरण किया। उसके कानों में जोर-जोर से णमोकार मन्त्र पढ़ा।

धीरे-धीरे पूरा राजमहल णमोकार की ध्वनि से गुंजित हो उठा। तभी मुझे चाणक्य की याद आयी। याद आते ही चाणक्य मेरे सामने उपस्थित हो गये। अविलम्ब उन्होंने परिस्थिति को देखते ही शल्य चिकित्सा के लिए राज-चिकित्सकों को सलाह दी। चिकित्सा सफल हुई, यह सूचना चाणक्य ने दी और कहा राजन्! राजकुमार सुरक्षित है किन्तु रानी... और चाणक्य की आँखें भी भर आयीं।

विष के विषाद का यह गहरा अवसाद आज तक मेरे मस्तिष्क पर छाया है। न जाने कितनी रातें इस दृश्य को देखते-देखते, सोचते-सोचते सुबह में ढल गयीं।

विष के प्रभाव से पुत्र के मस्तक पर एक श्याम बिन्दु बन गया। उसी बिन्दु को देखकर और जीवन का सार पुत्र में सोचकर मैंने उसका नाम 'बिन्दुसार' रख दिया। पुत्र स्नेह से मेरी मनःस्थिति सँभलती गयी। आज राजकुमार भी राजसिंहासन पर बैठने योग्य हो गया है। युवराज बिन्दुसार मेरी ही तरह अल्प उम्र में राज भार सँभालने की योग्यता रखता है।

आज चाणक्य के दीक्षित होते ही मैं कितना एकाकी अनुभव कर रहा हूँ। राजतन्त्र की बेड़ियाँ राजा को स्वतन्त्र कम किन्तु परतन्त्र ज्यादा बनाती हैं। यदि मैं वास्तव में स्वतन्त्र होता तो इन वियोगों में क्षुब्ध क्यों होता? सुप्रभा के आकस्मिक वियोग की पीड़ा भी किसी से कुछ नहीं कह पाता हूँ। जीवन कितना क्षणभंगुर है कि देखते ही देखते सब कुछ विलय हो जाता है।

चन्द्रगुप्त की कई निशाएँ इसी विरहाग्नि में जलते-जलते बीत जाती थीं।

एक दिन चन्द्रगुप्त को रात्रि के अन्तिम पहर में कुछ स्वप्न दिखाई दिये। चन्द्रगुप्त ने देखा कि विशाल आकाश में एक देदीप्यमान सूर्य अपनी यात्रा पूर्ण करके अस्ताचल की ओर जा रहा है। दूसरे स्वप्न में किसी स्वर्ग के विमान में प्रतिष्ठित कल्पपादप की हरी-भरी बड़ी भारी शाखा सहसा टूटती हुई दिखाई दी। तीसरे स्वप्न में देवों से सुसज्जित एक दिव्य विमान देखा, लेकिन वह वापस लौट कर जा रहा है। उसके बाद ही चौथे स्वप्न में रक्तिम नेत्रों से सहित, नीलकण्ठ से सहित मुख से फेनिल फुँकार करता हुआ भीमकाय कृष्ण सर्प दिखा, जो अपने बारह फणों से मण्डित फणामण्डल से

धरणेन्द्र की याद दिला रहा था। पुनश्च ज्योत्स्नायुक्त धवलित शशिमण्डल का एक टुकड़ा एक चन्द्रकला बनी, जो देखते-देखते विलीन हो गयी। तत्पश्चात् नरक की कालिमा को याद दिलाने वाले कृष्णवर्ण नारकी सम विशालकाय हाथियों का परस्पर युद्ध दिखाई पड़ा। सातवीं बार नीलिमोपेत आसमान में मन्द-मन्द प्रकाश से उजाला करते हुए जुगनू दिखाई दिये। अगले ही क्षण एक महान् सरोवर दिखाई दिया जो चारों ओर तो जल से युक्त है परन्तु मध्य में सूखा हुआ है। उसके बाद नौवें दृश्य में गगन के मध्य विस्तीर्ण धूम की दूर तक जाती हुई एक धूमिल स्तम्भाकार गतिमान पिण्डाकृति दिखाई दी। तत्पश्चात् स्वर्णिम सिंहासन पर वनचर पशु समूह को बैठा देखा। ग्यारहवाँ दृश्य तो बड़ा विचित्र था, कि कंचनमय थाली में खीर खाते गुर्राते हुए कुत्ते दिखाई दिये। और यह क्या! विशाल गज की पीठ पर बन्दर बैठा है और सवारी कर रहा है। आश्चर्य करने वाले लोगों को दाँत भी खुखया कर दिखा रहा है। तेरहवाँ स्वप्न देखा तो उसमें कमल दिखाई दिये पर कूड़े-कचरे के बीच में। अगले दृश्य में मर्यादित कहा जाने वाला समुद्र तटीय मर्यादाओं का उल्लंघन करते दिखाई दे रहा है। पन्द्रहवाँ स्वप्न है कि नये-नये बाल वृषभ उत्तम रथ की धुरी को जोत रहे हैं और अन्तिम स्वप्न में चन्द्रगुप्त ने देखा कि तरुण बैल पर एक अतुल शक्ति सहित क्षत्रिय पुरुष बैठा है।

मंगल गीतों की मधुर, सुरीली, स्नेहिल ध्वनियों से चन्द्रगुप्त का सुप्रभात हुआ। प्राभातिकी गीत श्रवण करने के बाद चन्द्रगुप्त की स्मृति पटल पर वह स्वप्न टाँकी की तरह उत्कीर्ण हो गये थे। वह सोच रहे थे कि आज की रात मैंने जो कुछ देखा वह इतना विशद और स्पष्ट था कि उसको मैं जागने के बाद भी भूल नहीं पाया। मेरी स्मृति आज सुखद अनुभूति दे रही है। अचानक यह स्वप्न मुझे क्यों दिखाई दिये? इनमें से कुछ तो शुभ सूचक लगते हैं और कुछ बड़े अजीब थे। कोई विशिष्ट ज्ञानी पण्डित ही इन स्वप्नों के फलों को बता सकता है। अपने राजकीय ज्योतिषी को बुलाया जाय या किसी और विचक्षण को? इत्यादि ऊहापोह के साथ चन्द्रगुप्त ने प्राभातिकी क्रियाओं को सम्पन्न किया।

उसी समय वनपाली ने आकर राजा को समाचार दिया, "मौर्य सम्राट्! आपकी राजधानी के निकट एक विशाल श्रमण-संघ आकर ठहरा है। नगर के बाहरी उद्यान में भगवान् महावीर की परम्परा में दीक्षित आचार्य भद्रबाहु

का आगमन हुआ है। श्रमणों में महान् पाण्डित्य को धारण करनेवाले, अष्टांग निमित्त के ज्ञाता, सम्पूर्ण जिनागम को जानने वाले ये अन्तिम महोदय हैं। नगर में चर्चा है कि अन्तिम श्रुतकेवली वह मुनिराज दक्षिणापथ से चलकर उत्तरापथ की ओर आये हैं। अनेक ऋद्धियों से सम्पन्न भारतभूमि को पवित्र करते हुए सर्वत्र विहार करते हुए वह यहाँ आये हैं।

नैसर्गिक भक्ति से ओतप्रोत सम्राट् ने शुभ सूचना देने वाले वनपाली को उसी समय अपना कण्ठहार उतार कर प्रदान कर दिया। उसी समय पूर्व दिशा में विराजमान श्रमणसंघ को भावसहित परोक्ष नमस्कार किया। अपनी रानी और प्रजा को शुभ सन्देश दिया। शीघ्र ही दर्शनार्थ चलने के लिए प्रस्थान भेरी बज उठी।

गजरथ पर आरूढ़ होकर सम्राट् ने प्रस्थान किया। उद्यान के निकट अपने रथ से उतरकर, मंगल द्रव्यों से भरे स्वर्ण थालों और आरतियों की दिव्य ज्योति में प्रकाशमान दोनों हाथ जोड़े हुए वह सम्राट् और अधिक सुन्दरता को धारण करता हुआ आत्म सौन्दर्य के पिपासुओं के दर्शनार्थ पहुँचा और उनकी चरण-रज को उत्तमांग पर लगा कर कृतार्थ हो गया।

अन्तिम श्रुतकेवली, महासंघ नायक आचार्य भद्रबाहु जयवन्त रहें! श्रमण संस्कृति के उन्नायक, चारित्र, ज्ञान और आत्मश्रद्धान की त्रिवेणी को धारने वाले पूज्य मुनिगण निरन्तर इस भारत-भूमि की रक्षा करें! अपनी तपःरश्मियों से संसार की असारता का ज्ञान कराने वाली रत्नत्रय-पूत आत्माओं की जय हो! निरहंकारता और निस्पृहता की अप्रतिम जीवन्त मूर्तियाँ सदा मेरे हृदय में वास करें! परमपद की प्राप्ति के सभी औपाधिक पदों को त्याग कर करुण भावना भरित श्रमणों के इन पद-कमलों की नख-रश्मियों से मेरा मस्तक आलोकित हो—इत्यादि संस्तुतियों से सम्राट् अपने मन को पवित्र करके गवासन से श्रीचरणों में पुनः पुनः प्रणिपात करके सकल संघ की तीन परिक्रमा से अपने मन में अकिंचन भाव को भरकर गद्गद कण्ठ हो अश्रु-निःसृत नेत्रों से तपःपूत भद्रबाहु आचार्य परमेष्ठी को भक्ति भाव से विनयांजलि देकर, अर्घ समर्पित करके श्रीचरणों को नम्र भाव से निहारने लगा।

श्रीगुरु के कर-कमल का आशीष पाकर सम्राट् ने अपने मन का भाव निवेदित किया, "हे आचार्यश्रेष्ठ! आपके आने से पूर्व पिछली रात्रि अन्तिम प्रहर में मैंने एक के बाद एक ऐसे सोलह स्वप्नों को प्रातःकाल के समय

देखा। आप सदृश आत्मज्ञानी, निमित्तवेत्ता, अष्टांग ज्योतिषशास्त्र में निपुण और करुणावान्, सत्यवादी इस धरा पर कोई दूसरा नहीं है। निकट भविष्य में अवश्य कुछ-न-कुछ उनका शुभाशुभ फलित होगा। जो भी घटित हो, वह आप अपने दिव्य वचनों से प्रकट करें।'' सम्राट् ने एक-एक करके उन स्वप्नों को कह दिया।

तदनन्तर आचार्यप्रवर निमीलित नयन हो क्षण भर मौन की गहराइयों में उतर गये। फिर गहरी श्वास लेते हुए आचार्यवर्य ने सम्राट् को एक-एक स्वप्न का फल उसी क्रम से प्रतिपादित किया :

1. राजन्! सर्वप्रथम आपने देखा कि सूर्य अपनी यात्रा पूर्ण कर अस्तंगत हो गया। उसका फलित यह है कि अब भरतक्षेत्र के इस आर्यावर्त में इस काल में केवलज्ञानरूपी मार्तण्ड किसी भी आत्मा में उदित नहीं होगा। इतना ही नहीं, अवधिज्ञान एवं मनःपर्ययज्ञान जैसी बुद्धि ऋद्धियों का भी क्षय होगा।

2. धर्मवत्सल! आपने जो कल्पपादप की एक विशाल शाखा को टूटते हुए देखा, सो उसका फ ल यह है कि यों तो राजा ही कल्पवृक्ष सदृश प्रजापालक होते हैं, किन्तु दुःषम काल के प्रभाव से धन-संग्रह की प्रवृत्ति से राजा प्रजा को पीड़ित करेंगे। अनावश्यक कर वसूल करके अपनी भोग-विलासिता में उस धन का अपव्यय करेंगे। शाखा सदृश उस राजा की भुजाओं से किसी का उपकार कम, अपकार अधिक होगा। किसी-न-किसी तरह पराया धन अपना बनाना ही उनका मुख्य उद्देश्य होगा। अब राजा लोग तपःश्री को अंगीकार नहीं कर सकेंगे, कोई विरला ही होगा जो राज्य त्याग का साहस कर पाएगा।

3. सम्राट्! अगले स्वप्न में जो आपने देखा कि इस नभःपथ से देव विमान उलटा लौट रहा है, सो उसका अर्थ है कि आगे इस पंचम काल में यहाँ चारण- ऋद्धिधारी मुनियों का आगमन नहीं होगा। वैमानिक आदि श्रेष्ठ देवों का भी इस क्षेत्र में आना नहीं होगा।

4. भव्यात्मन्! आपने कृष्ण वर्ण का जो भयंकर बारह फणमण्डित सर्प देखा है, सो उसका फलित यह है कि आगे इस मगध में बारह वर्षों का भयंकर अकाल पड़ेगा।

5. श्रेष्ठपुरुष ! आपने जो शशिमण्डल के टुकड़े होते हुए देखे हैं, उसका तात्पर्य है कि आगे आने वाले समय में जिनदर्शन और जिनमुनि के कई भेद

होंगे, सम्प्रदाय और पन्थ बनेंगे।

6. राजराजन्! जूझते हुए काले हाथियों को देखने का फल है कि घनमाला- मेघवर्षा यहाँ शनैः-शनैः विरल होगी और बिजली पृथ्वीमण्डल को नष्ट करेगी।

7. भव्य पुण्डरीक! खद्योतों के जहाँ-तहाँ देखने का अर्थ है कि आगम-अनुकूल, श्रुत-पदों को मुख से उच्चरित करने वाले तथा जगत् का हित चाहने वाले साधु बहुत कम होंगे।

8. आत्मन्! जो आपने देखा है कि सरोवर मध्य में सूखा है, सो उसका अर्थ है कि धर्म मध्य देश में नहीं रहेगा।

9. कल्याणेच्छो! आपके द्वारा धूम-सदृश आकृति के देखने का तात्पर्य है कि दुष्ट लोग चरित्र हीनता की कथाएँ घर-घर में करेंगे और दोष बढ़ाने वाली चर्चाएँ घर-घर में होंगी।

10. भव्यपुरुष ! आपने जो सिंहासन पर वनचर, जंगली जानवरों को बैठा देखा, सो उसका फल होगा कि उच्चकुलीन लोग भी नीचकुलीन राजाओं की सेवा करेंगे। उनके अधिकार में रहेंगे और उनकी कृपा से अपना उदर-पोषण करेंगे।

11. धर्मपिपासु आत्मन्! इसके बाद जो आपने बड़े-बड़े जंगली कुत्तों को स्वर्ण की थाली में खीर खाते देखा है, सो उसका फल दिखेगा कि आगे राजा लोग भी तान्त्रिक, मान्त्रिक, कुलिंगी, भ्रष्टाचारी साधुओं के अनुयायी होंगे, उनकी पूजा-प्रशंसा करेंगे और लोग भी उन्हीं के वचनों-प्रवचनों को सुनेंगे और उनका अनुसरण करेंगे।

12. हे आसन्नभव्य! आपने देखा कि भद्र-प्रकृति हस्ति पर चपल-प्रकृति वानर बैठा है, सो इसका फलित घटित होगा कि धन-वैभव-सम्पन्न, उत्कृष्ट पुरुषार्थ करने वाले भी अकुलीन लोगों से सम्बन्ध रखेंगे, उनको उठाएँगे, उच्च पदों पर स्थापित करेंगे। बातूनी और चपल पुरुष भद्र, गम्भीर पुरुषों के शिर चढ़कर रहेंगे और उन्हें नीचा दिखाएँगे।

13. श्रेष्ठबुद्धिमन्! तदनन्तर जो आपने कचरा-कूड़े में कमल उत्पन्न होते देखे हैं सो उसका फल होगा कि शास्त्रज्ञानी, आगमविज्ञ, सिद्धान्तवेत्ता मुनि भी अपने-अपने मठ, आश्रमों, संस्थाओं और अन्य परिग्रह को धारण करने वाले होंगे।

14. वसुधाधिपते! आपने देखा कि समुद्र भी अपनी मर्यादाओं का उल्लंघन कर रहा है, सो इसका अर्थ है कि भविष्य में शासक लोग प्रजा से अत्यधिक कर वसूल करेंगे। पुत्र सम पालनीय प्रजा को भी परेशान करेंगे और अपनी स्वार्थसिद्धि के लिए असत्य के सहारे, ईमान रहित होकर जैसे-तैसे धन-संचय का लोभ रखेंगे, भले ही वे पर्याप्त मात्रा में धन- संग्रह क्यों न किये हों।

15. मौर्यसम्राट्! आपने देखा कि रथ को छोटी उम्र के बैल (बछड़े) जोत रहे हैं सो उसका फल होगा कि आगे कुमार अवस्था में बाल उम्र के युवा संयम का भार ग्रहण करेंगे।

16. प्रजापालक! अन्त में आपने जो तरुण बैलों पर आरूढ़ क्षत्रियों को देखा, सो यह समझना कि आगे के समय में क्षत्रिय कुधर्म के अनुरागी होंगे।

इन स्वप्नों का फल सुनकर सम्राट् एक क्षण के लिए किसी अन्य लोक में ही पहुँच गये। भविष्य के इस परिवर्तन में क्या-क्या होने वाला है? क्या मैं नहीं होऊँगा तो यह राज्य संचालन नहीं होगा? चाणक्य, उनके पिता, और इससे पहले जम्बू- स्वामी जैसे सेठ और रामचन्द्र जी जैसे महान् राजा भी यह सब कुछ वैभव तुच्छ समझकर त्याग कर चले गये। वह सिकन्दर भी विश्वविजेता बनने चला था और वापस अपने देश तक नहीं पहुँच पाया। उसका अहंकार भी इन श्रमणों को देखकर ही विगलित हुआ था। तभी तो वह कैलानोस को अपने साथ यूनान ले जा रहा था।

सम्राट् ने तुरन्त ही अपना होश सँभाला। भविष्यवेत्ता के चरणों में श्रद्धासुमन अर्पित करके, उनकी वन्दन-पूजन करके जैसे-तैसे वह अपने को राजगृह की ओर लौटा पाया। लौटने के बाद वह अपने अन्तस् में एक अजीब-सी बेचैनी महसूस करने लगा। उसकी लगन गुरुचरण में ऐसी लग रही थी कि उन्हीं चरणों में उसे अपना हित समझ आ रहा था। जैसे बाती दीपक के बिना बहुत देर नहीं रह सकती, उसी तरह चन्द्रगुप्त का मन बिना गुरुचरणों के नहीं रह पा रहा था।

अन्ततः सम्राट् का कई दिनों तक चिन्तन, मन्थन चलता रहा—इस भ्रमपूर्ण संसार के भोगविलास बिजली की लहर की तरह चमचमाते हुए आकर्षित लगते हैं और हाथ कुछ नहीं आता। मन की प्यास कभी भी तृप्त नहीं होती। थोड़ी थकान होती है, किन्तु उसकी प्यास खारे जल की तरह मन

को सतत सतृष्ण बनाए रखती है। इस तृष्णा समुद्र में मनचाहे गोते खाने के बाद भी मन की हिलोरों का कोई अन्त नहीं। इस तृष्णा-सागर को अकिंचन मार्तण्ड ही शोषित कर सकता है।

और यह मनुष्य कैसे बुलबुले की तरह विलीन हो जाता है। कितने युद्धों में कितना नरसंहार किया है। बड़े-बड़े सुन्दर, बलिष्ठ योद्धा भी एक तीर के लगते ही वृक्ष की तरह निश्चेष्ट पड़े रह जाते हैं। इस आदमी की उम्र का कोई भरोसा नहीं। फिर भी ऐसे जीता है, जैसे इसका मरण होगा ही नहीं। मृत्यु की गोद में कोई न कोई रोज सोता दिखता है। फिर भी वह अपने बारे में नहीं सोचता कि कहीं उसके साथ भी कुछ अचानक घटित हो गया तो, वह भी ऐसे ही मर जाएगा। आखिरकार इस मनुष्य का यह भ्रम क्यों नहीं हटता? जिस किसी को बल या सौन्दर्य अथवा धन, वैभव या प्रतिष्ठा मिल जाती है तो उसी अहंकार में वह जीवन को लुटा देता है। और किसी को ये चीजें नहीं मिल पाती हैं तो वह जीवन भर इन्हीं को बटोरने का कार्य करता रहता है। संयोग-वियोग के अनेकानेक दुःखों को भोगने का कितना अथक अभ्यास है, इस मनुष्य को!

इस शरीर की शीर्णता और अशुचिता तो प्रत्यक्ष भासित होती है। अनेक रोगों का घर और यम देव का कोपभाजन कभी भी यह शरीर बन जाता है। जिस शरीर के आश्रित होकर यह मन विश्वस्त बना रहता है उसी शरीर से अचानक भयभीत होने लगता है, न चाहते हुए भी उसी शरीर को छोड़ के चला जाता है। आखिर ये सभी घर, परिवार, मित्र, बन्धु आदि के सम्बन्ध इसी शरीर से ही तो हैं। इस शरीर की वास्तविकता को देखें तो जैसे अपने शरीर में अशुचिता है, उसी तरह दूसरों के शरीर में है, फिर भी यह मनुष्य अमृतपान की चाह में वनिता-तन से राग-रंजित होता रहता है।

सम्राट् के मन मस्तिष्क में यह आत्मबोध विचार की तरंगों से तरंगायित हो गया। यह अपूर्व ज्ञान क्या गुरु-दर्शन से, क्या उनके उपदेश से, या सहज पूर्व जन्मार्जित किसी ज्ञान के संस्कार से उद्भूत हुआ है, यह स्वयं सम्राट् भी नहीं समझ सके।

अगले ही दिन ज्येष्ठ पुत्र बिन्दुसार के राज्याभिषेक की घोषणा कर दी गयी। इस राज्याभिषेक में हर्ष कम, विषाद ज्यादा था। स्वयं राजकुमार भी पिता के आकस्मिक निर्णय से विषादग्रस्त था। राजा के मन को विधाता भी

नहीं जानता, यह बात सभी नागरिक कहने लगे। महापुरुषों का आत्मविश्वास आश्चर्यजनक कार्य करने से ही बढ़ता है। जो सभी को दु:साध्य हो वह कार्य भी महापुरुषों को सहज साध्य होता है। चुम्बक अपनी ही चुम्बकीय शक्ति की अनुरूपता रखने वाले लोहे को आकर्षित करती है।

अष्टांगनिमित्त ज्ञाता, महाश्रमण श्रुतकेवली भद्रबाहु के चरणों में अन्तत: इस पंचम काल, कलिकाल के अन्तिम मुकुटधर विश्वसम्राट्, राजाधिराज, मौर्यवंश के संस्थापक शासक ने अपने अहंकार का विसर्जन करके भक्ति और शक्ति से पुलकित मन होकर प्रणिपात किया। आत्मकल्याण के मौन प्रेरक महाकारुणिक श्रमणाचार्य ने समस्त मुनि संघ की साक्षी में, स्वयं आत्मा की साक्षी में, अर्हन्त-सिद्ध की साक्षी में और देवताओं की साक्षी में वसुधापति चन्द्रगुप्त को त्रैलोक्याधिपति बनाने के लिए और आत्म-साम्राज्य को लूटने वाली इन्द्रियमय शरीर की ममता को त्यागने के लिए तथा मुक्तिवधु से समागम के लिए अन्त:-बाह्य आवरणों के परित्याग के लिए केशलुंचनपूर्वक यथाजात निर्विकार, निरहंकार, अर्हद्रूप श्रामण्य दीक्षा देकर कृतार्थ किया।

चन्द्रगुप्त मुनिराज के साथ अनेक सामन्तों, राज श्रेष्ठियों और लघु राजाओं ने भी भद्रबाहु आचार्य से दिगम्बरत्व को अंगीकार किया।

चन्द्रगुप्त ने अपना साम्राज्य पद एक ही क्षण में ऐसे त्याग दिया जैसे कि वह उसका कभी था ही नहीं। जिस महान् सम्राट् के पास छह लाख पैदल सैनिक थे, पचास हजार घुड़सवार, और आठ हजार रथ थे, तथा नौ हजार मदमस्त हाथियों का समूह था उस राजा ने जीर्ण-शीर्ण तृण की तरह इस बहुमूल्य सम्पदा को सहज ही छोड़ दिया। अनेक रानियों, पुत्र-पुत्रियों और सगे सम्बन्धियों का व्यामोह भी उस सम्राट् के चित्त को लुभा नहीं पाया।

इस अद्‌भुत दृश्य को बालगोपाल, पृथ्वीपाल, वनपाल, नगरपाल, श्रीपाल, देवपाल, कामपाल सभी ने देखा और अपने नेत्रों को निहाल किया। देवों की आश्चर्यान्वित कुसुमवृष्टि और चहुँ ओर जय-जयकार के स्वरों से पृथ्वी और आकाश का अन्तर समाप्त हो गया। सम्राट् के साथ ही कई अनुचर मन्त्रियों और लघु राजाओं ने भी अपनी स्वामी-भक्ति से अपने को वंचित नहीं रखा। और वह भी उसी रूप में दीक्षित हुए, जिस रूप को उनके स्वामी ने स्वीकारा।

चन्द्रगुप्त ने अपने रूप और तन की ममता का त्याग किया। चिद्रूप की

खोज में जड़ देह का रूप कुरूप समझकर उन्होंने केशलोंच किया, निरावरण हुए, आभूषण फेंके, तेल, फुलेल, अंगरागों का त्याग किया, अस्नान व्रत धारण किया। फिर भी चन्द्र के समान आभापूर्ण देह की दिव्य छटा को रूपश्री छोड़ नहीं पायी। भला चाँदनी कभी चन्द्र का साथ छोड़ सकती है? मानो वह चन्द्र सम देहाभा पहले परिधानों और वेश-भूषा में गुप्त थी, सो अब उसे भी स्फुटित होने का अवसर मिला। मुनि चन्द्रगुप्त तप:वह्नि में तप्त स्वर्ण की तरह देदीप्यमान हो अपार संयमी मुनिसमूह मध्य अद्भुत रूप से सुशोभित होने लगे।

९
शिष्य-सम्राट्

मुनि चन्द्रगुप्त को गुरु भद्रबाहु के चरणों का सहारा क्या मिला, उन्होंने अमूल्य निधि पा ली। गुरु से प्रदत्त ज्ञान द्वारा मुनि चन्द्रगुप्त के हृदय का अज्ञान अन्धकार पलायित होने लगा। ऐसे अद्‌भुत अलौकिक ज्ञान को उन्होंने पहले न कभी पाया था, न ही ऐसी कभी अनुभूति हुई थी। लोक-अलोक की विस्तृत व्याख्याओं में मानो केवलज्ञान का दर्शन ही हो रहा हो। इन्द्रियों से परे इस अतीन्द्रिय ज्ञान को सर्वज्ञ देव के बिना और कौन जान सकता है? द्रव्य, गुण, पर्यायों से जीव-अजीव द्रव्यों के स्वतः परिणमन की शाश्वत सत्ता में निरन्तरता और स्वकीय गुणवत्ता को बनाए रखने के अपने सहज, स्वाभाविक स्वभाव का विज्ञान कितना अद्‌भुत और आश्चर्यकारी है। प्रत्येक गुण में सम्भावित अनन्त अविभागी प्रतिच्छेद शक्तियों का कभी भी सम्पूर्ण तथा विगलित न होना द्रव्य की शाश्वत सत्ता है। इन शक्तियों का पूर्णतया प्रकट करना ही पुरुष का पुरुषार्थ है। प्रत्येक द्रव्य के परिणमन में स्वाभाविक रूप से परस्पर हेतुता भी उरा द्रव्य के परिणमन में अबाधक है। कोई भी द्रव्य एकान्ततः अपने गुणधर्मों से न पृथक् है और न एकान्ततः अपृथक्। किसी भी द्रव्य का अन्य द्रव्य से संयोग न तो एकान्त से अछूता है और न उसको छूता है। संयोग में भी स्व-परिणमन की स्वतन्त्रता और परस्पर उपकारता का यह सिद्धान्त बेजोड़ है। अपने ही उपादान में रहकर उस उपादानगत शक्तियों को विकसित करने में सहयोग प्रत्येक द्रव्य करता है, फि र भी दूसरे को स्वतन्त्र रखता है। बलात् परिणमन अन्यथा रूप किसी भी द्रव्य का किसी भी द्रव्य ने न किया, न कराया और न करने का साहस ही कर सकता है।

द्रव्य का यह परिणमन देखने का एक दृष्टिकोण है। जो द्रव्य को विषय करता है, द्रव्य का पर-रूप परिणमन नहीं स्वीकारता है, वह द्रव्यार्थिक नय का विषय है। द्रव्य का पर्यायों से तन्मय होकर परिणमन होता है और जब इस पर्यायाश्रित परिणमन को हम देखते हैं तो वह द्रव्य की शुद्ध-अशुद्ध अवस्था को बताता है। द्रव्य और पर्याय का अन्योन्याश्रय परिणमन समूचा सर्वज्ञ के ज्ञान में प्रत्यक्ष है और छद्मस्थ ज्ञान में अप्रत्यक्ष। इस पर्यायार्थिक नय के आश्रय से श्रमण जीवों की विभिन्न गतियों में उत्पत्ति, नाना योनियों में भ्रमण, भावों के आरोहण-अवरोहण का गुणस्थान और जीव की वास्तविक स्थिति को खोजने वाले मार्गणा स्थानों का ज्ञान कर लेता है।

इन योनि-स्थानों का ज्ञान मार्गणा-ज्ञान के बिना सम्भव नहीं है और जो मार्गणा-ज्ञान के बिना प्रवृत्ति करता है वह कैसे अहिंसा धर्म का पालन कर सकता है। जीव रक्षा पर्यायाश्रित जीव की ही होती है, इसलिए वह पर्यायार्थिक नय से होती है। अहिंसा ही परम ब्रह्म है। अहिंसा के बिना धर्म की कोई स्थिति नहीं है। अनेकान्त एक विचार है, तो अहिंसा उस विचार की जीवन पद्धति है। विचार को जीवन तभी मिलता है, जब वह आचरण में समाविष्ट हो। देह की प्रवृत्तियों से किसी भी छोटे-बड़े, दृश्य-अदृश्य जीव का घात न हो, यह आचारांग का ज्ञान ही चारित्र का बीज है। वास्तव में अहिंसा महाव्रत है।

असत्य भाषण तो राग, द्वेष, मोह के कारण होता है। जब मुझमें ये विकारी भाव नहीं तो असत्य का प्रलाप भी नहीं हो। सर्वज्ञ भाषित आगम के विपरीत कभी भी मुझसे कोई प्ररूपणा न हो। सर्वज्ञ वचनों में अन्यथा सम्भाषण रागादि से ही होता है। क्रोध, भय, लोभ आदि के उद्रेक से मिश्रित वचनों में भी असत्यता होती है। सत्य विसंवाद से रहित होता है। हास्य और व्यंग्यात्मक वचन प्रवृत्ति भी असत्य की कोटि में आती है, क्योंकि वह कषायात्मक उपयोग प्रणाली से निःसृत होती है। जीवनपर्यन्त असत्य भाषण से निवृत्त होना वाचनिक तप का मूल है। मौन इस तप को साधता है।

जिस महात्मा ने सर्व परिग्रह का त्याग किया है, उसको अचौर्य व्रत का आजीवन परिपालन करना है। कितना अद्‌भुत है यह विचार कि परायी वस्तु को देखकर उसे मन से भी ग्रहण नहीं करना है। कोई पड़ी, खोई, रखी कैसी भी वस्तु को किसी से ग्रहण करना-कराना भी अपराध है। संसार के अपार

वैभत्र को ज्ञाता-द्रष्टा बनकर लखने का आशय यही व्रत सिखाता है। किंचित् मात्र भी राग-भाव का उदय पर-द्रव्य के प्रति दोष है, यह अचौर्य व्रत का माहात्म्य है।

केवल अचेतन वस्तु से ही नहीं, अपितु चेतन द्रव्य से भी रमण का भाव अब्रह्म है। यह अब्रह्म मन-वचन-काय से किसी भी स्त्री, पुरुष, नपुंसक के साथ स्वप्न में भी न आए। चेतन स्त्री का राग अनादि संसार का मूल कारण है। तिर्यंच, देव, मानुषी स्त्री की प्रतिकृति भी जब राग-जननी है तो साक्षात् स्त्री क्यों न हो? पर-नारी को देखने का प्रयोजन ही अन्तरंग राग की सरिता को निर्झरित कर देता है। यदि दिखने में आ जाए तो वह माँ, बहिन, पुत्री की तरह ही दिखाई दे। इस ब्रह्म व्रत की उपासना से ही ब्रह्मर्षि बना जाता है। पर-स्त्री को देखकर रागान्वित हुआ चित्त ब्रह्म-हत्या का पातकी होता है। यह पातक हे प्रभो! इस चित्त में कभी जन्म न ले।

पिच्छी और कमण्डलु ही उपकरण हैं। वह भी तभी तक, जब तक उनका प्रयोजन सिद्ध हो। प्रयोजन के बिना उससे किया गया राग भी परिग्रह बन जाता है। यह परिग्रह की प्रवृत्ति भी अनादि से इस चित्त में वासित रही है। मैं मात्र आत्मा हूँ, यह विचार ही इस महाव्रत की आधार शिला है। बाहर की वस्तु कभी भी आत्मा में चिपकती नहीं, किन्तु आत्मा का रागजन्य परिणाम उससे चिपकता है। आत्मा राग से पर-द्रव्य को बाँध लेती है और उसका यह संस्कार ही इस संसृति के प्रत्येक पदार्थ को पुनः-पुनः अपनाना चाहता है। हे गुरो! इस अकिंचन को इतनी शक्ति दो कि लगाव और अलगाव के विकल्पों से मुक्त होकर यह आत्मा, आत्मा मात्र ही रह जाए।

आगम की आज्ञा के अनुरूप विहार करना चर्या का आवश्यक अंग है। इन पदों की चाप से कोई भी प्राणी हमेशा के लिए चुप न हो जाए। पदों के इस संचरण से किसी के प्राणों का घात न हो पाए। प्रासुक भूमि पर गमन करते हुए निरन्तर चार हाथ आगे देखकर गमन करने का भाव मन से विस्मृत न हो पाए। इस पद-विहार में अप्रमत्तता ही आत्मा का उत्कृष्ट भाव है। यह अप्रमत्तता ही गुप्ति है और सावधानी है। हे माँ ईर्ये! मुझे अपना आलम्बन दो ताकि जीव-संकुल इस संसृति के प्रतिपद पर जल से अलिप्त कमल की तरह मैं भी पाप से अलिप्त रहूँ। मुझे बिना प्रयोजन या रात्रि में या हरित प्रदेश में या सचित्त भूमि पर चलना ही ना पड़े, वह ऋद्धि दो।

संकल्पित हूँ कि इस जन्म में सत्य ही बोलूँगा। फिर भी सतत वचन-व्यवहार के समय मेरे मुख से कुछ भी अप्रिय, अहितकर वचनों का निस्सरण न हो, किसी के सहसा प्रश्न करने पर भी पूर्व संस्कारवशात् मुख से कटुक, कठोर वचन न निकलें। वचनों का आघात प्राणि-आघात से भी बढ़कर होता है। हे माँ भाषासमिति! मुझ बालक को वचन-कोमलता , मृदुता और मधुरता से बोलना सिखाना। यह बालक कभी आपका अपमान न कर पाए!

इस शरीर को ईंधन की तरह आहार-जल देकर जीवनार्थ चलाना है। असाता कर्म के उदय से उदराग्नि की पीड़ा का शमन करने के लिए अप्रमत्त होकर रत्नत्रय की विशुद्धि बढ़ाने के लिए, ध्यान, स्वाध्याय और वैयावृत्य के लिए भोजन ग्रहण करना आवश्यक है। कभी भी इन उद्देश्यों की पूर्ति के लिए कृत, कारित, अनुमोदना, मेरी मन, वचन, काय से न हो पाए, क्योंकि देह की अधीनता पापास्रव का कारण है। षट्काय की विराधना से बनने वाले आहार-पान में छियालीस दोषों से रहित भोजन की गवेषणा एषणा-समिति है।

हे माँ एषणे! तू अपने पुत्र को शुद्ध, निर्दोष आहार ही देना और बत्तीस अन्तराय के पालन में भी सावधान रखना। माँ! ठण्डे, नीरस, रूक्ष, अलवण मिश्रित आहार में भी मन में उदासता, खिन्नता या क्रोध उत्पन्न न हो, अपने पुत्र को इस तरह सँभालना और माँ मुझे इतना समझदार बना दो कि संयोग से कभी स्वादिष्ट, गरम, अनुकूल आहार भी मिल जाय, तो उसमें हर्ष न हो, गृद्धता न हो। और ऐसा भी न हो कि मुझे वैसा आहार लेता देखकर लोग वैसा ही प्रतिदिन आहार देकर मुझे उसके अधीन कर दें। इन सभी बातों से हे माँ! मुझे सावधान रखना!

सम्यग्ज्ञान के निमित्त शास्त्र आदि को रखने-उठाने में, संयमोपकरण पिच्छिका तथा शुद्धिनिमित्त कमण्डलु के उठाने-रखने में अथवा अन्य किसी संस्तर आदि के ग्रहण में अप्रमार्जित निक्षेप न हो पाए, दुष्ट निक्षेप न हो पाए, सम्यक् प्रतिलेखन के साथ निरीक्षणपूर्वक इस प्रवृत्ति में प्रमाद न होने पाए और जीवघात न हो, ऐसी समझ हे आदान-निक्षेपणमातृके! अपने पुत्र को देना!

जहाँ पर असंयत लोगों का आना-जाना न हो, जहाँ पर हरित अंकुर न हो, कीचड़ न हो, त्रसकाय की बहुलता न हो, निवास स्थल से दूर, गूढ़,

निर्जन स्थान पर और जहाँ किसी को कोई विरोध न हो, ऐसे स्थान पर इस शरीरगत अशुचि द्रव्य का निष्कासन करूँ। ऐसे प्रासुक, निर्दोष स्थान की प्राप्ति, हे प्रतिष्ठापनमातृके! सदैव कराती रहना। इस शरीर की क्रियाओं से किसी भी जीव-जन्तु को बाधा न पहुँचे, ऐसे भावों से मुझ बालक को सावधान रखना!

समिति रूप में पंच प्रवचन-मातृकाएँ, तीन गुप्तिरूप बड़ी मातृकाओं के साथ मुझ रत्नत्रय धारक बालक को निर्दोष बनाए रखें। ऐसी महोपकारी अष्ट प्रवचन माताएँ जयवन्त रहें।

इन आँखों से चेतन-अचेतन, अच्छा-बुरा, सब कुछ दिख जाता है। सुन्दर रूप, आकृति और सुन्दर कलाकृतियाँ देखकर भी ये चक्षु उस पर न टिकें। यह रूप आत्मद्रव्य से भिन्न है, थोड़े से पूर्वकृत सुकृत कर्म का परिपाक है, स्पर्श, रस, गन्धादि से सहित ही है। जहाँ रस न हो, गन्ध न हो ऐसी सुन्दर वस्तु तो मेरी आत्मा ही है। यही सोचकर मेरी आँखें हमेशा धरती पर रहें।

वीणा, सितार, भेरी, शहनाई, बाँसुरी और न जाने कितने ऐसे वाद्ययन्त्र, जो सुरीली, मनमोहक स्वरों की उत्पत्ति से मन को मोहित करते रहे हैं, अब यह मन इन कर्ण इन्द्रिय के क्षणिक विषय को सुनने के लिए उत्साहित न हो, लालायित न हो।

कभी नासिका को सुरभि भाती है, तो दुर्गन्ध बसाती है। नाक सिकुड़ती है, मुँह बनता है। पूर्वकालीन इन संस्कारों को समता भाव से जीतने के लिए मेरी नासिका तैयार रहे। जीवगत, अजीवगत, स्वाभाविक या अन्य निमित्तक सुगन्ध, दुर्गन्ध में समत्व रहे। किसी भी प्रकार के गन्ध द्रव्य को सूँघने की, शरीर पर लगाने की, माला में लगाकर, हाथ सुगन्धित करने की और उस सुगन्धि से दूसरों का या स्वयं का मन मोहने की असंयमित वृत्ति विराम को प्राप्त हो।

कामेन्द्रिय की सखी यह रसना इन्द्रिय स्वादिष्ट पदार्थों के सेवन में लम्पट न बने। नमकीन, मीठा, कड़वा, खट्टा, कषायला आदि जीभ को समय-समय पर सभी रस अच्छे लगते हैं। रुचिकर पदार्थों की आसक्ति में इष्ट की कल्पना बढ़ती जाती है और यह संस्कार निरन्तर दृढ़ीभूत होता जाता है। इन पाँचों इन्द्रियों में इस इन्द्रिय को जीतना ही अत्यन्त दुष्कर है। रसना इन्द्रिय-निरोध ही मेरी

आत्मा का संयम है।

इस कामेन्द्रिय की सहायक दूसरी स्पर्शन इन्द्रिय है। कोमल, चिकने, गर्म, शीत आदि आठ प्रकार के स्पर्श इस इन्द्रिय को रुचते हैं। सर्वांगीण फैले इस शरीर के अनुकूल स्पर्श की भावना भी इस मन में न आए।

देहगत इस साधना का लक्ष्य आत्मा में समता की प्राप्ति करना है। मित्र-शत्रु सुख-दुःख, संयोग-वियोग, स्वास्थ्य-रोग में समता भाव बना रहे, मन में कलुषता उत्पन्न न हो, यह आवश्यक है। यदि हो भी जाय तो वह तीन सामायिक के काल में पूर्णतः दूर हो जाए। द्रव्य-क्षेत्र-काल-भाव गत समता का अभ्यास ही सामायिक की पूर्णता है।

ऋषभदेव से लेकर वर्द्धमान पर्यन्त चतुर्विंशति तीर्थंकरों के नामोच्चारण, उनका गुण-कीर्तन और संस्तवन सन्ध्या काल में सदा करता रहूँ।

घाति-कर्म-क्षयंकर अर्हत्परमेष्ठी, सर्वविशुद्धात्मा सिद्ध-परमात्मा, अर्हन्त, सिद्ध की प्रतिमा, तप, श्रुत, विनयादि गुणों से महान् गुरुजनों का, पंचपरमेष्ठी भगवन्तों का कृति-कर्म पूर्वक प्रणाम आदि करके वन्दना करता रहूँ।

मैं दैवसिक, रात्रिक, पाक्षिक, चातुर्मासिक, सांवत्सरिक, ईर्यापथ सम्बन्धी और औत्तमार्थिक प्रतिक्रमण करूँगा, ताकि मनसा वचसा शरीरेण जो भी दोष व्रत पालन में लगे हों उनका मैं निन्दा-गर्हापूर्वक परित्याग कर सकूँ।

जिनसे पाप का आस्रव और बन्ध होता है, ऐसे अयोग्य नाम, स्थापना, द्रव्य, क्षेत्र, काल और भाव का मैं मन, वचन, काय से भविष्य के लिए परित्याग करता हूँ। आगामी काल में सम्भावित पाप-क्रियाओं का वर्तमान में प्रत्याख्यान ही तो आगामी कर्मबन्ध से बचा पाता है। जो पदार्थ सावद्य हैं, सदोष हैं, पापबीज हैं, उनका त्याग करना ही प्रत्याख्यान है। यदि उचित का भी प्रत्याख्यान हो तो संयम की और अभिवृद्धि हो जावे।

प्रतिक्रमण, वन्दना, शुद्धि आदि क्रियाओं के समय आगम के कहे प्रमाण अनुसार काय से ममत्व त्याग कर इस काय का उत्सर्ग/त्याग करना कितना आनन्ददायी है, जिसमें मात्र अपनी आत्मा का चिन्तन, संवेदन होता है। भगवान् के गुणों का चिन्तन करने से भी अपनी काय का ध्यान नहीं रहता है सो कायोत्सर्ग में भगवान् का चिन्तन, उनका नाम स्मरण भी आवश्यक अंग बन गया है। श्वासोच्छ्वास की निश्चित गणना के साथ कायोत्सर्ग करना अपने श्वास-प्राणों को देखना है। यह कायोत्सर्ग ही सशक्त साधन है जिससे देह के

साथ रहकर भी साधक देह से ऊपर उठकर कुछ समय तक आत्ममय हो जाता है और सिद्धत्व की अनुभूति करता है।

इन छह आवश्यकों का वही सम्यक् प्रकार से पालन कर पाता है जो किसी के वश में न हो, जो धन परिग्रह की चाह न रखता हो, जो वनिता-नयन से चंचल चित्त न हो। जो सामाजिक, सांसारिक कार्यों में लिप्त न हो, ऐसा स्ववशी, अवशी, पंचेन्द्रियजयी, यशस्वी, मुनि मनीषी ही इन आवश्यकों को कभी भूलता नहीं है।

कुछ और भी ऐसे गुण हैं जो श्रमण की पहचान बनाते हैं और अन्यमति साधुओं से जिनमति मुनियों का पृथक् परिज्ञान कराते हैं।

जिसका विचार करने से, देखने से और सुनने से ही भय का संचार हो जाता है, ऐसा केशलुंचन श्रमण धर्म की विशिष्ट पहचान है। कम से कम दो महीने में या तीन महीने में या अधिक से अधिक चार महीने में अवश्य ही अपने हाथों से और परिस्थितिवश परकीय हाथों से सिर, दाढ़ी, मूँछ के बालों का निकालना, उपवास के साथ देह से अत्यन्त विरक्ति की उत्कट भावना उत्पन्न करता है इससे वैराग्य की अभिवृद्धि होती है।

किसी भी प्रकार के वस्त्र से, छाल से, पत्तों से नग्नता को नहीं ढँकना और प्रत्येक ऋतु में निर्वस्त्र रहकर अचेलकत्व गुण को अपनाना विश्व का अद्भुत आश्चर्य है। चाहे दिन हो या रात हो एवं ठंडी, गरमी हो या बरसात हो, सदैव सर्व प्रकार के आभूषण, अलंकार, भेष से रहित रहना और पूज्य यथाजात रूप को कभी भी कलंकित नहीं करना, तीर्थंकरों, अर्हन्तों, भगवन्तों की याद दिलाता है और उन्हीं के पवित्र रूप को दिखाता है।

कोई नदी में, तालाब में स्नान करता है, अपने शरीर पर उबटन लगाता है, सुगन्धित तेल लगाता है, इत्र लगाता है, आँखों में अंजन लगाता है, शरीर को जल आदि से बार-बार स्नपित करता है, इन सब कार्यों से इन्द्रिय सुख मिलता है। इसलिए इन्द्रिय संयम नहीं होता है और स्नानादि करने से एकेन्द्रिय आदि जीवों का वध होता है, सो प्राणी संयम भी नहीं सधता है। अस्नान व्रत धारण करने से प्राणी संयम और इन्द्रिय संयम दोनों का पालन होता है। अस्नान करने से शरीर में जो सर्वांग ढँकने वाला जल्ल-मल लगता है, वह मानो दिगम्बरत्व की रक्षा का अद्भुत कवच है। और कहीं-कहीं छाती, बाँहों में लगे मल से दिगम्बरत्व का बाना ऐसा सुन्दर लगता है मानो जगह-जगह

उभरे छायाचित्र आकृतियाँ और आभूषण हों। यह अस्नान व्रत दिगम्बरत्व की सुरक्षा है।

जिस भूमि पर बिल न हो, जीवों का आवागमन न हो, प्रासुक हो उस भूमि पर थोड़े से संस्तर के साथ काष्ठ फलक पर या शिला पाषाण पर एक करवट से धनुषाकृति में या दण्डाकृति में लेटना क्षितिशयन है। भू-शयन करते हुए दिशा रूपी अम्बर को ओढ़ना, प्रकृति को आत्मसात् करना है। प्रकृति को अपने में समाहित करने वाला यह पुरुष आत्मा ही सच्चा प्रकृति प्रेमी है। अनेक गुणों को प्रकट करने वाला यह भू-शयन गुण उत्तम है।

मुख का आभूषण दन्त-पंक्ति है। उन दाँतों को चमकाना अप्रयोजनीय है। संयमी का दाँतों में भी अनुराग न रहे, सो सर्वज्ञ आज्ञा से संयम की रक्षा के लिए दन्त-मल का शोधन नहीं करना भी शरीर से निस्पृहता का साधक है। संयम का साधक अपनी अंगुली से, अपने नाखून से या किसी नुकीले उपकरण से भी अपने दन्त-मल का शोधन नहीं करता। इस अदन्त धोवन से नग्नत्व का शोभन है।

न बैठकर, न लेटकर, न तिरछे-आड़े, खड़े होकर, किन्तु दोनों पैरों में चार अंगुल का अन्तर रखकर बिना किसी सहारे के, दीवाल से टिके बिना खड़े होकर आहार करना, वीतरागता का सूचक है। हाथों को ही पात्र बनाकर दूसरे दातार से प्रदत्त आहार ग्रहण करते किसी तरह की चपलता न आए। जब तक अपनी जंघाओं में बल है तब तक ही स्वयं निराश्रित, निरालम्ब होकर भोजन करने की भावना से मुनि मृत्यु का स्वागत करने के लिए तैयार रहता है। यह स्थिति-भोजन नाम का गुण अनेक गुणों का भंडार है।

भोजन खड़े होकर करना है। साथ ही ध्यान रखना है कि वह सूर्योदय और सूर्यास्त की तीन-तीन घड़ी (१ घड़ी = २४ मिनट) छोड़कर ही हो। तीन घड़ी पूर्व ही आहार छोड़ देना, ताकि रात्रि-भोजन का दोष न लगे और न किसी को दोष लगाने में कारण बने। भोजन भी एक मुहूर्त, दो मुहूर्त या तीन मुहूर्त काल के भीतर ही करना है, चाहे कितनी भी क्षुधा वेदना हो। ऐसा एक-भक्त नाम का यह गुण मन की मनचाही प्रवृत्ति को रोकने वाला है।

इन अट्ठाईस मूलगुणों का पालन करना अति पुण्य का कार्य है। कितने ही लोग संयम योग्य पुण्य का उपादान नहीं रखने के कारण इन मूलगुणों को जीवनपर्यन्त पालने में असमर्थ होते हैं। हे गुरुदेव! इतनी शक्ति, इतना आशीष

दो कि इन व्रतों का पालन आत्म-विशुद्धि के लिए हो। और इन गुणों की विशुद्धि बढ़ती रहे। जिनने भी सिद्ध पद प्राप्त किया है, वे सभी श्रमण इन मूलगुणों की विशुद्धि से परिपूर्ण हुए हैं। वही सौभाग्य आज इस आत्मा को मिला है। गुरु का अनन्य उपकार कि उन्होंने मुझे इन गुणों से संस्कारित किया। गुरु के बिना कैसे इन गुणों का पालन किया जा सकता। जिनकी चर्या ही प्रत्येक गुणों का आगमानुरूप बखान करती है, ऐसे गुणवान् आचार्य साक्षात् महावीर की परम्परा के अनुसाधक अन्तिम श्रुतकेवली के चरणों का दर्शन मेरे लिए किसी जन्म के अद्‌भुत पुण्य का प्रतिफल है।

मुनि चन्द्रगुप्त ने गुरुभक्ति से खूब गुरु-आशीष पाया और अपने संघ में गुरु के प्रमुख प्रिय शिष्य बन गये। गुरु के प्रति चन्द्रगुप्त मुनि की भक्ति अप्रतिम थी और गुरु का आशीष भी गुरु की प्रसन्नता से चन्द्रगुप्त मुनि की हृदयगत विशुद्धि को अनन्त-अनन्तगुणा वृद्धिंगत कर रहा था।

एक दिन श्रमणसंघ नायक, ज्येष्ठ, श्रेष्ठ गुरु भद्रबाहु ने आहारचर्या हेतु नगर में प्रवेश किया तो रास्ते में एक शिशु को देखा ,जो रो रहा था। और बार-बार अँगुली से इशारा करके कुछ कह रहा था। बा-बा-बा। निमित्तज्ञानी श्रुतकेवली गुरु ने उस बालक के अभिप्राय को जान लिया। अन्तराय जानकर वह संघ में वापस लौट आये। आकर के श्रमण-समुदाय में कहा कि एक छोटा-सा बालक 'दो दह, दो दह' कह रहा था। उसका अर्थ होता है बारह, अर्थात् यहाँ बारह वर्ष का भयंकर अकाल पड़ेगा। ऐसा अकाल, जिसमें पिता भी अपने पुत्र के हाथ से ग्रास छीन लेगा। क्षुधा-तृषा की ऐसी वेदना जो सहने में दुष्कर होगी। सामान्य मनुष्य उस वेदना से दुःखी होकर अपने घर-परिवार को भी नहीं देखेगा और अपनी उदर पूर्ति का हर सम्भव प्रयास करेगा। जो साधुजन यहाँ रुकेंगे, उनका व्रत, तप, संयम नष्ट हो जाएगा। इसलिए हम सभी लोगों को यहाँ से विहार करने का मन बना लेना चाहिए। हम सभी दक्षिणा-पथ की ओर चलेंगे।

जब यह समाचार श्रावक श्रेष्ठियों के पास पहुँचा, तो उन्होंने आचार्य देव से और समस्त संघ से निवेदन किया कि, "आप यहीं ठहरें। हमारे पास प्रचुर मात्रा में अन्न, चावल, दूध, घी आदि की व्यवस्था है। आपकी कृपा से बारह

वर्ष भी बारह मिनट की तरह निकल जाएँगे। आप लोग भविष्य के अकाल के निमित्त से यहाँ से गमन न करें। हम सभी श्रावक आपके चरणानुरागी हैं। आपके संयम में किसी प्रकार की बाधा नहीं आने देंगे। हम श्रेष्ठी लोग अपनी समृद्धि से बड़े राजा को भी खरीद सकते हैं, इतनी हम लोगों के पास सम्पत्ति है। जिस दक्षिणा-पथ से बड़े प्रयास के बाद आपका यहाँ पदार्पण हुआ है, आप उसी ओर पुन: चले जाएँगे तो हम प्राणियों का उद्धार कैसे होगा?''

समस्त संघ के समक्ष राजधानी के प्रधान धनाढ्य श्रेष्ठियों ने निवेदन किया, परन्तु आचार्य भद्रबाहु अपने ज्ञान से जो देख चुके थे, उसका अन्यथा होना कदापि सम्भव न जानकर अपने मुनिसंघ के साथ विहार करने को उद्यत हो गये। उन्हें ज्ञात था इस दुष्काल में महाव्रतों का पालन सम्भव ही नहीं है। इन श्रावकों की भक्ति समय के निश्चित परिणमन को अन्यथा नहीं करा सकती है। बारह वर्ष बहुत दीर्घ काल होता है। जिस सम्पत्ति की यह बात कर रहे हैं वह सम्पत्ति तो स्वर्ण, चाँदी, जमीन आदि की है। अकाल के समय तो मात्र धान्य ही काम आता है। खाद्य सामग्री ही काम आती है। जब पानी नहीं होगा, फसल नहीं होगी, उत्पादन नहीं होगा, तो रखा हुआ अन्न कितने दिन तक काम आएगा? यही विचार कर श्रुतकेवली आचार्य परमेष्ठी ने विहार कर दिया।

जिन लोगों का यश श्रावकों के मध्य था और जो श्रावकों की भक्ति के वशीभूत हो गये, ऐसे स्थूलभद्राचार्य, रामिल्लाचार्य और स्थूलाचार्य—ये तीनों आचार्य भक्त श्रावकों के आग्रह से वहीं रुक गये।

इधर ऋषिकल्प आचार्य भद्रबाहु बारह हजार मुनियों सहित दक्षिण की ओर चल दिये। मार्ग से जाते हुए श्रावकों को धर्म-लाभ अनायास होता जाता था। सम्यक् मार्ग पर चलने वाले ऋषि-मुनियों के दर्शन ही पाप-प्रक्षालन करने में समर्थ हैं। जैसे तीर्थंकरों की विहारचर्या से भव्य-जन वैभवों की प्राप्ति कर लेते हैं, उसी तरह आचार्य भद्रबाहु की विहारचर्या से भव्यजन आनन्दित होकर पुण्य फलों की प्राप्ति कर रहे थे। गमन करते हुए मार्ग में एकान्त जंगल पड़ा। आचार्य महाराज को उस जंगल में अपने निमित्तज्ञान से आभासित हुआ कि मेरी आयु निकट है और इस वन में इतने विशाल मुनिसंघ का निर्वाह दुष्कर होगा। साथ ही, शिष्य समुदाय का व्यामोह भी

समाधि में बाधक होगा। ऐसा विचारकर आचार्य देव ने मुनिसंघ को आगे विहार करने के लिए आदेशित किया। कोई भी शिष्य गुरु सन्निधि से वंचित नहीं होना चाहता है, तथापि गुरु-आज्ञा को जिनवाणी की आज्ञा मानकर वह आज्ञा का पालन करता है। सभी शिष्यों के लिए गुरु-वियोग असह्य था। शिष्यों के अन्तःकरण में गुरुभक्ति की अप्रतिम छाप थी। सभी चाहते थे कि गुरु का अन्तिम सल्लेखनामरण हमें देखने का सौभाग्य मिले। गुरु की सेवा का यह अनुपम अवसर हमसे न छूटे। वृद्ध, चरित्रनिष्ठ, श्रुतपारायण गुरु की सेवा साक्षात् रत्नत्रय की सेवा है। इस वैयावृत्ति तप और गुरु की तपःसाधना से स्वयं मरण साधने की भावना का पुण्य अवसर अब हमें नहीं मिल सकेगा। नहीं चाहते हुए भी दीक्षा-शिक्षा गुरु के चरणों से दूर जाने का मन सभी शिष्यों को बनाना पड़ा। गुरु की आज्ञा के प्रतिकूल होकर कोई भी गुरु को यह नहीं बताना चाहता था कि हम आज्ञा का पालन नहीं कर सकते हैं। अन्त समय में गुरु की आज्ञा मानना जीवनपर्यन्त की शिक्षा का फल है। गुरु को किंचित् भी विकल्प न आए और उनका अन्तिम समाधिमरण निश्चिन्तता के साथ निर्विकल्पतया हो। जिस कार्य से, जिस आचरण से श्रीगुरु का मन प्रसन्न रहे वही शिष्य के लिए करणीय है। यदि हम गुरु का वियोग नहीं चाहते तो उसी तरह कोई भी गुरु शिष्य का वियोग नहीं चाहता, ऐसी स्थिति में गुरु का समाधिमरण उनकी भावना के अनुरूप और शास्त्र-विहित रीति से नहीं हो पाएगा और अव्यवस्था हो जाएगी। ऐसा विचार करके समस्त शिष्य-समुदाय ने परम गुरु की अश्रुपूरित नेत्रों से, गद्गद वचनों से विह्वल होकर श्री सिद्ध-भक्ति, श्रीश्रुत-भक्ति, श्रीचारित्र-भक्ति, श्रीआचार्य-भक्ति, श्रीशान्त-भक्ति एवं श्रीसमाधि-भक्ति करके पुनः-पुनः तीन परिक्रमा लगाकर चरण-स्पर्श करके गुरु का आशीष पाया और प्रस्थान कर गये।

गुरु के पास गुरु के संकेतानुसार नवदीक्षित श्रेष्ठ मुनिराज मात्र चन्द्रगुप्त ही गुरु की वैयावृत्ति के लिए रुक गये। चन्द्रगुप्त मुनि ने अपने को उस समय महान् सौभाग्यशाली अनुभूत किया कि गुरु का आशीष एवं वैयावृत्ति तप का महान् पुण्य-लाभ सभी शिष्यों में मात्र मुझे ही मिला। मेरा जीवन धन्य हो गया। मेरा तप-संयम ग्रहण करना सार्थक हो गया। मेरी दीक्षा मेरे लिए अपूर्व लाभ का कारण बन गयी। मेरे गुरु ने मुझ पर यह महान् उपकार मेरे अन्दर कौन-सा गुण देखकर किया, मुझे समझ नहीं आता। पूर्व जन्म का ऐसा कोई

सम्बन्ध या पुण्य-लाभ, जिससे यह अपूर्व अवसर हमारे अभ्युदय का कारण बना, जो भी हो हमारा कर्तव्य है कि किसी भी तरह मुझसे गुरु की अविनय न हो जाए, उनकी आज्ञा के प्रतिकूल कोई कार्य न हो जाए। ऐसी सेवा करने की हे केवली भगवन्! सद्‌बुद्धि देना, जिससे गुरुदेव के हृदय की प्रसन्नता पूरी तरह अन्तिम क्षण तक बनी रहे। हे माँ शारदे! इतना ज्ञान देना कि गुरु के अनुरूप शास्त्रानुसार ही हम संयम की रक्षा करते हुए गुरु की सेवा कर सकें। हे गुरूणां गुरो! इतना बल, इतनी सामर्थ्य देना कि रत्नत्रय की सेवा अपने रत्नत्रय की रक्षा के साथ इस तरह कर सकूँ कि गुरु को ऐसा न लगे कि मेरा शिष्य कुछ अयोग्य है। मेरे गुरु को कभी भी ऐसा भाव न आए कि मैंने शिष्य को जो ज्ञान और अनुभव दिया वह इसने ग्रहण नहीं किया या भूल गया। चन्द्रगुप्त मुनि का हृदय गुरु के अनुग्रह से जितना नम्रीभूत था उतना ही अपना उत्तरादायित्व का निर्वहन करने के लिए सजग और सावधान था। सम्राट् चन्द्रगुप्त को विश्वराट् बनकर भी वह आनन्द और उत्तरदायित्व के निर्वहन में उतना उत्साह नहीं आया था, जितना कि शिष्यराट् बनकर अनुभूत हुआ।

10
महाप्रयाण

गुरु देव ने अपने शरीर-संहनन और आत्म-परिणामों की परीक्षा के लिए उपवास तप को साधना शुरू किया। अभी उन्होंने समाधि के लिए संस्तर ग्रहण नहीं किया था। गुरु के हृदय को समझ पाना बड़ा दुष्कर होता है। पंचाचार परायण गुरु अपनी और शिष्य दोनों की कठिन परीक्षा कर रहे थे। उसी समय गुरु भद्रबाहु ने चन्द्रगुप्त मुनि से कहा, "वत्स! मेरा उपवास चल रहा है। लेकिन आपको अपनी वय देखते हुए आहार ग्रहण अवश्य करना चाहिए, अन्यथा हमारी सेवा में शिथिल हो जाओगे और स्वयं भी रत्नत्रय की विशुद्धि नहीं प्राप्त कर पाओगे। इसलिए इस एकान्त कानन में भी भिक्षाचर्या के लिए अवश्य जाना चाहिए। आहार मिले या न मिले—यह तो अपने लाभान्तराय कर्म के क्षयोपशम पर निर्भर है। उस कर्म का क्षयोपशम कैसा है, इसके लिए सम्यक् पुरुषार्थ अवश्य करो, अलाभ होने पर उपवास करना।"

गुरु के चरणों में प्रणत होकर उनकी आज्ञा को ही सर्वस्व समझकर मुनि चन्द्रगुप्त दूसरे दिन चर्या-योग्य काल में आहार-मुद्रा बनाकर भिक्षा के लिए अटवी में चले गये। मुनि को एकान्त में अकेले विहरते देखकर एक वनदेवी (यक्षिणी) मुनिराज के ब्रह्मचर्य की परीक्षा के लिए उनके सामने आ गयी। उस देवी ने अपने हाथों की कलाइयों को सुन्दर कंगनों से सजाया और हाथों को रत्न जड़ित अँगूठियों से आभूषित किया। सुन्दर रूप को धारण करने वाली देवी रूप- सौन्दर्य से अलबेली स्त्री लग रही थी। उसने अपने हाथों में चारों प्रकार के आहार रख लिये और मुनिराज को दिखाया। उनसे आहार ग्रहण करने का आग्रह किया। लेकिन गुणवान्, आचारवान् मुनिराज ने अपने मन में विचार किया कि यह स्त्री शीलवान् नहीं लगती है और निर्लज्ज हो अकेली ही भोजन दिखा रही है। शास्त्राज्ञा के विरुद्ध आहार को देखकर

उन्होंने अपने पग वापस लौटाये और गुरु के समक्ष आकर कान्तार-चर्या के लिए गमन करते हुए जो देखा-सो कह दिया तथा अपने अलाभ का कारण निवेदित किया। गुरु ने कर्म-विपाक का विचार करके 'ओम् शान्ति' कहकर आशीष दिया तथा शिष्य के आचार विहित आचरण की प्रशंसा की। दूसरे दिन मुनि चन्द्रगुप्त ने पुनः कान्तार-चर्या के लिए जंगल में गमन किया। इस बार वह दूसरी दिशा में आहार की गवेषणा करने के लिए निकले। बहुत दूर तक चलने पर भी कहीं भी कोई भी घर, श्रावक आदि नहीं दिखा, जैसे ही उन्होंने वापस लौटने का मन बनाया तो उसी समय वहाँ एक बड़े शिला तल पर व्यवस्थित ढंग से बनी हुई रसोई दिखाई दी। उस रसोई में अनेक प्रकार के रस, व्यंजन, अन्न से बने सभी भोज्य पदार्थ थे। बिना मालिक की उस रसोई शाला को देखकर विचार किया और उस दिन अलाभ मानकर लौट आये। गुरु के आश्रम में आकर आज का घटित समस्त वृत्तान्त मुनि चन्द्रगुप्त ने कह दिया। गुरु ने कहा, "आपने बहुत उचित किया। कभी भी आचार मार्ग के विरुद्ध प्रवृत्ति नहीं करना, चाहे बिना भोजन के प्राण क्यों न निकल जाएँ। धैर्य धारण करो और कर्म- विपाक का चिन्तन करो।"

मुनि चन्द्रगुप्त लाभ-अलाभ में समान मनोभावों को बनाकर समता रस का पानकर प्रसन्न थे कि उनसे कोई अपराध नहीं हुआ और गुरुदेव उनसे प्रसन्न हैं, यही सबसे बड़ा आहार है। गुरुदेव को प्रणाम करके उपवास धारण करके वह आत्म-ध्यान में लीन हो गये।

तीसरे दिन गुरु के आदेश अनुसार मुनि चन्द्रगुप्त पुनः कान्तार-चर्या के लिए निकले। इस बार अन्य दिशा में गमन किया। कर्म-विपाक का चिन्तन करते चले जा रहे मुनिराज को आज भी कोई लाभ होने का अवसर नहीं दिखाई दे रहा था। लौटते समय एक स्त्री दिखाई दी। उसके पास में एक कुटिया बनी थी। अपने हाथों में एक जलयुक्त मिट्टी का घड़ा लेकर प्रतिग्रहण के लिए वह उद्यत थी। अत्र-अत्र! तिष्ठ-तिष्ठ! आदि का उच्चारण करके उसने मुनिराज को रोकना चाहा। मुनि चन्द्रगुप्त ने तत्काल विचार किया कि एकान्त कानन में अकेली स्त्री से आहार ग्रहण करना अनुचित होगा, भले ही वह आहार शुद्ध और शास्त्र कथित विधि से क्यों न दिया जाए। मुनि चन्द्रगुप्त वहाँ नहीं रुके और अलाभ मानकर गुरु-चरणों में आ गये। गुरु से आज का घटित वृत्तान्त कह दिया। गुरु ने शिष्य के धैर्य को सराहते हुए भव्य-भव्य

चन्द्रगिरि का विहंगम दृश्य

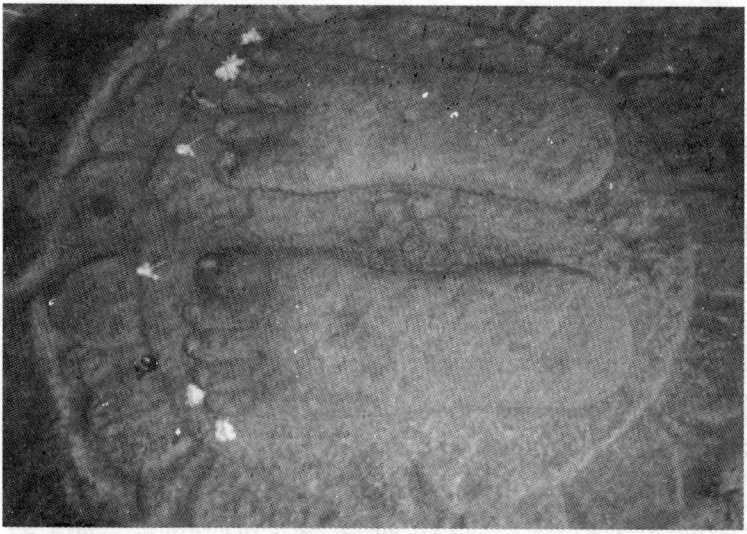

आचार्य भद्रबाहु स्वामी के चरण चिह्न

चन्द्रगिरि पर बनी गुफा जहाँ आचार्य भद्रबाहु के चरण चिह्न हैं

(बहुत अच्छा, बहुत अच्छा) कहा। गुरु ने सम्बोधित किया कि व्रतों का इस तरह निरतिचार पालन करने से असीम पुण्य की प्राप्ति होती है और जिनाज्ञा का निर्वहन होता है, गुरु-परम्परा अक्षुण्ण चलती है और सम्यक् चारित्र का प्रकाशन होता है। इसलिए व्रतों के सम्यक् परिपालन से अपनी आत्मा की शोभा बनाए रखना, क्योंकि शरीर तो नश्वर है। इस अलाभ को लाभ समझो कि शरीर से ममत्व हटाने का यह सुअवसर तुम्हें प्राप्त हुआ है। आत्मा के ज्ञानोपयोग को आत्मा में ही लगाओ, देह में नहीं, भोजन में नहीं, अन्य विकल्पों में भी नहीं। अपने ज्ञानोपयोग को ज्ञान स्वभाव आत्मा में लगाना ही शुद्धोपयोग है। श्रमण का प्रमुख भोजन इसी निर्विकल्प समाधि से उद्‌भूत निराकुल सुखामृत का रसपान करना है। देह के लिए क्वचित् विकल्प होना साधकतम है, अन्य विकल्प तो स्वात्म धर्म विराधक हैं।

गुरु के उपदेशामृत से अपने चित्त को निर्मल और आह्लादित रखने वाले चन्द्रगुप्त मुनि का मन किंचित् भी क्षुभित नहीं हुआ। सामायिक चारित्र की उत्कट भावना में लीन रहते हुए मुनिराज ने समत्व के बल से असंख्यात गुणी कर्म निर्जरा का लाभ निरन्तर किया। मुनिराज अगले दिन भिक्षा के निमित्त से गुरु चरणों को नमन करके पुनः एकान्त कानन में अन्य दिशा में निकले।

थोड़ी दूर चलने के बाद उन्हें एक नगर दिखाई दिया, जो गोपुर और प्राकारों से युक्त था। रमणीक चौपात और मणिनिर्मित जिनगृहों से सहित उस नगर की शोभा अद्‌भुत हो रही थी। उस नगर में प्रवेश करने के बाद जिनमन्दिर के पास कुछ श्रावक और श्राविका प्रतिग्रहण के लिए उद्यत दिखाई दिये। उन श्रावकों ने मुनिराज का प्रतिग्रहण किया। गृहप्रवेश कराया और विधिपूर्वक नवधा-भक्ति सहित आहार कराया। चर्या के उपरान्त मुनिराज ने गुरुदेव को नगर, जिनालय, श्रावक के बारे में कहा और आहार ग्रहण की सम्पन्नता को भी कह सुनाया। दान एवं पूजा विधि में संलग्न रहने वाले श्रावकगण से आज हमने निर्दोष आहार लिया है, ऐसा सुनकर श्रुतकेवली भद्रबाहु ने प्रसन्न होकर कहा, "हे भव्य! हे महानुभाव! हे व्रतसागर! अब मैं निश्चिन्त हो गया हूँ। तुम्हारी कान्तार-चर्या का व्रत पूर्ण हो गया।

अब हम लोग पास में एक पहाड़ी स्थान के लिए गमन करेंगे। श्रवणबेलगोल की सुरम्य पर्वतों पर बनी गुफाओं में मेरी सल्लेखना की पूर्णता होगी। वहाँ धर्मध्यानपूर्वक आराधना करने में आप और हम दोनों को

सुविधा होगी। मुनि चन्द्रगुप्त ने गुरु के साथ विहार किया और कुछ ही दिनों में श्रवणबेलगोल पर्वत पर पहुँच गये। वहीं पर एक गुफा में मुनि चन्द्रगुप्त ने गुरुदेव की निरन्तर सेवा साधना करते हुए कायक्लेश तप को दोनों मुनिराजों ने सहन किया। आत्मध्यान में निश्चल गुरु ने द्रव्य-श्रुत को भाव-श्रुत में परिणत किया। वह निश्चय से श्रुतकेवली बन गए और आत्म-धर्म में स्थिति से आत्मस्वभात्र में ही पूर्णतः स्थित हो गए। शरीर निश्चेष्ट हो गया और रत्नत्रय से सहित हो आत्मा ने स्वर्गलोक के लिए गमन कर दिया।

गुरु के वियोग में चन्द्रगुप्त मुनि नितान्त अकेले रह गये। गुरु के रत्नत्रय पवित्र कलेवर को उन्होंने एक शिलातल पर स्थापित कर दिया। इधर गुफा में आकर मुनिराज ने गुरु के चरणों को एक विशाल दीवाल पर उकेर दिया और उन्हीं चरणों का निरन्तर ध्यान करके वहीं स्थित रहे।

कुछ दिन उस गुफा में रहने के बाद चन्द्रगुप्त मुनि उसी जंगल में पहुँच गये जहाँ से वह गुरु के आदेश से कान्तार-चर्या के लिए जाते थे। उस एकान्त जंगल में रहना ही उन्हें अच्छा लगता था। "तीनों लोक में गुरु की विनय, भक्ति से बढ़कर सर्वोत्कृष्ट पदार्थ कुछ नहीं है।" इस वाक्य का जीवन्त उदाहरण मुनि चन्द्रगुप्त थे।

इधर भयंकर दुष्काल उत्तर भारत में छा गया। शनैः-शनैः स्थिति इतनी विकराल बन गयी कि श्रावकों ने लज्जा, विनय, संयम, दया सब कुछ छोड़ दिया और अपने उदरपूर्ति का ही एक लक्ष्य मात्र रह गया। श्रावकों की ऐसी स्थिति के होने पर वहाँ पर रुके हुए साधुओं को भी सम्यक् पथ से भ्रष्ट होने के लिए मजबूर होना पड़ा। भ्रष्टता इतनी अधिक बढ़ गयी कि साधु श्रावक के घर से माँगकर भोजन लाने लगे और दरवाजा बन्द करके उपाश्रय में बैठकर खाने लगे। अन्तराय, निर्दोष, भक्ष्य आहार आदि तथ्य तो अविवेक की आँधी में उड़ गये।

आचार्य भद्रबाहु ने जिन विशाखानन्दी आदि मुनियों को चोल देश की ओर विहार करने के लिए कहा था वह सभी मुनिगण बारह वर्ष के दुष्काल से अपने संयम की रक्षा करके जब लौटे तो वह भी उसी स्थान तक आ पहुँचे, जहाँ से उन्होंने अपने गुरु से विदाई ली थी। चन्द्रगुप्त मुनि उस समय उसी

कानन की गुफा में विराजमान थे।

मुनि चन्द्रगुप्त ने अपने गुरुभ्रात श्रमणराजों की वन्दना की, लेकिन किसी ने उनकी प्रतिवन्दना नहीं की। सभी का विचार था कि इस निर्जन वन में अकेले रहकर यह अपने व्रतों का निर्वाह कैसे कर सकता है? यहाँ पास में कोई ग्राम नहीं, श्रावक नहीं है, भोजन कन्दमूल, फल-फूल खाकर करता होगा तथा नदी-तालाब का पानी पी लेता होगा। मात्र गुरुभक्त बनकर रह रहा है, लेकिन महाव्रतों की रक्षा के बिना गुरुभक्ति का क्या अर्थ है?

ऐसा सोचते हुए सभी मुनिराज की रात्रि व्यतीत हुई और नव सूर्योदय हुआ। जब सभी मुनिराज सुबह गमन करने लगे तो चन्द्रगुप्त मुनि ने प्रणाम करके उनको रोका कि, "आप यहाँ से पारणा करके जाएँ, पास में एक नगर है, वहीं पर आहार करने के बाद आप प्रस्थान करें।"

सभी मुनिराज आश्चर्यचकित हुए कि क्या पास में कोई नगर भी हो सकता है? क्या इतने विशाल संघ का निर्दोष आहार हो सकता है? फिर भी चन्द्रगुप्त मुनि कह रहे हैं इसलिए चलकर देखना चाहिए।

सभी मुनिराज चन्द्रगुप्त के पीछे-पीछे आहार ग्रहण करने के लिए चल पड़े। आगे चलकर एक नगर दिखाई दिया। वहाँ बारह हजार ऋषिवरों का प्रतिग्रहण श्रावकों ने किया और निर्दोष रीति से विधिपूर्वक आहार-दान दिया। सभी के निरन्तराय आहार हुए और वापिस गुहा-वसति में लौट आये।

संघ के एक क्षुल्लक जी अपना कमण्डलु आहार के स्थान पर ही भूल आये थे। उस कमण्डलु को लेने के लिए जब वह क्षुल्लक जी उसी स्थान पर पहुँचे तो वह आश्चर्य-चकित रह गये।

अरे! यह क्या? यहाँ न तो नगर है, और न श्रावक बन्धु। जब चारों ओर दृष्टि दौड़ायी, तो एक वृक्ष की शाखा पर मधुर एवं पवित्र जल से भरे हुए उस कमण्डलु को झूलता हुआ देखा। क्षुल्लक जी ने कमण्डलु ले लिया और उसमें प्रासुक पानी देखकर बहुत विस्मय हुआ।

लौटकर क्षुल्लक जी ने सारा वृत्तान्त गुरु विशाखानन्दी से कहा कि—मैंने आज बड़ा आश्चर्य देखा है कि जहाँ हम लोगों ने आहार लिया वहाँ नगर, घर कुछ नहीं था और हम लोगों की क्षुधा-वेदना को दूर करने वाले वे श्रावक गण कहाँ गये, पता नहीं।

यह सुनकर मुनिश्रेष्ठ विशाखानन्दी ने उन मुनिराज चन्द्रगुप्त की निर्दोष

चर्या की प्रशंसा की। मुनि चन्द्रगुप्त के पुण्य की प्रशंसा और प्रभाव संघस्थ सभी लोगों को सुनाया। देखो! इन मुनिराज के प्रभाव से ही इस अटवी में भी नगर का निर्माण हुआ। सचमुच आप सच्चे यतीश्वर हैं। आपकी भक्ति अपने गुरु के प्रति भी सच्ची है और जिनवाणी के प्रति भी है। आपका महाव्रत पालन दुष्कर होकर भी निरतिचार है। निर्दोष व्रतधारी मुनिराज! हम लोगों ने आपको देखकर अन्यथा चिन्तन किया। आपके बढ़े हुए केश-समूह को देखकर आपको पथभ्रष्ट समझ लिया। हम अपने अन्यथा चिन्तन की निन्दा करते हैं। मेरा वह दुश्चिन्तन मिथ्या हो। सभी मुनियों ने मुनि चन्द्रगुप्त की वन्दना की और अपने दुरभिप्राय की क्षमा माँगी। गुरु विशाखानन्दी ने सभी को प्रत्यालोचना करने का प्रायश्चित्त दिया एवं स्वयं ग्रहण किया।

इसके बाद गुरु श्रेष्ठ विशाखानन्दी ने कहा कि देखो! अविरत-असंयत देवों द्वारा जो हमने आहार ग्रहण किया है वह भी प्रायश्चित्त योग्य है। गुरु ने स्वयं प्रायश्चित्त ग्रहण किया और सभी शिष्यों को भी वह प्रायश्चित्त देकर शुद्ध किया। इसके बाद आपस में वात्सल्य भाव से समस्त मुनिराज चन्द्रगुप्त मुनि के साथ स्वाध्याय करके और उन्हें वन्दना-प्रतिवन्दना करके विहार कर गये।

इधर मुनि चन्द्रगुप्त गुरु-चरणों का हृदय में ध्यान करते हुए सम्पूर्ण आस्रवों का संवर करके आत्मसाधना में लवलीन थे। उनके चित्त में संसार, भोग, शरीर की स्पृहता की कोई भी लहर उत्पन्न नहीं होती थी। वह गुरु के समाधि स्थल पर पहुँचकर चतुर्विध आराधना को भाव सहित भाते रहते थे। णमोकार मन्त्र के सद्ध्यान में दत्तचित्त रहने वाले मुनिराज ने उसी श्रवणबेलगोल पर्वत की गुफा में गुरु की तरह निस्पृहवृत्ति से चैतन्य चमत्कृत आत्मा को देह से पृथक् करने के लिए सल्लेखनामरण धारण किया। विशिष्ट कायक्लेश तप से निदान रहित होकर सम्यक्त्व की विशुद्धि को बढ़ाया। सतत अप्रमत्त भाव से मन को निर्भ्रान्त बनाए रखा और आयुकर्म की प्रत्येक कणिका को रत्नत्रय से कर्मनिर्जरा का साधन बनाकर सार्थक किया। श्रवणबेलगोल के कटवप्र पर्वत से इस पार्थिव देह का त्याग कर विशुद्ध परिणामों से समाधिमरण अंगीकार करके चन्द्रगुप्त मृत्युंजयी बन गये। सम्राट् चन्द्रगुप्त मुनि की समाधि के उपरान्त इस पर्वत का नाम 'चन्द्रगिरि' पर्वत पड़ गया।

इसी 'कटवप्र' पर्वत पर भद्रबाहु ऋषिराज ने अपने जीवन के अन्तिम

साधना काल को व्यतीत किया। इनके साथ ही अनेक ऋषिराज इस भूमि से सल्लेखना की पवित्र आराधना को साधते रहे इसलिए इस पर्वत का नाम 'ऋषिगिरि' भी है।

कन्नड़ भाषा में इसी को 'कलवप्पु' कहा जाता है। इसे पहले 'चिक्कवेट्ट' कहा जाता था जिसका अर्थ कन्नड़ में 'छोटा पर्वत' होता है। जब इस 'चिक्कवेट्ट' पर शनैः शनैः सहस्रों मुनियों ने समाधिमरण किया तो इसी को 'स्वर्गारोहण भूमि' के नाम से भी पुकारा जाने लगा। 'चिक्कवेट्ट' से 'कटवप्र' नाम इसीलिए पड़ा कि कन्नड़ में 'कट' का अर्थ काल या मरण होता है और 'वप्र' का अर्थ पर्वत होता है। इस तरह समाधिमरण का पर्वत कलवप्र और कलवप्प होते-होते 'कटवप्र' के नाम से ख्यात हुआ।

इस तरह यह पर्वत धीरे-धीरे तीर्थ के रूप में प्रसिद्ध हो गया और इसका नाम 'तीर्थगिरि' भी हो गया।

विश्व साम्राज्य का भोग करने के बाद आत्म-साम्राज्य को प्राप्त करने वाले वह अन्तिम मुकुटबद्ध राजा सदा जयवन्त हों।

गुरु-भक्ति के अनुपम उदाहरण मुनि चन्द्रगुप्त जयवन्त हों।

निर्दोष श्रामण्य को धारण करने वाले मोक्षाभिलाषी मुनि चन्द्रगुप्त सदैव श्रमणों के लिए प्रेरणास्पद हों।

उत्कृष्ट चारित्र निधि को धारण करने वाले श्रुतकेवली के प्रमुख शिष्य चन्द्रगुप्त यति सर्व यतियों के रक्षक हों।

मौर्य साम्राज्य के श्रेष्ठ शासक आत्मानुशासक मुनि चन्द्रगुप्त इतिहास में सदैव 'प्रणम्य' हों।

❑❑

परिशिष्ट : 1

शिलालेखों में चन्द्रगुप्त

■ श्रवणबेलगोल का शिलालेख क्रमांक 34 (शक सं. 572 का) आधुनिक भारत के प्रथम सम्राट्, चन्द्रगुप्त मौर्य अपने पूज्यपाद गुरु श्रुतकेवली भद्रबाहु के शिष्य के रूप में यहाँ श्रवणबेलगोल आये और तपस्या करते हुए गुरु-शिष्य ने यहीं एक पहाड़ी पर समाधिमरण किया।

सम्राट्-चन्द्रगुप्त के ही नाम से प्रसिद्ध 'चन्द्रगिरि पहाड़ी' पर अंकित शिलालेख, जो लगभग छठी शताब्दी में उत्कीर्ण किया गया था, अर्थात् भगवान् बाहुबली की चामुण्डराय कृत मूर्ति की प्रतिष्ठा से लगभग चार सौ वर्ष पूर्व, उस शिलालेख में उनकी जीवन गाथा का ऐतिहासिक प्रमाण उपलब्ध है। देखिए—

भद्रबाहु सचन्द्रगुप्तमुनीचन्द्रयुगमदिनोप्पेवल्।
भद्रमागिद धर्म्ममन्दु वलिक्केवन्दिनिसल्कलो॥
विद्रुमाधर शान्तिसेन - मुनीशनाक्किएवेल्गोल।
अद्रिमेलशनादि विट्ट पुनर्भवक्केरे आगि...॥

अर्थात् जो जैनधर्म भद्रबाहु और चन्द्रगुप्त मुनीन्द्र के तेज से भारी समृद्धि को प्राप्त हुआ था, उसके किंचित् क्षीण हो जाने पर शान्तिसेन मुनि ने उसे पुनःस्थापित किया। इन मुनियों ने बेलगोल पर्वत पर अशन आदि का त्याग कर पुनर्जन्म को जीत लिया।

■ पार्श्वनाथ बसदि के एक स्तम्भ पर लेख क्रमांक 77 भी दर्शनीय है—

वर्ण्न्यः कथन्नु महिमा भण भद्रबाहो-
र्म्मोहोरु -मल्ल-मद-मर्द्दन-वृत्तबाहोः।
यच्छिष्यताप्तसुकृतेन स चन्द्रगुप्त-
श्शुश्रूष्यतेस्म सुचिरं वनदेवताभिः॥

अर्थात् उन महान् भद्रबाहु की महिमा का वर्णन किस प्रकार किया जा सकता है, जिनकी भुजाएँ मोहरूपी मल्ल के मद का मर्दन करने के कारण बलिष्ठ हो गयी हैं, जिनका शिष्य बनने के कारण चन्द्रगुप्त की इतनी पुण्य महिमा हुई कि वनदेवता उसकी सेवा सुश्रुषा करने लगे ।

■ लेख क्रमांक 364 (ई. सन् 1432) में विन्ध्यगिरि पर्वत पर स्थित सिद्धर-बसदि के स्तम्भ पर श्रुतकेवली भद्रबाहु स्वामी और चन्द्रगुप्त का उल्लेख है—

यो भद्रबाहुः श्रुतकेवलीनां मुनीश्वराणामिह पश्चिमोऽपि।
अपश्चिमोऽभूद् विदुषां विनेता सर्व्वश्रुतार्थप्रतिपादनेन॥
तदीय शिष्योऽजनि चन्द्रगुप्तः समग्रशीलानतदेववृद्धः।
विवेश यत्तीव्रतपःप्रभाव-प्रभूत-कीर्त्तिर्भुवनान्तराणि॥

अर्थात् जो भद्रबाहु श्रुतकेवली मुनीश्वरों की परम्परा में अन्तिम होकर भी उत्कृष्ट हुए हैं और समस्त श्रुतार्थ का प्रतिपादन करने से विद्वानों में अग्रणी हुए हैं, उन्हीं के शिष्य चन्द्रगुप्त हुए हैं, जो समग्रशील के कारण प्रणत देवों से वृद्धिंगत हुए तथा जिनके तीव्र तप का प्रभाव बहुत कीर्ति के साथ सारे लोक में फैल गया।

■ लेख क्रमांक 71 (ई. सन् 1163) में भद्रबाहु को श्रुतकेवली कहा गया है और चन्द्रगुप्त को उनका शिष्य—

(श्री) भद्रस्सर्व्वतो यो हि भद्रबाहुरिति श्रुतः
श्रुतकेवलि नाथेषु चरमपरमो मुनिः।
चन्द्रप्रकाशोज्वल -सान्द्र-कीर्तिः
श्री चन्द्रगुप्तोऽजनि तस्य शिष्यः॥

अर्थात् श्रुतकेवली मुनियों में चरमोत्कृष्ट मुनि 'भद्रबाहु' इस नाम से सुना है जो सभी के कल्याणप्रद हैं। चन्द्रमा के प्रकाश से उज्ज्वल घनी कीर्ति को धारण करने वाले उनके शिष्य चन्द्रगुप्त हुए हैं।

■ कावेरी के किनारे श्री रंगपेन के ई. सन् 900 के लगभग दो शिलालेखों में चन्द्रगिरि नामक पहाड़ी की चोटी का वर्णन आया है। उसमें कहा गया है कि कलवप्पु शिखर (चन्द्रगिरि) पर महामुनि भद्रबाहु और चन्द्रगुप्त के चरणचिह्न हैं।

■ इस प्रकार हम देखते हैं कि भद्रबाहु और चन्द्रगुप्त 'चिक्कबेट्ट' की गुफा में श्रवणबेलगोल में रहे थे और उन्होंने अपना जीवन स्वयं त्याग दिया था अर्थात् समाधिमरण किया था।

■ **'जिनशासनायानवरत-भद्रबाहु-चन्द्रगुप्त-मुनिपतिचरण-मुद्रांकित-विशालवी....।'** (क्र. /१६२)

इस शिलालेख में लिखा है कि चन्द्रगिरि पहाड़ी पर मुनिपति भद्रबाहु और चन्द्रगुप्त के चरण चिह्न अंकित किये गये हैं।

('सम्राट् सिकन्दर और कल्याण मुनि'-आ. विद्यानन्द मुनि, पृ. १५)

सम्राट चन्द्रगुप्त के जीवन सम्बन्धी कुछ फलक चित्र

उज्जयिनी के सम्राट् चन्द्रगुप्त

उज्जयिनी नगरी के नागरिक (शिल्प कला)

सम्राट् चन्द्रगुप्त आचार्य भद्रबाहु स्वामी की आगवानी करते हुए

सम्राट् चन्द्रगुप्त सम्राज्ञी के साथ आचार्य भद्रबाहु को प्रणाम करते हुए

उपदेश देते हुए आचार्य भद्रबाहु स्वामी

आचार्य भद्रबाहु स्वामी को आहार देते हुए सम्राट् चन्द्रगुप्त

सम्राट् चन्द्रगुप्त ने आचार्य भद्रबाहु को अपना गुरु बनाया

सम्राट् चन्द्रगुप्त ने रात्रि के अन्तिम प्रहर में 16 स्वप्न देखे

स्वप्न के बारे में ज्योतिषियों से परामर्श करते हुए सम्राट् चन्द्रगुप्त

समाधान पाने के लिए आचार्य भद्रबाहु के पास जाते हुए सम्राट् चन्द्रगुप्त

स्वप्नों का समाधान करते हुए आचार्य भद्रबाहु स्वामी

सम्राट् चन्द्रगुप्त विरक्त होकर पुत्र का राज्याभिषेक कराते हुए

महारानी और सेवकों को समझाते हुए वैरागी चन्द्रगुप्त

आचार्य के समक्ष केशलोंच करते हुए चन्द्रगुप्त

ध्यानमग्न मुनि चन्द्रगुप्त

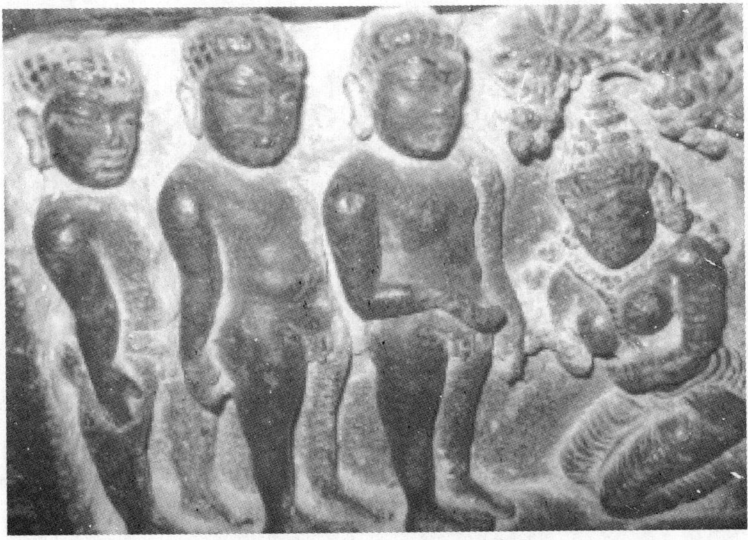

मुनिसंघ की सेवा में उपस्थित वनदेवी

आचार्य की उपस्थिति में कायोत्सर्ग लगाते मुनि चन्द्रगुप्त

आचार्य भद्रबाहु स्वामी ने संघ को शिशु की बात सुनायी

श्रेष्ठियों द्वारा आचार्य भद्रबाहु स्वामी को रोकने का निवेदन

आचार्य भद्रबाहु स्वामी का ससंघ दक्षिणापथ की ओर विहार

परिशिष्ट : 2

श्रवणबेलगोल के पाषाण फलकों में उत्कीर्ण सम्राट् चन्द्रगुप्त का इतिहास

श्रवणबेलगोल के चन्द्रगिरि पर्वत पर स्थित चन्द्रगुप्त बसदि (मन्दिर) के पाषाण फलकों पर चन्द्रगुप्त-भद्रबाहु की कथा मूर्ति-चित्रों के रूप में उत्कीर्ण है। वह कथा श्रुतकेवली गोवर्धनाचार्य से प्रारम्भ होती है। फलक 1 से 41 तक गोवर्धनाचार्य और उन्हीं के शिष्यत्व को प्राप्त करने वाले भद्रबाहु मुनि का जीवन-वृत्तान्त अंकित है। उसका विवरण यहाँ प्रासंगिक न होने के कारण नहीं लिया है। उसके आगे का वर्णन इस प्रकार है—(घटना से सम्बन्धित फलक का क्रमांक कोष्ठक में दिया गया है।)

विहार करते हुए आचार्य भद्रबाहु एक दिन उज्जयिनी पहुँचे और वहाँ एक उद्यान में ठहर गये। भद्रबाहु को यह देखकर आश्चर्य हुआ कि वहाँ उद्यान में एक कोटपाल लेटा हुआ है और आने-जाने वालों पर दृष्टि रख रहा है (42)। राजाज्ञा थी कि कोटपाल वहाँ से विचरने वाले गुप्तचरों से सावधान रहे (43)। कोटपाल ने भद्रबाहु को गुप्तचर समझकर अपने नियन्त्रण में ले लिया (44)। भद्रबाहु उपसर्ग के कारण ध्यानस्थ हो गये। देवी पद्मावती के प्रभाव के कारण कोटपाल वहाँ से अदृश्य हो गया (45)। कोटपाल को इस प्रकार विलुप्त देखकर वहाँ आए हुए अनुचरों को आश्चर्य और आतंक हुआ। वे राजदरबार में पहुँचे (46)। सम्राट् चन्द्रगुप्त उस समय उज्जयिनी के महाराज थे। जिसने भी यह समाचार सुना वह विस्मय में पड़ गया (47)। इतने में उद्यान में अन्य राज्यसेवक भी आ पहुँचे और उन्होंने प्रहरियों से प्रार्थना की कि उनको तत्काल सम्राट् के समीप पहुँचा दिया जाये ताकि वे स्वयं भी आगे के समाचार दे सकें (48)। उज्जयिनी समृद्ध नगरी थी। नागरिकों का जीवन बहुत सुखी और शान्त था। वहाँ का व्यापार और शिल्प उन्नति पर थे (49)। चन्द्रगुप्त सम्राज्ञी के साथ अपने राजपुरुषों और सेवकों के दल सहित आचार्य भद्रबाहु का स्वागत करने के लिए आगे बढ़े

0)। सब गुरुओं को प्रणाम किया। सेवक भी भक्तिपूर्वक विनम्र और ानन्दित हुए (51)। भद्रबाहु ने सबको धर्मलाभ दिया (52)। सम्राट् चन्द्रगुप्त ार महारानी ने मुनिसंघ से आहार ग्रहण करने के लिए निवेदन किया (53)। न्द्रगुप्त ने राजपुरुषों को साथ ले मुनियों को आहार दिया (54)। इसी अवसर : वहाँ एक अन्य मुनिसंघ आ पहुँचा और दोनों संघों का मिलन हुआ (55)। वकों सहित चन्द्रगुप्त और सम्राज्ञी ने आचार्य भद्रबाहु के चरणों की अर्चना की 6)। सम्राट् चन्द्रगुप्त भद्रबाहु की तपस्या और उनके ज्ञान से इतने प्रभावित हुए क उन्होंने भद्रबाहु को अपना गुरु मान लिया।

एक दिन आचार्य भद्रबाहु आहार के लिए निकले और जब एक भवन के र में प्रवेश किया तो उन्होंने एक शिशु को चिल्लाते हुए सुना—'जाओ, जाओ'। ाचार्य भद्रबाहु ने निमित्तज्ञान से जान लिया कि बालक की बात का अर्थ है कि हें यह क्षेत्र छोड़ देना चाहिए। उन्होंने सोचा, जब यह बालक बोल ही रहा है तो ससे प्रश्न भी किया जा सकता है। प्रश्न का उत्तर मिला—बारह वर्ष, और ाचार्य भद्रबाहु के निमित्तज्ञान में अर्थ स्पष्ट हुआ कि बारह वर्ष का भीषण काल पड़ने वाला है। और वे निराहार लौट गये।

निमित्तज्ञान के इस निष्कर्ष के साथ जुड़ी है एक अन्य घटना, जिसने भद्रबाहु इस निर्णय की सम्पुष्टि की। यह घटना भी पाषाण फलकों में 'चन्द्रगुप्त बसदि' उत्कीर्ण है।

एक रात चन्द्रगुप्त ने सोलह स्वप्न देखे। जो इस प्रकार हैं —

1. सूर्यास्त
2. कल्पवृक्ष की शाखा का टूटना
3. चन्द्रमा का उदय, जिसमें छलनी की तरह छेद थे
4. भयंकर सर्प, जिसके बारह फण थे
5. देवताओं का विमान, जो नीचे उतरकर वापस चला गया
6. मलिन स्थान में उत्पन्न कमल
7. भूतप्रेतों का नृत्य
8. जुगनुओं का प्रकाश
9. जलरहित सरोवर, किन्तु कहीं-कहीं थोड़ा-सा जल
10. सोने की थाली में खीर खाता हुआ कुत्ता
11. ऊँचे हाथी पर बैठा बन्दर
12. तट की मर्यादा भंग करता समुद्र
13. रथ को खींचते हुए बछड़े
14. ऊँट पर सवार राजपुत्र
15. धूलि से आच्छादित रत्नराशि
16. काले हाथियों का युद्ध (फलक 57)।

इन सोलह स्वप्नों के अभिप्राय के सम्बन्ध में सम्राट् चन्द्रगुप्त ने अपनी महारानी से, ज्योतिषियों और मन्त्रियों से परामर्श किया (58)। अभिप्राय के सम्बन्ध में आश्वस्त होने के लिए वे आचार्य भद्रबाहु के पास गये (59)। स्वप्नों की बात सम्राट् के सेवकों को मालूम हुई। वे सम्राट् के अश्व के पास बैठे उत्सुकता से प्रतीक्षा करने लगे (60)।

सम्राट् चन्द्रगुप्त ने जाकर आचार्य भद्रबाहु को प्रणाम किया। अपने स्वप्न सुनाये और प्रार्थना की कि इन स्वप्नों का फल बताने की कृपा करें। आचार्य भद्रबाहु बोले—ये स्वप्न अच्छे नहीं हैं। ये सूचित करते हैं कि भविष्य खोटा होगा। किन्तु इसी स्थिति का चिन्तन अच्छे पुरुषों में वैराग्य उत्पन्न करेगा। स्वप्नों का फल क्रम से इस प्रकार है —

1. डूबते हुए सूर्य का अर्थ है कि पंचम काल में श्रुतज्ञान अस्त होता चला जाएगा।
2. कल्पवृक्ष की शाखा टूटने का अर्थ है कि आगे से राजपुरुष संयम को ग्रहण नहीं करेंगे।

3. चन्द्रमण्डल में अनेक छेदों का अर्थ है कि धर्म के शुद्ध मार्ग को दूसरे वादी-प्रतिवादी छिन्न-विच्छिन्न करने लगेंगे।
4. बारह फण वाले सर्प का अर्थ है कि बारह वर्ष तक भयंकर दुर्भिक्ष पड़ेगा।
5. वापस लौटते हुए विमान का अर्थ है कि पंचम काल में देवता, विद्याधर और चारणऋद्धिधारी-मुनि पृथ्वी पर नहीं आएँगे।
6. कमल दूषित स्थान में खिला है, इसका अर्थ है कि उत्तम कुल के लोग अधर्म को अपनाएँगे।
7. भूतों के नृत्य का अर्थ है कि लोगों के मन पर भूत-प्रेतों की और अनिष्ट की छाया रहेगी।
8. जुगनुओं के चमकने का अर्थ है कि धर्म के प्रकाश से रहित व्यक्ति ही उपदेशक होंगे।
9. सूखे, किन्तु कहीं-कहीं जल सहित सरोवर का अर्थ है कि भगवान् की वाणी का तीर्थ प्राय: सूख जाएगा, फिर भी कहीं-कहीं धर्म का अस्तित्व दिखाई देगा।
10. सोने की थाली में खीर खाते हुए कुत्ते का अर्थ है कि नीच वृत्ति के पुरुष लक्ष्मी का उपभोग करेंगे, मनस्वी पुरुषों को वह प्राप्त नहीं होगी।
11. ऊँचे हाथी पर बैठे हुए बन्दर का अर्थ है कि राजशासन ऐसे लोगों के हाथ में आएगा जो चंचल मति के होंगे।
12. समुद्र मर्यादा का उल्लंघन कर रहा है। इसका अर्थ है कि शासक प्रजा की लक्ष्मी का हरण करेंगे और न्यायमार्ग का उल्लंघन करेंगे।
13. रथ को वहन करने वाले बछड़ों का अर्थ है कि यौवन की अवस्था में लोग संयम ग्रहण करने की शक्ति रखेंगे, किन्तु वृद्धावस्था में यह शक्ति क्षीण हो जाएगी।
14. ऊँट पर चढ़े हुए राजपुत्र का अर्थ है कि राजा लोग निर्मल धर्म छोड़कर ऊटपटांग हिंसा का मार्ग अपनाएँगे।
15. धूल में आच्छादित रत्नराशि का अर्थ है कि निर्ग्रन्थ साधु भी एक दूसरे की निन्दा करने लगेंगे।
16. काले हाथियों का युद्ध यह व्यक्त करता है कि मेघ आशानुकूल वर्षा नहीं करेंगे। (61)

स्वप्नों की यह अशुभ एवं दुःखद भविष्यवाणी सुनकर सम्राट् चन्द्रगुप्त

अत्यन्त चिन्तित होते हुए राजप्रासाद लौट आये (62)। चन्द्रगुप्त ने विरक्त होक राजपाट त्यागने का निश्चय किया। इस समाचार से महारानी दुःखी हुई, राजपुर उदास हुए। सब ने सम्राट् से प्रार्थना की कि वे राजपाट न छोड़ें, किन्तु सम्राट् अप निश्चय पर दृढ़ रहे। उन्होंने महारानी और सेवकों का समाधान करने का प्रयत्न कि (63)। अन्त में चन्द्रगुप्त ने आचार्य भद्रबाहु से दीक्षा ले ली। कुछ महिलाओं ने दीक्षा ली और केशलोंच किया (64-65)। चन्द्रगुप्त ने मुनिसंघ में सम्मिलि होकर (66) मुनियों के साथ वन-प्रान्तरों में आत्मध्यान का अभ्यास कि (67)। मुनिसंघ के शील स्वभाव से प्रभावित होकर वनदेवी संघ की सेवा उपस्थित हुई और अपना प्रणाम निवेदन किया (68)। मुनि चन्द्रगुप्त का ध्या अभ्यास बढ़ता गया और वे आचार्य की उपस्थिति में कायोत्सर्ग मुद्रा के अभ्यस्त गये (69)। संघ के अन्य मुनियों के साथ वे ध्यान मग्न रहते (70) और सुदूर व के एकान्त में भी एकाकी ध्यानस्थ होते (71)। उनके आसपास वन-पशु निर्भ विचरण करते (72)। चन्द्रगुप्त मुनि जहाँ-जहाँ विहार करते, वनदेवता उनकी सेव में उपस्थित रहते (73)। चन्द्रगुप्त को आचार्य भद्रबाहु ने उस शिशु की कथा सुनायी, जिसने उनसे 'जाओ,जाओ' कहकर और बारह की संख्या का संकेत देक बारह वर्ष के अकाल की चेतावनी दी थी (74-76) ।

आचार्य भद्रबाहु निर्णय कर चुके थे कि दुष्काल में संघ की रक्षा के लिए धर्म के प्रचार के लिए और चरित्र को अक्षुण्ण रखने के लिए दक्षिण जान आवश्यक है। अन्त में एक दिन प्रस्थान की घोषणा हो गयी (77)।

आचार्य भद्रबाहु का यह अभिप्राय जानकर अनेक राज-महिलाएँ (78 एवं समृद्ध श्रेष्ठी एकत्रित हुए और उनसे निवेदन किया कि वे यह प्रदेश छोड़क न जाएँ, यहीं ठहरें (79)। उत्तरा पथ में रह जाने वाले मुनियों ने भी ऐसी ह प्रार्थना की (80)। जब भद्रबाहु ने स्वीकृति नहीं दी तो भक्तों ने अन्य मुनियों र ठहरने का निवेदन किया। सबने कहा—हमारे पास धन-धान्य की कमी नहीं है आप यहीं निश्चिन्त होकर ठहरें। किसी प्रकार का कष्ट नहीं होगा (81) आचार्य भद्रबाहु का निर्णय सुनकर श्रावक चिन्ता-मग्न हुए (82)। आहार के उपरान्त (83), मुनिसंघ के विहार से पहले आचार्य भद्रबाहु ध्यानमग्न हु (84)। संघ ने प्रस्थान किया (85)। आचार्य ने पुनः धर्मोपदेश दिया (86) राजपुरुषों, श्रेष्ठियों आदि ने आचार्य संघ को श्रद्धापूर्वक विदाई दी तथा धर्म-मंगल की कामना की (87-90)।

परिशिष्ट : 3

इतिहासज्ञों की दृष्टि में चन्द्रगुप्त

■ मैगस्थनीज नामक यूनानी राजदूत ने, जो कि चन्द्रगुप्त के दरबार में रहता था, चन्द्रगुप्त के शासन प्रबन्ध की बड़ी प्रशंसा की है। चन्द्रगुप्त ने 24 वर्ष पर्यन्त नीति न्यायपूर्वक राज्य शासन किया।

यूनानी राजपूत मेगस्थनीज कहते हैं कि चन्द्रगुप्त श्रमण भक्त थे।

The Chandragupt was a member of the Jain Community is taken by their writers as a matter of course, and treated as a known fact, which needed neither argument nor demonstration. The documentary evidence to this effect is of comparatively early date, and apparently, absolved from all suspicion... The testimony of Magasthnese would like wise seem to imply that Chandragupta submitted to the devotional teaching of the Sramanas as opposed to the doctrines of the Brahmanas.

(Strabo XV. P.60) JRA Vol . IX P.P. 175-176.

अर्थात्—चन्द्रगुप्त जैन समुदाय के एक व्यक्ति थे। लेखकों ने इस बात को अब वास्तविकता के रूप में स्वीकारा है और उसे वास्तविक तथ्य की तरह समझा है। इसके बाद अब किसी तर्क और प्रदर्शन की आवश्यकता नहीं रह जाती है। इस बात के प्रामाणिक दस्तावेज तुलनात्मक रूप से प्राचीन समय के हैं और स्पष्ट रूप से सभी सन्देहों को दूर कर देते हैं। मैगस्थनीज के साक्ष्य इसी तरह के तथ्य दिखाते हैं कि चन्द्रगुप्त श्रमणों की भक्तिगत शिक्षा के प्रति पूर्णरूप से समर्पित थे और ब्राह्मणों के सिद्धान्तों के विरुद्ध थे।

■ के. पी. जायसवाल ने लिखा है—

The Jain books (5th cen. A.C.) and later Jain inscriptions show Jain Chandragupta as a Jain Imperial ascetic. My studies have compelled me to respect the historical data of Jain writings and see no reason why we should not accept the Jain claim that Chandragupta at the end of his reign accepted Jainism and abdicated and died as Jain ascetic. I am not the first to accept the view. Mr. Rice, who has studied the Jain inscriptions of Sravanbelgola thoroughly, gave verdict in favour of it and Mr. V. Smith has also leaned towards it ultimately.

J.B.O.R.S., Vol- VIII

अर्थ—'पाँचवीं सदी के जैन ग्रन्थ एवं पश्चाद्वर्ती जैन शिलालेख यह प्रमाणित करते हैं कि चन्द्रगुप्त जैन सम्राट् था, जिसने मुनिराज का पद अंगीकार किया था। मेरे अध्ययन ने जैन शास्त्रों की ऐतिहासिक बात को स्वीकार करने को मुझे बाध्य किया है। कोई कारण नहीं है कि हम जैनियों के इस कथन को, कि चन्द्रगुप्त अपने राज्य के अन्तिम दिनों में जैन हो गया था और पीछे राज्य छोड़कर जिन-दीक्षा लेकर मुनिवृत्ति से मरण को प्राप्त हुआ, न मानें। ऐसा मानने वाला मैं पहला ही व्यक्ति यह मानने वाला नहीं हूँ। मि. राईस से अपनी सम्मति इसी के शिलालेखों का अध्ययन किया है, पूर्ण रूप से अपनी सम्मति इसी पक्ष में दी है और मि. व्हि. स्मिथ भी अन्त में इसी मत की ओर झुके हैं।

—जर्नल ऑफ दि बिहार उड़ीसा रिसर्च सोसायटी, वॉल्यूम-XIII

चन्द्रगुप्त ने राज्य त्याग दिया था और वह श्रवणबेलगोल में जैन साधु होकर मरे, इस बात का समर्थन डॉ. वी. ए. स्मिथ ने अपने 'भारत का प्राचीन इतिहास' नामक ग्रन्थ के प्रथम संस्करण में किया था। चन्द्रगुप्त की मृत्यु का उल्लेख करते हुए मि. स्मिथ कहते हैं कि—चन्द्रगुप्त छोटी अवस्था में राजसिंहासन पर बैठ गया था और चूँकि उसने केवल चौबीस वर्ष राज्य किया। अत: 50 वर्ष की अवस्था से पूर्व अवश्य ही उसका मरण हो जाना चाहिए। इस प्रकार उसकी मृत्यु के समय के विषय में अनिश्चितता का वातावरण है। इतिहासज्ञ हमें यह नहीं बतलाते कि वह कैसे मरा? यदि वह युद्धस्थल में मरा होता या अपने जीवन के सुदिनों में मरा होता तो इस घटना का उल्लेख होता। लेविस राईस के द्वारा खोज निकाले गए श्रवणबेलगोल के शिलालेखों को अविश्वसनीय मानना जैनों की समस्त परम्परा और उल्लेखों को अविश्वसनीय मानना है। एक इतिहासज्ञ के लिए इतनी दूर जाना बहुत अधिक आपत्तिजनक है। ऐसी स्थिति में लेविस राईस के साथ यदि हम यह विश्वास करें कि चन्द्रगुप्त जैन व्रतों को धारण करके महान् भद्रबाहु के साथ चन्द्रगिरि पर्वत पर चला गया था तो क्या हम गलती पर हैं?

अपनी पुस्तक के दूसरे संस्करण में स्मिथ ने अपने उक्त मत में परिवर्तन कर दिया था।

किन्तु तीसरे संस्करण में अपनी भूल स्वीकार करते हुए उन्होंने लिखा—

"I am now disposed to believe that the tradition is probably true in its main outline and that Chandragupta really abdicated and became Jain ascetic."

—V. Smith - History of India, P. 146

अर्थ—मुझे अब विश्वास हो गया है कि यह परम्परा में यथार्थ है कि चन्द्रगुप्त राज्य त्याग कर जैन मुनि हो गये थे।

■ मि. थॉमस जैसे प्रसिद्ध विद्वान ने लिखा है कि—

चन्द्रगुप्त जैन थे। (जर्नल ऑफ दि रियल सीरीज, लेख 8, जैनधर्म अथवा अशोक का पूर्व धर्म)

■ "जैनधर्म की प्राचीनता के बारे में ऐसा भी कहा जाता है कि दक्षिण भारत में श्रुतकेवली भद्रबाहु अपने शिष्य चन्द्रगुप्त मौर्य को और अनेक जैन साधुओं को साथ लेकर सबसे पहले ईसा पूर्व २९८ में पहुँचे थे।'

—उड़ीसा में जैनधर्म, डॉ. लक्ष्मीनारायण साहू, पृ. २३

■ चन्द्रगुप्त के जैन धर्मानुयायी होने के विषय में इतिहासवेत्ता राईस डेविड्स का निम्न कथन पठनीय है—

"चूँकि चन्द्रगुप्त जैन धर्मानुयायी हो गया था, इसी कारण जैनेतरों द्वारा वह अगली दस (10) शताब्दियों तक इतिहास में उपेक्षित ही बना रहा।"

देखें - बुद्धिष्ट इण्डिया, पृ. 164

■ प्राक्तन विमर्शविचक्षण रायबहादुर श्री नरसिंहाचार्य का अभिमत है कि—

"The hill which contains the foot-prints of his (Chandragupt's) preceptor is called Chandra Giri after his name and on it stands a magnificient temple called Chandra Basti with its carved and decorated walls, portraying scenes from the life of the great emperor. He was a true hero and attained the heaven from that hill in the Jain manner of Sallekhana.

अर्थात् 'चन्द्रगुप्त एक सच्चे वीर थे और उन्होंने जैन शास्त्रानुसार सल्लेखना कर चन्द्रगिरि पर्वत से स्वर्ग लाभ किया।' वे यह भी लिखते हैं कि 'श्रवणबेलगोल के चन्द्रबसदि नाम के चन्द्रगिरि पर अवस्थित मन्दिर की दीवालों में सम्राट्

चन्द्रगुप्त के जीवन को अंकित करने वाले चित्र हैं।'

■ 'भारत सीमान्त से विदेशी सत्ता को सर्वथा पराजित करके भारतीयता की रक्षा करने वाले सम्राट् चन्द्रगुप्त ने जैन आचार्य श्री भद्रबाहु स्वामी से दीक्षा ग्रहण की थी। उनके पुत्र बिम्बसार थे। सम्राट अशोक उनके पौत्र थे। कुछ दिन जैन रहकर अशोक पीछे बौद्ध हो गये थे'

कल्याण, मासिक पत्र 1950, पृष्ठ 864

■ अशोक मौर्य सम्राट् का पौत्र था। चन्द्रगुप्त जैन ही नहीं था, किन्तु उसने जिन-दीक्षा भी धारण की थी, जिसे ऐतिहासिक विद्वान् निःसंकोच मानते हैं। चन्द्रगुप्त मौर्य जैन था तो उसका पोता भी जैन ही था। कुछ ऐतिहासिक लोगों का मत है कि अशोक पहले जैन अवश्य था, परन्तु पीछे बौद्ध हो गया था।

पं. इन्द्रलाल शास्त्री, जयपुर

■ कुछ इतिहासकारों का मत है कि सैल्यूकस जब चन्द्रगुप्त से युद्ध में हार गया, तब उसने अपनी सुन्दरी युवती कन्या हेलना का विवाह चन्द्रगुप्त के साथ कर दिया और काबुल, कन्धार का प्रदेश चन्द्रगुप्त को देकर उससे सन्धि कर ली। सेल्यूकस का राजदूत मेगस्थनीज चन्द्रगुप्त की राजसभा में रहता था। मेगस्थनीज ने अपनी पुस्तक 'द इण्डिका' में उस समय के मौर्य सम्राट् चन्द्रगुप्त के सुसंगठित शासन का सुन्दर वर्णन किया है।

सम्राट सिकन्दर और कल्याण मुनि

लेखक - आचार्य विद्यानन्द मुनि

श्री वीर निर्वाण ग्रन्थ प्रकाशन समिति, इन्दौर, 1991

परिशिष्ट

जैन शास्त्रों में चन्द्रगुप्त

चन्द्रगुप्त कथानक सार

■ ईसा की चतुर्थ शताब्दी के आचार्य यतिवृषभदेव ने अपने 'तिलोयपण्णत्ति' ग्रन्थ में निम्न गाथा चन्द्रगुप्त के सम्बन्ध में लिखी है –

मउडधरेसुं चरिमो जिणदिक्खं धरदि चंदगुत्तो य ।
तत्तो मउडधरा दु प्पव्वज्जं णेव गेण्हंति ॥ (ति.प. 4/1493)

अर्थ—मुकुटधर राजाओं में अन्तिम चन्द्रगुप्त ने जिनदीक्षा धारण की। इसके पश्चात् मुकुटधारी प्रव्रज्या को ग्रहण नहीं करते।

■ इसके बाद आचार्य हरिषेण ने सन् 931–32 ई. में 'बृहत्कथाकोश' में कथा सं. 131 में चन्द्रगुप्त का उल्लेख भद्रबाहु के साथ कुछ इस तरह किया है—

चतुर्विधेन संघेन महता परिवारितः ।
इदं वनं परिप्राप भद्रबाहुर्महामुनिः ॥25 ॥
तत्काले तत्पुरि श्रीमांश्चन्द्रगुप्तो नराधिपः ।
सम्यग्दर्शनसम्पन्नो बभूव श्रावको महान् ॥26 ॥
कनत्कनकसद्वर्णा विद्युत्पुञ्जसमप्रभा ।
अभवत् तन्महादेवी सुप्रभा नाम विश्रुता ॥27 ॥
अन्यदाऽनुक्रमेणायं भिक्षार्थं गृहतो गृहम् ।
भद्रबाहुर्महायोगी विवेश स्थिरमानसः ॥28 ॥
गत्या मन्थरगामिन्या प्रविष्टो यत्र मन्दिरे ।
भद्रबाहुमुनिस्तत्र जनः कोऽपि न विद्यते ॥29 ॥
केवलं विद्यते तत्र चोलिकान्तर्गतः शिशुः ।
तेनोदितो मुनिः क्षिप्रं गच्छ त्वं भगवन्नितः ॥30 ॥

श्रुत्वा शिशूदितं तत्र दध्यादेवं स्वचेतसि।
भद्रबाहु मुनिर्वीरो दिव्यज्ञानसमन्वितः ॥ 31 ॥
ईदृशं वचनं तत्र बालस्य श्रूयते तदा।
तदा द्वादशवर्षाणि मण्डलेऽत्र न वर्षणम् ॥ 32 ॥
चिन्तयित्वा चिरं योगी भोजनातिपराङ्मुखः।
ततो विस्मितचेतस्को जगाम जिनमन्दिरम् ॥ 33 ॥
तत्रापराह्णवेलायां कृत्वाऽवश्यकसत्क्रियाम्।
संघस्यासौ समस्तस्य जगादेवं पुरो गुरुः ॥ 34 ॥
एतस्मिन् विषये नूनमनावृष्टिर्भविष्यति।
तथा द्वादशवर्षाणि दुर्भिक्षं च दुरुत्तरम् ॥ 35 ॥
अयं देशो जनाकीर्णो धनधान्यसमन्वितः।
शून्यो भविष्यति क्षिप्रं नृपतस्करलुण्टनैः ।। 36 ।।
अहमत्रैव तिष्ठामि क्षीणमायुर्ममाधुना।
भवन्तः साधवो यान्तु लवणाब्धिसमीपताम् ॥ 37 ॥
भद्रबाहु वचः श्रुत्वा चन्द्रगुप्तो नरेश्वरः।
अस्यैव योगिनः पार्श्वे दधौ जैनेश्वरं तपः ॥ 38 ॥
चन्द्रगुप्तिमुनिः शीघ्रं प्रथमो दशपूर्विणाम्।
सर्वसंघाधिपो जातो विसषाचार्यसंज्ञकः ॥ 39 ॥
अनेन सह संघोऽपि समस्तो गुरुवाक्यतः।
दक्षिणापथदेशस्थपुन्नाटविषयं ययौ ॥ 40 ॥

भद्रबाहु महामुनि महान् चतुर्विध संघ से घिरे हुए उज्जयिनी नगरी के पास इस वन में पहुँचे ॥25 ॥

उसी समय उस नगरी में श्रीमान् चन्द्रगुप्त राजा रहते थे। वह राजा सम्यग्दर्शन से सम्पन्न थे और महान् श्रावक थे ॥26 ॥

उज्ज्वल स्वर्ण के समान रंग वाली, बिजली के समूह के सदृश कान्ति धारण करने वाली चन्द्रगुप्त राजा की सुप्रभा नाम से प्रसिद्ध महारानी थी ॥27 ॥

किसी दिन भिक्षा के लिए एक घर से दूसरे घर की ओर अनुक्रम से जाते हुए स्थिरचित्त भद्रबाहु महायोगी ने एक घर में प्रवेश किया ॥28 ॥

मन्दगति से चलते हुए भद्रबाहु मुनि ने जिस घर में प्रवेश किया वहाँ कोई भी नहीं था ॥29 ॥

वहाँ केवल एक शिशु चोलिका (कपड़े) के भीतर था। उसने कहा, 'हे भगवन्! आप यहाँ से शीघ्र चले जाइए' ॥30 ॥

शिशु के कहे वचनों को सुनकर वीर, दिव्यज्ञान से युक्त भद्रबाहु मुनि ने इस प्रकार अपने चित्त में विचार किया ॥31॥

इस प्रकार के वचन उस घर में बालक के सुने गये हैं, तो निश्चित है कि इस क्षेत्र में बारह वर्ष तक वर्षा नहीं होगी ॥32॥

चिरकाल तक भद्रबाहु योगी ऐसा विचार करके भोजन से अत्यन्त विमुख हो गये। इसके बाद विस्मयचित्त होते हुए जिनेन्द्र भगवान् के मन्दिर में गये।।33।।

जिन मन्दिर में अपराह्नबेला में आवश्यक सभी समीचीन क्रियाओं को करके विशाल संघ के समक्ष गुरुदेव ने इस प्रकार कहा ॥34॥

इस क्षेत्र में निश्चित ही अनावृष्टि होगी तथा बारह वर्ष तक दुर्निवार दुर्भिक्ष होगा ॥35॥

यह देश प्रजा से भरा है और धन, धान्य से सहित है, फिर भी राजा और लुटेरों के द्वारा की गई लूट-खसोट से यह देश शून्य हो जाएगा ॥36॥

मेरी आयु अत्यल्प शेष है। मैं यहीं समाधि लूँगा। आप लोग लवणसमुद्र के निकट चले जाओ ॥37॥

भद्रबाहु के वचनों को सुनकर चन्द्रगुप्त राजा ने इन्हीं योगी भद्रबाहु के पास जैनेश्वरी दीक्षा धारण कर ली ॥38॥

चन्द्रगुप्त मुनि शीघ्र ही दशपूर्वधारियों में प्रथम हुए और समस्त संघ के नायक हुए जिनका नाम विशाखाचार्य हुआ ॥39॥

इन्हीं विशाखाचार्य के साथ गुरुवचनों के अनुसार संघ भी दक्षिण दिशा के पुन्नाट देश की ओर चला गया ॥40॥

भद्रबाहु का समाधिमरण हुआ और भद्रबाहु गुरु के शिष्य विशाखाचार्य दक्षिणापथ से मध्यप्रदेश आ गये।।46।।

■ लगभग ईसा की 11वीं शताब्दी का आचार्य प्रभाचन्द्र कृत एक कथाकोश है, जिसमें इस कथा की प्रामाणिकता पायी जाती है। यह कथा आचार्य भद्रबाहु से सम्बन्ध रखती है। इसमें उल्लेख है कि—

'भद्रबाहुस्वामी का विहार करते हुए संघ सहित उज्जयिनी पदार्पण हुआ। चर्या के निमित्त गये बालक के बोलने से उन्होंने बारह वर्ष का दुर्भिक्ष जान लिया। अपनी अल्पायु को जानकर संघ को दक्षिण चलने को कहा। अपने शिष्य दशपूर्वधारी विशाखाचार्य के साथ सकल संघ दक्षिण की ओर भेज दिया। वहीं के राजा चन्द्रगुप्त थे। गुरु का वियोग सहन न होने से वह राजा भद्रबाहु स्वामी के पास मुनि हो गये।'

इस कथा से विशाखाचार्य और मुनि चन्द्रगुप्त दोनों का भिन्न होना सिद्ध है। अन्य सभी कथाओं में मुनि चन्द्रगुप्त को विशाखाचार्य से भिन्न ही माना है, जो अधिक प्रामाणिक साबित होता है। इस कथा में आचार्य प्रभाचन्द्र ने चन्द्रगुप्त के सोलह स्वप्नों की कोई चर्चा नहीं की है।

इसके बाद चन्द्रगुप्त की कथा समाप्त हो जाती है।

■ रामचन्द्र मुमुक्षु ने 12वीं सदी के लगभग 'पुण्यास्रव कथाकोश' में भद्रबाहु चरित्र लिखा है। उनके अनुसार—

एकदा तदुद्यानं कश्चिदवधिबोधमुनिरागतो वनपालात्तदागतिं ज्ञात्वा सम्प्रति-चन्द्रगुप्तो वन्दितुं ययौ। वन्दित्वोपविश्य धर्मश्रुतेरनन्तरं स्वातीतभवान् पृष्ठवान्। मुनिः कथयति।...तं निशम्य सम्प्रति-चन्द्रगुप्तो जहर्ष। तं नत्वा पुरं विवेश सुखेन तस्थौ।

एकस्या रात्रेः पश्चिमयामे षोडशस्वप्नान् ददर्श। कथम्। रवेरस्तमनम् 1, कल्पद्रुमशाखाभङ्गम् 2, आगच्छतो विमानस्य व्याघुटनम् 3, द्वादशशीर्षसर्पम् 4, चन्द्रमण्डलभेदम् 5, कृष्णगजयुद्धम् 6, खद्योतम् 7, शुष्कमध्यप्रदेशतडागम् 8, धूमम् 9, सिंहासनस्योपरि मर्कटम् 10, स्वर्णभाजने क्षैरीयीं भुञ्जानं श्वानम् 11, गजस्योपरि मर्कटम् 12, कचारमध्ये कमलम् 13, मर्यादोल्लंघितमुदधिम् 14, तरुणवृषभैर्युक्तं रथम् 15, तरुणवृषभारूढान् क्षत्रियांश्च 16, ततोऽपरदिनेऽनेकदेशान् परिभ्रमन् संघेन सह भद्रबाहुः स्वामी आगत्य तत्पुरं चर्चार्थं प्रविष्टः श्रावकगृहे सर्वर्षीन् दत्त्वा स्वयमेकस्मिन् गृहे तस्थौ। तत्रात्यव्यक्तो बालोऽवदत् 'वोलह वोलह' इति। आचार्योऽपृच्छत् केती वरिस इति। बालो 'बारा वरिस' इत्यब्रूत। ततो अलोभेन सूरिरुद्यानं ययौ। सम्प्रति चन्द्रगुप्तस्तदागमनं विज्ञाय सपरिजनो वन्दितुं ययौ। वन्दित्वा स्वप्नफलमप्राक्षीत्। मुनिरब्रवीत् अग्रे दुःखमकालवर्तनं त्वया स्वप्ने दृष्टम्। तथाहि दिनपत्यस्तमनं सकलवस्तुप्रकाशकपरमागमस्यास्तमनं सूचयति 1। सुरद्रुमशाखाभङ्गोऽद्यास्तमन (?) प्रभृतिक्षत्रियाणां राज्यं विहाय तपोऽभावं बोधयति 2। आगच्छतो विमानस्य व्याघुटनम् अद्यप्रभृत्यत्र सुरचारणादीनान् आगमनाभावं ब्रूते 3। द्वादशशीर्षः सर्पो द्वादशवर्षाणि दुर्भिक्षं वदति 4। चन्द्रमण्डलभेदो जैनदर्शने संघादिभेदं निरूपयति 5। कृष्णगजयुद्धमितोऽत्राभिलषितवृष्टेरभावं गमयति 6। खद्योतः परमागमस्योपदेशमात्रावस्थानं निगदति 6। मध्यम-प्रदेशशुष्कतडागमार्यखण्डमध्यदेशे धर्मविनाशमाचष्टे 8। धूमो दुर्जनादीनामाधिक्यं भणति 9।

सिंहासनस्थो मर्कटोऽकुलीनस्य राज्यं प्रकाशयति 10। सुवर्णभाजने पायसं भुञ्जानः श्वा राजसभायां कुलिङ्गपूज्यतां द्योतयति 11। गजस्योपरि स्थितो मर्कटो राजपुत्राणामकुलीनसेवां बोधयति 12। कचारस्थं कमलं रागादियुक्ते तपोविधानं मनयति 13। मर्यादाच्युत उदधिः षष्ठांशातिक्रमेण राज्ञां सिद्धादाय-ग्रहणमाविर्भावयति 14। तरुणवृषभयुक्तो रथो बालानां तपोविधानं वृद्धत्वे तपोऽतिचारं निश्चाययति 15। तरुणवृषभारूढाः क्षत्रियाः क्षत्रियाणां कुधर्मरतिं प्रत्याययन्ति 16। इति श्रुत्वा सम्प्रति चन्द्रगुप्तः स्वपुत्रसिंहसेनाय राज्यं दत्त्वा निःक्रान्तः।

राजा चन्द्रगुप्त के उद्यान में कोई अवधिज्ञानी मुनि आये। वनपाल से उनके आगमन को जानकर के सम्प्रति-चन्द्रगुप्त वन्दना के लिए गये। वन्दना करके बैठकर धर्मश्रवण किया। उसके बाद अपने पिछले भवों को पूछा। मुनि ने उनके पूर्वजन्मों को बताया। उसे सुनकर सम्प्रति चन्द्रगुप्त प्रसन्न हुए। उन्हें नमस्कार कर नगरी में प्रवेश किया और सुख से रहने लगे।

एक रात उन्होंने अन्तिम प्रहर में सोलह स्वप्न देखे। जो इस प्रकार हैं :

1. सूर्य का अस्त होना, 2. कल्पवृक्ष की शाखा टूटना, 3. आते हुए विमान का लौट जाना, 4. बारह मुख का साँप, 5. चन्द्रमा में छेद, 6. काले हाथियों का युद्ध, 7. जुगनू, 8. मध्य स्थान में सूखा सरोवर, 9. धुआँ 10. सिंहासन के ऊपर बन्दर, 11. स्वर्ण के बर्तन में खीर खाता हुआ कुत्ता, 12. हाथी के ऊपर बन्दर, 13. कचरे में कमल, 14. मर्यादा को लाँघता हुआ समुद्र, 15. तरुण बैलों से सहित रथ और 16. तरुण बैलों पर आरूढ़ क्षत्रिय लोग।

दूसरे दिन अनेक देशों से विहार करते हुए संघ के साथ भद्रबाहुस्वामी आये। चन्द्रगुप्त की नगरी में आहारचर्या के लिए प्रविष्ट हुए। श्रावकों के घर में सभी ऋषियों का पड़गाहन हुआ जानकर, स्वयं भी एक गृह में रुक गये। वहाँ किसी बालक ने कहा, 'वोलह, वोलह' अर्थात् चले जाओ, चले जाओ। आचार्य ने पूछा, 'केती वारिस' अर्थात् कितने वर्ष? बालक ने कहा-'बारा वारिस' अर्थात् बारह वर्ष। अलाभ समझकर आचार्य उद्यान में आये। सम्प्रति चन्द्रगुप्त उनके आगमन को जानकर परिजन सहित वन्दना के लिए गये। वन्दना करके स्वप्न फलों को पूछा। मुनि ने कहा, आगे दुःखम काल प्रवर्तन है, उसे ही आपने स्वप्नों में देखा है। वह इस प्रकार है :

1. सूर्य का अस्त होना बताता है कि समस्त वस्तुओं को दिखाने वाले परमागम का अस्त होगा।
2. कल्पवृक्ष की शाखा टूटना अब क्षत्रिय राजाओं का राज्य छोड़कर तप के अभाव को (दीक्षा न लेना) बताता है।
3. विमान आते हुए लौट गया। इससे ज्ञात होता है कि आगे के समय में देव, चारण ऋद्धिधारी मुनियों का आगमन इस क्षेत्र में नहीं होगा।
4. बारह फण वाला साँप बारह वर्ष के दुर्भिक्ष को कहता है।
5. पूर्ण चन्द्रमा में छेद होना जैन दर्शन में संघ आदि भेदों को बताता है।
6. काले हाथियों का युद्ध आगे यहाँ समय पर वृष्टि (वर्षा) के अभाव को बताता है।
7. जुगनू बताते हैं कि अब यहाँ परमागम का उपदेश मात्र रह जाएगा, अर्थात् उपदेशक मात्र उपदेशक होंगे।
8. तालाब का मध्य-स्थान सूखा है, जो आर्यखण्ड के मध्यदेश में धर्म के विनाश को कहता है।
9. धुआँ बताता है कि दुर्जन आदि दुष्ट लोगों का आधिक्य होगा।
10. बन्दर सिंहासन पर बैठा है, जो यह बताता है कि अकुलीन राजाओं का राज्य होगा।
11. सोने के बर्तन में खीर खाता हुआ कुत्ता राजसभा में कुलिंगों की पूज्यता दिखाता है।
12. हाथी के ऊपर बैठा बन्दर बताता है कि राजपुत्र भी अकुलीन पुरुषों की सेवा में लगेंगे।
13. कचरे में कमल का दिखना राग आदि से युक्त पुरुष में तप विधान को बताता है।
14. समुद्र का मर्यादा को उल्लंघन करना बताता है कि छठे अंश का भी अतिक्रमण करके राजा कर ग्रहण करेगा।
15. तरुण बैलों से सहित रथ बाल अवस्था में तप-विधान और वृद्ध अवस्था में तप के अतिचार का निश्चय करता है।
16. क्षत्रिय तरुण बैल पर आरूढ़ है, जो कि क्षत्रियों की कुधर्म में रति को निश्चित करती है।

सुनकर सम्प्रति-चन्द्रगुप्त ने अपने पुत्र सिंहसेन के लिए राज्य देकर गृहत्याग कर दिया।

अन्तेवासी गुरुभक्त चन्द्रगुप्त मुनि—

भद्रबाहु स्वामी तत्र गत्वा बालवृद्धयतीनाह्वययति स्म, बभाषे च तान् प्रति-अहो यो यतिरत्र स्थास्यति तस्य भङ्गो भविष्यति इति निमित्तं वदति, तस्मात्सर्वैर्दक्षिणमागन्तव्यमिति। रामिल्लाचार्यः स्थूलभद्राचार्य स्थूलाचार्यस्त्रयोऽप्यतिसमर्थश्रावकवचनेन स्वसंघेन समं तस्थुः। श्रीभद्रबाहुर्द्वादशसहस्रयतिभिर्दक्षिणं चचाल, महाटव्यां स्वाध्यायं ग्रहीतुं निशिहियापूर्वकं कांचिद् गुहां विवेश। तत्रात्रैव निषद्येत्याकाशवाचं शुश्राव। ततो निजमल्पायुर्विबुध्य स्वशिष्यमेकादशाङ्गधारिणं विशाखाचार्यं संघाधारं कृत्वा तेन संघं विससर्ज। सम्प्रति-चन्द्रगुप्तः प्रस्थाप्यमानोऽपि द्वादशवर्षाणि गुरुपादावाराधनीयावित्यागमश्रुतेर्न गतोऽन्ये गताः। स्वामी संन्यासं जग्राहाराधनामाराधयन् तस्थौ। सम्प्रति चन्द्रगुप्तो मुनिरुपवासं कुर्वन् तत्र तस्थौ। तदा स्वामिना भणितो हे मुनेऽस्मद्दर्शने कान्तारचर्यामार्गोऽस्ति। ततस्त्वं कतिपयपादपान्तिकं चर्यार्थं याहि। गुरुवचनमनुल्लङ्घनीयमन्यत्रायुक्तादिति वचनाज्जगाम। तदा तच्चित्तपरीक्षणार्थं यक्षो स्वयमदृशीभूत्वा सुवर्णवलयालंकृतहस्तगृहीतचटुकेनसूपसर्पिरादिमिश्रं शाल्योदनं दर्शयति स्म। मुनिरस्य ग्रहणमयुक्तमित्यलाभे गतः। गुरोरन्ते प्रत्याख्यानं गृहीत्वा स्वरूपं निरूपितवान्। गुरुसततपुण्यमाहात्म्यं विबुध्य भद्रं कृतम् इत्युवाच। अपरस्मिन् दिनेऽन्यत्र ययौ। तत्र रसवतीभाण्डानि हेममयं भाजनमुदनकलशादिकं ददर्श। अलाभेनागतो गुरोः स्वरूपं निरूपितवान्। स च भद्रं भद्रमिति बभाण। अन्यस्मिन् दिनेऽन्यत्र ययौ। तत्रैकैव स्त्री स्थापयति स्म। तदात्वमेकाहमेक इति जनापवादभयेन स्थातुमनुचितमिति भणित्वालाभे निर्जगाम। अन्येद्युरन्यत्राट। तत्र तत्कृतं नगरमपश्यत्। तत्रैकस्मिन् गृहे चर्या कृत्वागतो गुरोःस्वरूपं कथितवान्। स बभाण समीचीनं कृतम्। एवं स यथाभिलाषं तत्र चर्या कृत्वागत्य स्वामिनः शुश्रुषां कुर्वन् वसति स्म। स्वामी कतिपयदिनैर्दिवं गतः। तच्छरीरमुच्चैः प्रदेशे शिलायाम् उपरि निधाय तत्पादौ गुहाभित्तौ विलिख्याराधयन् वसति स्म। विशाखाचार्यादयश्चोलदेशे सुखेन तस्थुः।

अर्थात्—भद्रबाहु स्वामी ने वहाँ जाकर बाल-वृद्ध सभी यतियों को बुलवाया और उनको कहा, अहो! जो यति यहाँ रुकेगा उसका व्रत भंग होगा, ऐसा निमित्त कहता है। इसलिए सभी को दक्षिण चले जाना चाहिए। अति समर्थ श्रावक के वचनों से रामिल्लाचार्य, स्थूलभद्राचार्य और स्थूलाचार्य तीनों ही अपने संघ के साथ वहीं रुक गये। श्री भद्रबाहु बारह हजार यतियों के साथ दक्षिण चले गये। महान् जंगल में स्वाध्याय करने के लिए 'निःसही' कहकर उन्होंने एक गुफा में

प्रवेश किया। उस गुफा में आकाशवाणी हुई कि 'यहीं पर ठहरो।' जिससे अपनी अल्प आयु जानकर अपने शिष्य ग्यारह अंगधारी विशाखाचार्य को संघ नायक बनाकर उन्होंने संघ त्याग कर दिया। सम्प्रति चन्द्रगुप्त वहीं रुककर 'बारह वर्ष तक गुरुचरणों की आराधना करना चाहिए' ऐसा आगम का कथन है, यह सोचकर अन्यत्र नहीं गये और शेष सभी संघ चला गया। भद्रबाहु स्वामी ने संन्यास ग्रहण कर लिया और आराधनाओं को साधते हुए वहीं स्थित रहे। सम्प्रति-चन्द्रगुप्त मुनि उपवास करते हुए वहीं रह गये। तब भद्रबाहु स्वामी ने कहा—हे मुने! अपने दर्शन (जिन-मत) में कान्तार-चर्या का विधान है। इसलिए तुम किसी वृक्ष के निकट चर्या के लिए जाओ। 'यदि गुरुवचन अयुक्त न हों तो उनका उल्लंघन नहीं करना चाहिए।' इन वचनों के अनुसार वह चर्या के लिए गये। उनके चित्त की परीक्षा के लिए यक्ष ने स्वयं अदृश्य होकर सोने का कंगन पहने चाटुकार के द्वारा सूप, घृत आदि से मिला शालि चावल दिखाया। मुनि ने सोचा कि 'इसका ग्रहण अनुचित है।' इसलिए अलाभ समझकर लौट आये। गुरु के निकट प्रत्याख्यान को ग्रहण करके आहार-दाता के स्वरूप को कह दिया। गुरु ने चन्द्रगुप्त के पुण्य की महिमा को समझ लिया और कहा—'आपने ठीक किया।' दूसरे दिन अन्यत्र स्थान पर चर्या के लिए गये। वहाँ यक्ष देव ने रसोई के बर्तन, स्वर्ण के पात्र, जल-कलश आदि दिखाया। अलाभ हो जाने से चन्द्रगुप्त मुनि लौट आए और गुरु को दातार का स्वरूप कह दिया। गुरु ने कहा—'ठीक किया। ठीक किया।' अगले दिन अन्यत्र चर्या के लिए गये। वहाँ एक स्त्री ही पड़गाहन कर रही थी। तुम अकेले हो, हम भी अकेले हैं, ऐसे लोकापवाद के भय से यहाँ रुकना अनुचित है, इस प्रकार कहकर अलाभ समझकर लौट आये। अगले दिन अन्यत्र स्थान पर चर्या के लिए गये। वहाँ यक्ष के द्वारा नगर बनाया गया था, उसे मुनि ने देखा। उस नगर में एक घर में चर्या करके आ गए और गुरु को स्थिति बता दी। गुरु ने कहा—'अच्छा किया।' इस प्रकार चन्द्रगुप्त मुनि अपनी इच्छा अनुसार उस नगर में चर्या करके आ जाते और गुरु की सेवा करते हुए गुरु के पास रहते। कुछ दिनों के बाद स्वामी भद्रबाहु स्वर्ग चले गये। उनके शरीर को ऊँचाई पर स्थित किसी शिला में रख दिया। उनके चरणों को गुफा की दीवाल पर उकेरकर गुरुचरणों की आराधना करते हुए वहीं रहे। विशाखाचार्य आदि चोल देश में सुख से रुके थे।

निर्दोष चरित्र के धनी चन्द्रगुप्त मुनि—

इतो द्वादशवर्षान्तरं दुर्भिक्षं गतमिदानीं विहरिष्याम इति विशाखाचार्याः पुनरुत्तरापथमागच्छन् गुरुनिषद्यावन्दनार्थं तां गुहामवापुः। तावत्तत्रातिष्ठद्यो गुरुपादावाराध्यन् सम्प्रति-चन्द्रगुप्तो मुनिर्द्वितीयलोचाभावे प्रलम्बमानजटाभारः संघस्य संमुखमाट ववन्दे संघम्। अत्रायं कन्दाद्याहारेण स्थित इति न केनापि प्रतिवन्दितः। संघो गुरोर्निषद्याक्रियां चक्रे उपवासं च। द्वितीयाह्ने पारणानिमित्तं कमपि ग्रामं गच्छन्नाचार्यः सम्प्रति-चन्द्रगुप्तेन निवारितः स्वामिन्, पारणां कृत्वा गन्तव्यमिति। समीपे ग्रामादेरभावात् क्व पारणा भविष्यतीति गणी बभाण। सा चिन्ता न कर्तव्येति सम्प्रति-चन्द्रगुप्त उवाच। ततो मध्याह्ने कौतुकेन संघस्तत्प्रदर्शितमार्गेण चर्यार्थं चचाल। पुरो नगरं लुलोके, विवेश, बहुभिः श्रावकैर्महोत्साहेन स्थापिता ऋषयः। सर्वेऽपि नैरन्तर्यानन्तरं गुहामायुयः। कश्चिद् ब्रह्मचारी तत्र कमण्डलुं विसस्मार। तामानेतुं डुढौके। तन्नगरं न लुलोक इति विस्मयं जगाम, गवेषयन् झाडे तामपश्यत्। गृहीत्वागत्याचार्यस्य स्वरूपम-कथयत्। ततः सूरिः सम्प्रति-चन्द्रगुप्तस्य पुण्येन तत्तदैव भवतीत्यवगम्य तं प्रशंसयामास। तस्य लोचं कृत्वा प्रायश्चित्तमदत्त, स्वयमप्यसंयतदत्तमाहारं भुक्तवानीति संघेन प्रायश्चितं जग्राह।

इधर बारह वर्ष का दुर्भिक्ष समाप्त हुआ तो उन्होंने सोचा कि विहार करें और वह पुनः उत्तरापथ की ओर चलते हुए गुरु की निषद्या की वन्दना के लिए उसी गुफा में पहुँच गये। उस समय सम्प्रति-चन्द्रगुप्त मुनि ने आचार्य संघ के सम्मुख आकर संघ की वन्दना की। संघ के लोगों ने सोचा, यहाँ जंगल में यह कन्दमूल आदि का आहार लेकर रहते होंगे, इसलिए किसी ने भी प्रतिवन्दना नहीं की। संघ ने गुरु की निषद्या पर भक्ति आदि क्रियाएँ करके उपवास किया। दूसरे दिन विशाखाचार्य ने कहा कि पारणा के लिए कोई गाँव आदि तो है नहीं, पारणा कहाँ होगी? सम्प्रति-चन्द्रगुप्त ने कहा—उसकी आप चिन्ता न करें। तब मध्याह्न में कौतुक से संघ चन्द्रगुप्त के दिखाये मार्ग से चर्या के लिए चल दिया। सामने नगर दिखाई दिया। उसमें प्रवेश किया। बहुत से श्रावकों ने बड़े उत्साह के साथ ऋषियों का प्रतिग्रहण किया। सभी का निरन्तराय आहार हुआ और गुफा में आ गये। कोई ब्रह्मचारी वहाँ कमण्डलु को भूल आये थे। वह उस कमण्डलु को लेने के लिए गये। वह नगर वहाँ दिखाई नहीं दिया तो विस्मय हुआ। ढूँढ़ते हुए एक झाड़ पर कमण्डलु दिखाई दिया। उस कमण्डलु को लेकर आ गये और आचार्य को सब स्थिति बतायी। तब आचार्य ने जान लिया कि यह सम्प्रति-चन्द्रगुप्त के

पुण्य से इस प्रकार हुआ और सम्प्रति-चन्द्रगुप्त मुनि की प्रशंसा की। उनका केशलोंच करके प्रायश्चित्त दिया तथा असंयत के द्वारा दिया हुआ आहार किया है, ऐसा सोचकर संघ के साथ स्वयं भी प्रायश्चित्त लिया।

■ चिदानन्द कवि ने सन् 1680 में 'मुनिवंशाभ्युदय' नामक कन्नड़ काव्य में लिखा है कि— भद्रबाहु स्वामी श्रवणबेलगोला के चिक्कवेट पर्वत पर रहे थे। वहाँ एक व्याघ्र ने उनके प्राणों का हरण किया था। आज भी उनके चरणों की पूजा होती है। तीर्थयात्रा करते हुए चन्द्रगुप्त श्रवणबेलगोला पहुँचे। वहाँ उन्होंने दक्षिणाचार्य से दीक्षा ली । स्वनिर्मित जिनालय तथा भद्रबाहु स्वामी के चरणों की पूजा करते हुए अपना काल व्यतीत किया। कुछ समय के पश्चात् चन्द्रगुप्त ने आचार्य पद प्राप्त किया था। इस कथन से भद्रबाहु स्वामी तथा चन्द्रगुप्त का श्रवणबेलगोल पहुँचना सिद्ध है।

■ इसके अतिरिक्त महाकवि रइधू ने (15-16वीं सदी) 'भद्रबाहु चरित्र' लिखा है, जो अपभ्रंश भाषा में है। इस कथानक का आधार 'पुण्यास्रव कथाकोश' एवं 'वृहत्कथाकोश' ही है। इसमें भी भद्रबाहु द्वारा स्वप्न-फल का कथन किया गया है, जिसे सुनकर चन्द्रगुप्त को वैराग्य हुआ। चन्द्रगुप्त ने दीक्षा ली और भद्रबाहु स्वामी के साथ 12 हजार साधुओं सहित चन्द्रगुप्त ने दक्षिण भारत की ओर विहार किया। कान्तार चर्या का वर्णन, चौथे दिन निर्दोष आहार का वर्णन ज्यों का त्यों है। इस कथानक में चन्द्रगुप्त का नाम चन्द्रगुप्त ही है, सम्प्रति-चन्द्रगुप्त नहीं।

■ ब्र. नेमिदत्त (16वीं शती में) ने 'आराधना कथाकोश' में भद्रबाहु चन्द्रगुप्त की कथा लिखी है। वह भी पूर्व कथानक का अनुकरण ही है।

■ केवल हरिषेणकृत 'बृहत्कथाकोश' में चन्द्रगुप्त को ही विशाखाचार्य माना है। अन्य किसी भी कथाकार ने नहीं। सभी ने चन्द्रगुप्त को और विशाखाचार्य को भिन्न-भिन्न व्यक्ति लिखा है।

इस कथानक से भद्रबाहु तथा चन्द्रगुप्त का दक्षिण में श्रवणबेलगोल पहुँचना सिद्ध नहीं होता है। अन्त में इतना कहना मैं आवश्यक समझता हूँ कि इस 'पुण्यास्त्रव कथाकोश' में सम्प्रति-चन्द्रगुप्त का सम्बन्ध सीधा चाणक्य से नहीं है। चाणक्य ने जिस चन्द्रगुप्त की सहायता से नन्दवंश को निर्मूल किया, वह चन्द्रगुप्त सम्प्रति-चन्द्रगुप्त से भिन्न हैं। इस कथा में चन्द्रगुप्त का पुत्र बिन्दुसार था। बिन्दुसार का पुत्र अशोक था। अशोक का पुत्र कुणाल था। उस कुणाल का पुत्र सम्प्रति-चन्द्रगुप्त

हुआ। अशोक सम्प्रति–चन्द्रगुप्त को राज्य देकर दीक्षित हो गये। इन्हीं सम्प्रति–चन्द्रगुप्त के राज्य में आचार्य भद्रबाहु का पदार्पण हुआ। इस कथानक से यह भी सिद्ध नहीं होता है कि चन्द्रगुप्त ने 'चन्द्रगिरि' पर समाधि ली।

■ ई. की 9–10वीं शताब्दी के सोमसेनाचार्य ने अपने 'नीतिवाक्यामृत' में चन्द्रगुप्त के राज्यारूढ़ होने का वर्णन किया है। यथा—

'चानुश्रूयते चन्द्रगुप्त विष्णुगुप्तानुग्रहादनधिकृतोऽपि किल चन्द्रगुप्तः साम्राज्यपदमवापेति।' 10/4

अर्थात् इतिहास बताता है कि चन्द्रगुप्त मौर्य ने स्वयं राज्य का अधिकारी न होने पर भी विष्णुगुप्त- चाणक्य नामक विद्वान् के अनुग्रह से साम्राज्य पद को प्राप्त किया।

■ चन्द्रगुप्त का समय

सभी इतिहासकारों ने यह माना है कि ईसा से पूर्व 321 से 297 तक का समय चन्द्रगुप्त के शासनकाल का समय था। यह शासन 24 वर्ष तक का रहा। वीर नि. सं. 470 बी.सी. ली जाती है तो वीर निर्वाण के 149–150 वर्ष बाद चन्द्रगुप्त ने दीक्षा ली, यह सिद्ध होता है। जबकि आर. सिंग ने 'अ डिक्शनरी ऑफ वर्ल्ड क्रोनिकल' वाल्यूम- 1, दिल्ली, 1977, पृ. 265 पर यह बताया है कि चन्द्रगुप्त ने मैसूर में 299 ई. पूर्व में पद भ्रमण (बिहार) किया है।

■ सन् 1838 में रचित देवचन्द कवि के 'राजबलि कथे' कन्नड़ ग्रन्थ के अनुसार, पाटलिपुत्र में कार्तिक की पूर्णिमा को महाराज चन्द्रगुप्त ने सोलह स्वप्न देखे। अन्तिम स्वप्न यह था कि वह बारह फण वाला सर्पराज उनकी ओर आ रहा है। प्रभातकाल होने पर सम्राट् चन्द्रगुप्त उपवन में विराजमान भद्रबाहु स्वामी के पास गए और अपने स्वप्नों का फल पूछा। श्रुतकेवली स्वामी भद्रबाहु ने अपने निमित्तज्ञान के द्वारा बताया कि यहाँ द्वादश वर्षीय दुर्भिक्ष पड़नेवाला है। यह बात अन्तिम स्वप्न से सूचित होती है। इसके अनन्तर सम्राट् चन्द्रगुप्त ने भद्रबाहु स्वामी से मुनि दीक्षा ली और अनके चरणों की सेवा करने लगे। भद्रबाहु स्वामी बारह हजार शिष्यों सहित दक्षिण की ओर रवाना हुए। आगे जाने पर उन्हें शेष जीवन अल्प ज्ञात हुआ। अतः उन्होंने संघ को चौल तथा पांड्य देश में भेज दिया तथा चन्द्रगुप्त मुनिराज को अपने पास रहने की अनुमति दी। आचार्य भद्रबाहु स्वामी के स्वर्गारोहण के उपरान्त चन्द्रगुप्त उनके चरणों की पूजा किया करते थे।

कुछ काल के पश्चात् चन्द्रगुप्त के पौत्र उनके समीप आये। इसके अनन्तर उन्होंने चन्द्रगिरि के समीप पहुँचकर बेलगोला नगर बसाया। वहाँ के पर्वत पर जाकर मुनि चन्द्रगुप्त ने समाधिमरण किया। इस कथन से भी यह ज्ञात होता है कि चन्द्रगुप्त ने समाधिमरण किया। इस कथन से यह भी ज्ञात होता है कि चन्द्रगुप्त भद्रबाहु स्वामी के शिष्य थे। वे बेलगोला पहुँचे थे। किन्तु भद्रबाहु स्वामी वहाँ नहीं गये।

■ चन्द्रगुप्त अपर नाम प्रभाचन्द्र आचार्य

चिक्कबेट्ट के अभी पूर्ववर्ती साक्ष्य छठी-सातवीं शताब्दी के शिलालेखों में हैं। इसमें प्रभाचन्द्र जैन सन्त की समाधिमरण का उल्लेख है। इसमें यह भी बताया गया है कि उस समय प्रभाचन्द्र (चन्द्रगुप्त) के उदाहरण का सात सौ ऋषियों ने अनुसरण किया था।

शिलालेखों का पहला भाग जैनों का उत्तर से दक्षिण में प्रस्थान भी बतलाता है। भद्रबाहु स्वामी गौतम गणधर की उज्ज्वल परम्परा के वंशज थे। गौतम गणधर के अलावा अन्य के नाम भी हैं। उज्जयिनी देश के बारह वर्ष के दुर्भिक्ष को भी दिखाया है।

■ ब्राह्मी और सुन्दरी लिपि का आविष्कार—

भगवान् ऋषभदेव ने अपनी पुत्रियों को युग के आदि में लिपि विद्या और अंक विद्या का ज्ञान दिया था। इस काल में इस लिपि के आविष्कारक के रूप में भद्रबाहु और चन्द्रगुप्त का नाम इतिहासज्ञों ने स्वीकारा है। एस. आर. गोयल और के. वी. सुंदर राजन ने इस विषय में जो लेख लिखे हैं, वह इस विषय को खोलने के लिए कुंजी का काम करते हैं। इसके बाद एल. सी. जैन का एक रिसर्च आर्टीकल 'ब्राह्मी लिपि का अविष्कार एवं आचार्य भद्रबाहु मुनिसंघ' पढ़ने लायक है। एस. आर. गोयल ने यह भी सिद्ध किया है कि ब्राह्मी लिपि इन्डू लिपि से उत्पन्न हुई है और वह इस बात से सहमत नहीं हैं कि ब्राह्मी लिपि का अविष्कार किसी ब्रह्म के द्वारा किया गया है।

■ चन्द्रगुप्त बसदि—

चन्द्रगिरि श्रवणबेलगोल का एक छोटा पर्वत है। यह बसदि पर्वत का सबसे

छोटा मन्दिर है। यह 22 × 16 फुट प्रमाण लम्बा-चौड़ा है। यहाँ भगवान् पार्श्वनाथ विराजमान हैं। उनके वाम भाग में कूष्मांडिनी देवी तथा दक्षिणी भाग में पद्मावती देवी की मूर्ति है।....

यह मन्दिर चन्द्रगुप्त मौर्य द्वारा बनवाया गया था, यह कथन 'मुनिवंशाभ्युदय' (सन् 1680) नामक कन्नड़ काव्य में चिदानन्द कवि ने किया है।

परिशिष्ट : 4

शब्दकोश

महाराज महापद्मनन्द	–	नन्दवंश का संस्थापक शासक।
महावीर	–	जैनधर्म के चौबीसवें तीर्थंकर हैं। इन्हीं का यह धर्मतीर्थ चल रहा है।
बुद्ध	–	महावीर के ही समकालीन हैं और बुद्धमत के जन्मदाता हैं।
कलिंगजिन	–	एक मूर्ति जिसे कलिंगदेश का शासक नन्दों से जीतकर ले गया था। बाद में उस मूर्ति को युद्ध में जीतकर नन्द राजा फिर ले आये थे। यह जिनेन्द्र भगवान की दिगम्बर मूर्ति थी।
समवसरण	–	एक सभा जिसमें भगवान तीर्थंकर का उपदेश होता है। बारह कोठों में सभा विभाजित रहती है। मुनि, मनुष्य, देव, पशु आदि सभा में उपस्थित रहते हैं। सबसे ऊपर बहुत वैभव के साथ उसमें भगवान विराजते हैं।
दिव्य शरीर	–	ऐसा शरीर जो बहुत अधिक कान्तिमान होता है, सुन्दर होता है, देव भी जिसे देखने को लालायित रहते हैं।
निर्वाण या मोक्ष	–	संसार से मुक्ति मिल जाना। शरीर रहित होकर आत्मा का अपने ज्ञान-आनन्द में सदा के लिए लीन हो जाना।
कैवल्य आलोक	–	केवलज्ञान का प्रकाश, जो आत्मा की सर्वोत्कृष्ट अवस्था में होता है। इस केवलज्ञान में जगत् का प्रत्येक पदार्थ प्रत्यक्ष दिखाई देता है।

निर्वाण मार्ग	–	मोक्ष जाने का रास्ता, जिससे संसार के दुःखों से आत्मा मुक्त हो जाता है।
अनुगामी	–	एक के बाद एक क्रम से होने वाली परम्परा।
जम्बूस्वामी	–	अन्तिम केवलज्ञानी जो भगवान महावीर स्वामी के बाद हुए।
नरक	–	पाताल लोक का एक स्थान जहाँ पर पाप का फल भोगने के लिए इस आत्मा को जाना पड़ता है।
परीषह	–	भूख, प्यास आदि के कष्ट सहना। ये कष्ट संख्या में 22 होते हैं।
प्रतिष्ठा	–	प्रतिमा को पूज्य बनाने के लिए मन्त्रोच्चारण विधि-विधान से गुणों को स्थापित करना।
छद्म	–	क्षुद्र, छोटी-छोटी।
स्वेद	–	पसीना।
चकवा-चकवी	–	विशेष पक्षीगण।
अप्सरा	–	सुन्दर देवी।
विद्याधर	–	विमान में मन्त्र-विद्या के बल से आकाश में गमन करने वाले मनुष्य।
अनुबद्ध	–	एक के बाद एक होना, परम्परा का न टूटना।
उपसर्ग	–	दुःखी करने के लिए आतंक मचाना।
प्रतिमायोग	–	प्रतिमा की तरह निश्चल खड़े या बैठे रहना।
समाधिमरण	–	शान्त परिणामों से शरीर का त्याग कर देना।
श्रमण पथ	–	संन्यास का मार्ग।
राजकोष	–	राजा का घर, सम्पत्ति रखने का खजाना।
श्रमण	–	नग्न वेषधारी मयूरपिच्छ लिये जिनधर्म के साधु को श्रमण कहते हैं।
सम्प्रति	–	वर्तमान में, तत्काल।
प्रतिशोध	–	बदला लेने की भावना।
कपिलवर्ण	–	भूरा रंग, सफेद रंग।
अकिंचन	–	जिसका आत्मा के अलावा कुछ भी अपना न हो।
भंते!	–	भगवान को सम्बोधन करने के लिए पुकारा जानेवाला शब्द।

निरावृत	–	निरावरण किया हुआ।
निष्किंचन	–	अकिंचन को ही कहते हैं।
उत्सर्ग मार्ग	–	मुख्य व्यवस्था, मुख्य नियम।
अपवाद मार्ग	–	गौण व्यवस्था, गौण नियम।
कायोत्सर्ग	–	काय से ममत्व त्याग कर निश्चल होकर खड़े होना या बैठना।
निकाचित प्रकृति	–	ऐसा कर्म जिसका फल अवश्य भोगना पड़ता है।
अनुभाग	–	कर्म की शक्ति का अनुभव।
निषद्या	–	जहाँ पर मुनिजन मरण करके देह त्याग करते हैं, वह स्थान।
श्रामण्य	–	श्रमणों का धर्म।
श्रमण दीक्षा	–	दिगम्बर दीक्षा।
पाणिपात्र	–	हाथों को ही पात्र बना लेना।
कल्पपादप	–	कल्पवृक्ष, जिनके सामने इच्छा करने पर इच्छित वस्तु मिल जाती है।
रक्तिम	–	लाल रंग का।
नीलिमोपेत	–	नीलिमा से सहित।
प्राभातिकी क्रिया	–	सुबह उठकर स्नान आदि करना।
नैसर्गिक	–	स्वाभाविक।
निमित्तवेत्ता	–	निमित्त का जानकार।
क्षयोपशमज्ञान	–	जो ज्ञान घटता-बढ़ता रहता है, वह क्षयोपशम ज्ञान कहलाता है।
आर्यावर्त	–	आर्यखंड का सम्पूर्ण क्षेत्र।
अवधिज्ञान	–	जो ज्ञान आत्मा से सीधा सम्बन्ध रखता है। इन्द्रिय और मन के बिना यह रूपी पदार्थों को जान लेता है।
मन:पर्ययज्ञान	–	जो ज्ञान किसी दूसरे के मन की बात अपनी आत्मा से जान लेता है। यह ज्ञान ऋद्धिधारी मुनियों को ही होता है।
चारणऋद्धि	–	एक शक्ति जिससे मुनिराज आकाश में गमन करते हैं।
वैमानिक देव	–	चार प्रकार के देवों में एक भेद जो स्वर्ग में रहते हैं।

अविभागी प्रतिच्छेद	–	अनन्त शक्ति अंश जो प्रत्येक वस्तु में रहते हैं।
उपादान	–	द्रव्य की अपनी शक्ति या योग्यता।
समिति	–	समीचीन ढंग से दयायुक्त प्रवृत्ति करना।
वैयावृत्य	–	सेवा करना।
अनुमोदना	–	किसी कार्य की मन से प्रशंसा करना।
षट्काय	–	पृथ्वी, जल, अग्नि, वायु, वनस्पति ये पाँच स्थावर और द्वीन्द्रिय आदि त्रसकाय ये षट्काय के जीव कहलाते हैं।
विराधना	–	हिंसा करना।
गवेषणा	–	खोज करना।
एषणा समिति	–	भोजन की इच्छा या भोजन करने के लिए सावधानी रखना एषणा समिति है।
अप्रमार्जित निक्षेप	–	स्थान आदि साफ किये बिना किसी चीज को रख देना।
दुष्ट निक्षेप	–	कषाय से या अज्ञान से यद्वा तद्वा किसी वस्तु को रखना।
आदान निक्षेपण	–	विवेकपूर्वक ग्रहण करना और रखना।
त्रसकाय	–	जिन जीवों के पास दो, तीन, चार, पाँच इन्द्रियाँ होती हैं वे त्रसकाय हैं; जैसे लट आदि।
प्रतिलेखन	–	मयूरपीछी से साफ करना।
प्रासुक	–	जीव रहित।
प्रतिष्ठापन समिति	–	मल-मूत्र का त्याग करने में सावधानी रखना।
प्रवचनमातृका	–	ईर्या, भाषा, एषणा, आदाननिक्षेपण और प्रतिष्ठापन ये पाँच समितियाँ और मन, वचन, काय की गुप्ति ये आठ प्रवचनमातृका कहलाती हैं।
गुप्ति	–	पाप से रक्षा करना। ये मन, वचन, काय के भेद से तीन प्रकार की है।
घातिकर्म	–	आत्मा के गुणों का घात करने वाले चार कर्म। कर्म सिद्धान्त में ज्ञानावरण, दर्शनावरण, मोहनीय, अन्तराय चार घातिकर्म कहलाते हैं।
कृतिकर्म	–	शास्त्रोक्त विधि से क्रिया करना।

दैवसिक – दिवस सम्बन्धी।
रात्रिक – रात्रि सम्बन्धी।
पाक्षिक – पन्द्रह दिन का एक पक्ष होता है, उस पक्ष सम्बन्धी।
चातुर्मासिक – चार माह सम्बन्धी।
सांवत्सरिक – वर्ष सम्बन्धी।
ईर्यापथ – गमनागमन करना।
औत्तमार्थिक – जीवन के अन्त में होने वाली क्रिया।
सावद्य – पाप या हिंसा।
प्रत्याख्यान – त्याग।
अचेलकत्व – वस्त्र रहितपना।
यथाजात रूप – बालकवत् दिगम्बर भेष।
संस्तर – शयन करने का पाटा आदि।
क्षितिशयन – भूमि पर शयन करना।
घड़ी – 24 मिनिट की एक घड़ी होती है।
मुहूर्त – 48 मिनिट का एक मुहूर्त होता है।
श्रुतकेवली – जिन्हें शास्त्रों का पूर्ण ज्ञान हो ऐसे मुनिराज।
पंचाचार – सम्यग्दर्शन, सम्यग्ज्ञान, सम्यक्चारित्र, सम्यक्तप और सम्यक्शक्ति का आचरण करना।
आचार्य परमेष्ठी – जो शिष्यों को शिक्षा, दीक्षा तथा प्रायश्चित्त देते हैं।
श्रावक – श्रमणों का उपासक।
निरन्तराय – बिना किसी विघ्न बाधा के।
प्रतिग्रहण – आहार को गये साधु को बुलाना।
उपाश्रय – साधु के रहने का स्थान।
पारणा – उपवास के बाद ग्रहण किया जाने वाला आहार।
निरतिचार – निर्दोष।
प्रतिवन्दना – कोई वन्दना करे फिर उससे वन्दना करना।
सल्लेखना – समाधिपूर्वक मरण करना।
रत्नत्रय – सम्यग्दर्शन–ज्ञान–चारित्र।
सम्यक्त्व – भगवान के कहे उपदेशों पर श्रद्धा रखना, इसी को सम्यग्दर्शन कहते हैं।

परिशिष्ट : 5

सन्दर्भ-साहित्य

संस्कृत-प्राकृत-अपभ्रंश सम्बन्धी कुछ प्राचीन मूल साहित्य, जो भद्रबाहु चाणक्य एवं चन्द्रगुप्त सम्बन्धी ऐतिहासिक अध्ययन एवं शोध-कार्य हेतु पठनीय हैं-

- अभिधान राजेन्द्र (संग्रह शब्द) रतलाम (1913-34 ई.)
- आचारांगचूर्णि (जिनदासगणिकृत) ऋषभदेव केशरीमल संस्था, रतलाम (1941 ई.)
- आचारांगवृत्ति (शीलांकाचार्य), सूरत (1935 ई.)
- आदिपुराण (जिनसेनाचार्यकृत) भारतीय ज्ञानपीठ, दिल्ली (1963 ई.)
- आराधनाकथाकोष (भाग 2-3) जिनवाणी प्रचारक कार्यालय, कलकत्ता
- आवश्यकचूर्णि (जिनदासगणि) ऋषभदेव केशरीमल संस्था रतलाम (1928 ई.)
- कल्पसूत्रवृत्ति (धर्मसागर), बम्बई (1939 ई.)
- कहाकोसु (मुनि श्रीचन्द्रकृत), प्राकृत टेक्स्ट सोसायटी, अहमदाबाद (1969 ई.)
- कुमारपालप्रतिबोध (सोमप्रभसूरि), गायकवाड ओरियण्टल सीरीज, बड़ौदा (1920 ई.)
- खारवेल शिलालेख, (चौखम्बा संस्कृत सीरीज, वाराणसी) (1962 ई.)
- जयधवला (कषायपाहुड टीका भाग 1, दिगम्बर जैन संघ, मथुरा) (1948 ई.)
- जैन शिलालेख संग्रह भाग 1-2 (माणिक. दिगम्बर जैन सीरीज, बम्बई)
- तिलोयपण्णत्ति (यतिवृषभकृत) जीवराज जैन ग्रन्थमाला, शोलापुर (1943, 52 ई.)
- त्रिलोकसार (सि.च.नेमिचन्द्राचार्य), हिन्दी जैन साहित्य प्रसारक कार्यालय, बम्बई (1918 ई.)
- दर्शनसार (देवसेनाचार्य कृत) जैन ग्रन्थ रत्नाकर कार्यालय, बम्बई (1920 ई.)
- दशवैकालिक चूर्णि (जिनदासगणि महत्तर), देवचन्द लालभाई झवेरी, सूरत (1933 ई.)
- नन्दिसूत्र (प्रकाशक-मूथा, सतारा) (1942 ई.)
- नन्दिसंघ पट्टावली (जैन सिद्धान्त भास्कर प्रथमवर्ष में प्रकाशित)
- निशीथचूर्णि (सन्मति ज्ञानपीठ, आगरा) (1960 ई.)
- निशीथसूत्र भाष्य (सन्मति ज्ञानपीठ, आगरा)
- पट्टावलीसमुच्चय (वीरमगाँव, गुजरात) (1933 ई.)
- परिशिष्टपर्व (आचार्य हेमचन्द्रकृत) एशियाटिक सोसायटी आफ बंगाल, कलकत्ता (1932 ई.)
- प्रबन्धचिन्तामणि (मेरुतुंग) सिंधी जैन सीरीज, शान्तिनिकेतन, बंगाल (1932 ई.)

- पुण्णासवकहा (महाकवि रइधू,अप्रकाशित) रइधू-ग्रन्थावली के एक खण्ड के रूप में शीघ्र प्रकाश्य
- पुण्यास्रवकथाकोष (रामचन्द्रमुमुक्षु) जीवराज जैन ग्रन्थमाला, शोलापुर (1964 ई.)
- बृहत्कथाकोष (हरिषेणकृत) सिंधी जैन सीरीज, बम्बई (1943 ई.)
- भद्रबाहुचरित (रत्ननन्दि) दि. जैन पुस्तकालय, सूरत (1966 ई.)
- भावपाहुड -माणिकचन्द्र दि. जैन सीरीज, बम्बई
- भावसंग्रह (माणिकचन्द्र दि. जैन सीरीज, बम्बई) (1921 ई.)
- मूलाराधना, (शिवार्य) अनन्तकीर्ति ग्रन्थमाला, बम्बई (वि.स. 1989)
- विचारश्रेणी (मेरुतुंगाचार्य) जैनसाहित्य संशोधक (पत्रिका), पूना (मई 1925 ई.)
- श्रुतावतार (इन्द्रनन्दि), माणिकचन्द्र दि. जैन सीरीज बम्बई
- षट्खण्डागम (सेठ सितावराय लक्ष्मीचन्द्र जैन, विदिशा मध्यप्रदेश)
- हरिवंशपुराण (जिनसेनकृत) भारतीय ज्ञानपीठ, दिल्ली (1963 ई.)
- कथाकोश (प्रभाचन्द्र) धर्मोदय प्रकाशन, सागर

भद्रबाहु-चाणक्य एवं चन्द्रगुप्त सम्बन्धी कुछ आधुनिक ग्रन्थ

- आक्सफोर्ड-हिस्ट्री आफ इण्डिया (स्मिथ), आक्सफोर्ड (1919 ई.)
- इन्साइक्लोपीडिया आफ रिलीजन्स एण्ड इथिक्स (हेस्टिंग्स), जिल्द 1 एडिनवुर्ग (1908-26 ई.)
- एपिग्राफिका इण्डिका, जिल्द 12
- कैम्ब्रिज हिस्ट्री आफ इण्डिया (रैप्सन), कैम्ब्रिज युनिवर्सिटी प्रेस, लन्दन (1921ई.)
- चन्द्रगुप्त मौर्य और उनका काल (डॉ. राधाकमल मुखर्जी)
- जैन साहित्य का इतिहासः पूर्वपीठिका (पं. कैलाशचन्द्र शास्त्री)
  प्रकाशक-गणेशप्रसाद वर्णी जैन ग्रन्थमाला वाराणसी (1962 ई.)
- जैनिज्म इन नॉर्थ इंडिया (सी.जे.शाह), लन्दन (1932 ई.)
- नन्द एवं मौर्ययुगीन भारत (के.ए.नीलकण्ठ शास्त्री), दिल्ली (1969 ई.)
- भारत का प्राचीन इतिहास(पं. विश्वेश्वरनाथ रेउ)हिन्दी ग्रन्थ रत्नाकर कार्यालय बम्बई (1927 ई.)
- भारतीय इतिहास की रूपरेखा (जयचन्द्र विद्यालंकार), भाग 1-2
- महाभिषेक स्मरणिका (सम्पा. लक्ष्मीचन्द्र जैन) भारतीय ज्ञानपीठ, दिल्ली (1981 ई.)
- मौर्य साम्राज्य का इतिहास (सत्यकेतु विद्यालंकार), मसूरी
- वीर निर्वाण संवत् और जैन-काल-गणना (मुनि पुण्यविजयजी)
  प्रकाशक - नागरी प्रचारिणी सभा, काशी (1930 ई.)
- सेक्रेड बुक्स आफ दि ईस्ट (हर्मन याकोबी), जिल्द 22, 45 एस.बी.ई. सीरीज, आक्सफोर्ड (1884, 1889 ई.)
- दिगम्बरत्व और दिगम्बर मुनि, कामता प्रसाद जैन
- अन्तर्द्वन्द्वों के पार, लक्ष्मीचन्द्र जैन, भारतीय ज्ञानपीठ, नई दिल्ली
- गोमटेश गाथा, नीरज जैन, भारतीय ज्ञानपीठ, नई दिल्ली

■■■

णाणं
पयासयं

वीर नि.सं. 2470

ई. सन् 1944

भारतीय ज्ञानपीठ